CB020209

Uma Mulher, Três Amores

JOSEPHINE COX

Uma Mulher, Três Amores

Tradução
Ana Quintana

BERTRAND BRASIL

Copyright © Josephine Cox, 2001
Título original: *The Woman who Left*

Capa: Leonardo Carvalho

Editoração: DFL

2006
Impresso no Brasil
Printed in Brazil

CIP-Brasil. Catalogação na fonte
Sindicato Nacional dos Editores de Livros – RJ

C916m	Cox, Josephine
	Uma mulher, três amores/Josephine Cox; tradução Ana Quintana. – Rio de Janeiro: Bertrand Brasil, 2006.
	280p.
	Tradução de: The woman who left
	ISBN 85-286-1167-1
	1. Romance inglês. I. Quintana, Ana. II. Título.
	CDD – 823
05-4129	CDU – 821.111-3

Todos os direitos reservados pela:
EDITORA BERTRAND BRASIL LTDA.
Rua Argentina, 171 – 1ª andar – São Cristóvão
20921-380 – Rio de Janeiro – RJ
Tel.: (0xx21) 2585-2070 – Fax: (0xx21) 2585-2087

Atendemos pelo Reembolso Postal.

AOS LEITORES
(e a Brenda!)

Se você pensa em viajar pela British Airways,
cuidado com Brenda (ela é aquela moça baixinha que sorri quando
você entra no avião).

As aeromoças são maravilhosas. O serviço é exemplar (como era de esperar)
e, no nosso vôo em particular, a comida estava magnífica: quente e servida
com um sorriso "Brenda".

Mas nossa pequena Brenda é um pouco agitada; portanto, fique
de olho, principalmente porque ela prefere servir as refeições bem no
seu colo — e no seu rosto, sapatos e poltrona (no meu caso, um escaldante
estrogonofe com cogumelos).

Só que ela faz isso com "aquele" sorriso e aquelas benditas meias de
algodão, depois encaminha você logo para o toalete e lhe entrega
montes de toalhas de papel.

Se a British Airways mandar Brenda embora, nunca mais
eu viajo pela empresa!

Continue assim, Brenda, você é uma pequena jóia.
(Aliás, me fez ganhar o dia.)

Esqueça o estrogonofe e mantenha o sorriso!

SUMÁRIO

PRIMEIRA PARTE

VERÃO, 1952
O TESTAMENTO

Capítulo Um

Vale de Salmesbury, Blackburn, Lancashire

A VOZ DO VELHO era levada pela brisa de verão. — O céu vai estar claro nos rochedos brancos de Dover — cantava ele. Quando a canção terminou, ele passou a assobiar, era ótimo assobiador e orgulhava-se disso.

— Ei, você! Pare com esse barulho horrível! — gritou a mulher, da janela do quarto, mas ele não ouviu. Estava muito distraído com o assobio. Era um lindo dia e ele, um homem de sorte por estar levando sua mercadoria, enquanto outros se acotovelavam nas ruas, indo para um trabalho que não lhes dava alegria.

Mike Ellis conduzia seu cavalo puxando a carroça pela Scab Lane há tantos anos que nem conseguia lembrar, entregando leite às famílias isoladas que moravam nas redondezas. Era um ofício que ele adorava e lamentaria ter de deixar.

Dentro de pouco tempo, seria hora de se aposentar e deixar que outro pobre coitado saísse da cama às quatro da manhã. Mas era um preço pequeno a ser pago em comparação com as paisagens que se podiam desfrutar antes de o mundo acordar: raposas correndo para as tocas, lebres saltando no horizonte e toda espécie de animais noturnos que se possam imaginar buscando a segurança de seu cantinho. Às quatro horas da manhã de um dia de verão como aquele, o céu tinha uma beleza incrível, marcado por largas faixas cintilantes e coloridas que pouca gente tinha o privilégio de ver. Alegre com o quinhão de felicidade que lhe coubera na vida, Mike voltou a cantar, mais alto ainda.

Indignada, a mulher berrou: Pare — Mas que diabo, Mikey Ellis! Pare com essa zoeira!

De cabelos desgrenhados e ainda com cara de sono, ela se debruçou na janela do quarto. — Sabe que não agüento esse barulho logo de manhã.

— Não chateie, Mabel, sua desmancha-prazeres — respondeu Mike com um largo sorriso. — Vai sentir minha falta, quando eu me aposentar. No meu lugar, vai ficar um rapazinho que não consegue cantar nem se quiser, bem feito para você. — Ele puxou a rédea do cavalo e parou em frente ao portão de estacas brancas. Pulou da carroça, afagou o cavalo e deu a ele um maço de feno que tirou do bolso. — E então, o que vai querer hoje? Ande logo, dona, não tenho o dia inteiro.

Mais desperta, Mabel Preston bocejou, preguiçosa. — Espere aí, já vou descer — disse, com um sorriso tímido.

Enquanto aguardava, Mike se pôs a conversar com o cavalo, seu velho amigo: — Ela é meio rabugenta e eu já devia estar a caminho de Maple Farm, em vez de ficar aqui sendo destratado — confidenciou. — Ah, sim! Vou receber um sorriso de Louise Hunter, certo como dois e dois são quatro, e uma fatia de bolo de cereja acompanhada de um caneco de chá. — Pensou em Louise e se enterneceu. Era uma boa mulher. Enfrentara tempos duros mas conseguira superá-los, tão boa lutadora que era.

Deu uma olhada cautelosa na porta da casa de Mabel. — Essa aí é outra coisa, pensa que todo homem acha ela uma belezoca. Vai descer já, cabelo penteado, batom e um sorriso nos lábios de dar medo em qualquer um!

Só de pensar, ele ficou arrepiado. — Cruzes! Ela pensa que não sei que está de olho em mim. Vou lhe dizer uma coisa, essa Mabel Preston meteu na cabeça que tenho de casar, agora que estou à beira da aposentadoria. Cruzes, ela ia ficar atrás de mim o dia inteiro: "Faça isso, faça aquilo. Saia da cama, Michael, tem mais o que fazer!" Já estou até a ouvindo falar, Deus meu.

Pensou uma coisa horrível. — Jesus, Maria, José! — exclamou ele, e seu rosto ficou vermelho como um pimentão. — Eu não me espantaria nem um pouco se ela tentasse fazer valer seus direitos conjugais. Ai, não consigo nem pensar — disse para o cavalo, revirando os olhos de pavor.

Pronto para dar o fora, teve de parar quando Mabel sussurrou no ouvido dele: — Pronto, Mikey, mostre o que você tem a oferecer.

Michael virou-se e deu um suspiro desanimado: Mabel Preston toda emperiquitada era de assustar o homem mais corajoso.

— E então? — Mabel sorriu, e ele, sem querer, deu um passo atrás.

— Então *o quê?* — devolveu a pergunta. Hipnotizado pela ofuscante dentadura, brilhando no sol forte, ele ficou paralisado.

— Ora, francamente! — Ela pôs as mãos roliças nas coxas largas, deu uma virada súbita e quase o derrubou. — Não finja que não viu meu vestido novo.

O vestido em questão parecia um saco amarrado na cintura e estava tão apertado no pescoço que os olhos dela saltavam das órbitas; a cor era um marrom enjoativo, estampado com grandes girassóis amarelos.

— Então, o que acha? — Depois que o havia fisgado, não tinha qualquer intenção de permitir que escapasse do anzol!

A essa altura, com o rosto gordo de Mabel emplastado de maquilagem e os lábios empurrados pelos dentes brilhantes, porém tortos, o pobre Mike não sabia o que achar, mas era melhor elogiá-la, senão estava perdido. — Acho... — ele engoliu em seco... — acho lindo, lindo... — murmurou, um tanto inseguro.

— Sabia que você ia gostar. — Satisfeita, ela deu uma piscadela maliciosa. — Bom, você não respondeu à outra pergunta.

O leiteiro já estava tremendo. — Juro pela minha vida que não lembro o que você perguntou.

Aproximando-se dele, ela cochichou: — Perguntei o que você tem para oferecer. — As sobrancelhas espessas subiram e desceram, como dois furões prestes a atacar.

Quando ficava nervoso, Mike sempre gaguejava. Foi o que aconteceu: — N-não sei o que vo-você quer dizer!

A mulher protestou: — Será que tenho de soletrar? *O que tem na sua carroça hoje?*

Mike suspirou de alívio, foi para trás da carroça e levantou a lona que cobria uma dúzia de sacos de batatas, caixotes de leite empilhados, várias caixas de ameixas recém-colhidas e algumas cestas maiores, de vime, cheias de ovos frescos. — Pode procurar à vontade que não vai encontrar nada melhor — disse ele, e ela sabia que era verdade.

Mabel escolheu logo uma dúzia de ovos caipiras, quatro batatas graúdas e um litro de leite. — Quer entrar para tomar uma xícara de chá? — Era o seu derradeiro e corajoso esforço para interessá-lo no que tinha a oferecer. — Fiz uma torta de maçã, está lá em casa, esperando para ser cortada.

Antes que ele pudesse responder, vozes irritadas chamaram a atenção dos dois e fizeram com que olhassem para o matagal. — Parece que alguém está querendo briga. — Sem perder tempo e contente com a oportunidade de distrair a atenção dela, Mike correu para a cerca. — Não chegue perto, Mabel — mandou, embora nem por um segundo esperasse que ela obedecesse.

Abrindo caminho pela cerca viva, ele entrou no campo que ficava atrás da casa dela. Mabel teria feito a mesma coisa, não fosse o tamanho de suas coxas, sem contar que os espinhos da cerca podiam cortar a pele.

— Acho que são os irmãos Hunter. — Mantendo distância, ela olhava pela cerca.

— *Não chegue perto!* — repetiu Mike, e dessa vez ela obedeceu. — Vou ver o que posso fazer. Vá até à casa da fazenda e diga à Louise que o marido e o cunhado dela estão quase se matando. — Mabel ficou indecisa e ele berrou: — Depressa, mulher. *Vá!*

A pobre mulher fez um esforço para correr, escorregou e caiu bem numa trilha de vacas. Mike não fez nada para ajudá-la a levantar-se. Achou que não era hora de gentilezas, pois os dois homens já estavam tirando as camisas para ajustar suas contas contas com os punhos.

— Ande logo! — vociferou ele e lá se foi Mabel, com o rosto afogueado e tentando respirar direito, até chegar aos trancos ao alto da colina que levava a Maple Farm. Parou para se recuperar e continuou num andar mais adequado para uma mulher daquele tamanho e idade.

Enquanto Mabel se apressava para dar a notícia a Louise, Michael corria pelo campo para tentar acalmar os irmãos.

—Vá saindo, seu! Isso não é da sua conta! — Esse era Jacob falando, o mais velho. Alto e corpulento, com olhos de um azul penetrante, cabelos castanhos compridos e despenteados, já tinha fama de briguento.

O outro jovem chamava-se Ben e era mais baixo, tinha o mesmo corpo musculoso do pai. Cabelos pretos, olhos castanhos, jeito sério, Ben era o mais responsável dos dois. — Melhor fazer o que ele disse — avisou ao velho leiteiro. — Com ele não adianta argumentar. Jacob e eu temos contas a ajustar. É melhor terminar logo com isso.

O ajuste de contas a que se referia dizia respeito ao falecido pai deles e ao que conseguira juntar trabalhando a vida inteira.

Apesar da idade, Mike não desistia fácil. —Vocês dois deviam ter vergonha na cara, brigando e discutindo enquanto o pobre pai está enterrado na capela a menos de quatro quilômetros daqui! — zangou-se.

Deu um passo à frente e Jacob, de repente, cercou-o, os punhos prontos para atacar. — Eu avisei, seu velho burro! — Correu até o leiteiro e segurou-o pelo pescoço. De repente, o leiteiro lutava do mesmo lado, pois Ben veio por trás e, girando Jacob pelo colarinho da camisa, acertou um soco violento bem no queixo dele.

Irritado, Jacob contra-atacou, de cabeça baixa, como um aríete. A cabeça dele bateu na boca do irmão, o sangue de Ben espirrou num esguicho vermelho. —Venha, que eu te pego! — Fazendo sinal com as duas mãos, Jacob foi para trás, rindo e zombando enquanto Ben limpava a boca com as costas da mão.

Ben olhou para o leiteiro, verificando se não estava machucado, e fez um último apelo ao irmão: — Mike tem razão, não devíamos brigar. Pelo menos, agora, não. — E olhou, triste, para as colinas e a cidade mais além. — O que nosso pai diria?

Jacob parecia enlouquecido. — Não tenho o menor interesse em saber o que diria. Talvez ele visse que covarde você é.

O ódio brilhou nos olhos de Ben: —Você sabe que nunca fui covarde!

—Você *sempre* foi covarde. Só que o velho não acreditava, não é? Ah, claro que não! Achava que você era o umbigo do mundo! Mas você foi esperto, tenho que concordar, trabalhando duro a terra com ele, lado a lado.

O idiota do velho, coitado, não sabia o que você pretendia fazer, mas eu sabia. — As palavras pareciam cuspidas.

— O que você está dizendo? — A voz de Ben estava estrangulada de raiva.

— Que homem normal ia preferir acabar com as costas trabalhando no campo, quando poderia se dar bem na cidade grande? — sorriu Jacob, debochado. — Você ficou aqui porque achava que um dia tudo isso seria seu. — Jacob abriu os braços, indicando todo o campo em volta deles. — Você é um filho-da-puta ardiloso, Ben Hunter, mas não pense que tirou o que é meu por direito, porque vou brigar com você até o fim!

— Agora, chega. — Conhecendo o irmão, Ben percebeu que Jacob estava com más intenções. — O que você quer, hein? Foi *você* quem quis deixar tudo isso aqui. Não quis essa terra antes e não está querendo agora. Jamais chegará o dia em que verei você arregaçar as mangas e ficar debruçado sobre uma enxada — disse Ben, balançando a cabeça, revoltado. — Você quer é vender essa terra pelo melhor preço, não é?

— O que eu quero não é da sua conta. A terra é *minha*, você só precisa saber disso. — Ben tinha chegado ao ponto, o que era doloroso. — Se quer briga, eu topo, do jeito que você preferir. — Embora ele achasse que jamais seria tão corajoso quanto o irmão.

Constrangido com toda aquela lamentável história, Ben tentou outra vez: — Será que você não entende? Papai amava essa terra, era a vida dele — disse, calmo.

— Problema dele!

Ben sabia que não haveria paz enquanto tudo aquilo não estivesse acertado, por isso deu as condições: — Eu também amo essa terra. Não sei o que papai deixou escrito, mas uma coisa eu digo: se deixou tudo para mamãe, fico ao lado dela, como fiquei ao lado dele. Não para ter alguma vantagem, mas porque, como papai, amo a terra e a vida aqui. E juro por Deus, se ele deixou para mim algum pedaço desse belo lugar, *você* jamais colocará as mãos nele, a menos que esteja disposto a sujar as mãos na terra, como ele fez.

Jacob riu, agressivo. — Você espera mesmo que eu acredite que você não sabia o que ele pôs no testamento? Mentiroso! Ele deixou tudo para você, garanto. Só Deus sabe os anos que você passou convencendo-o a fazer isso. Ele achava que eu não chegava aos seus pés, então nunca tentei. Não havia por quê.

— Está enganado, Jacob. Ele sabia que você não gosta de lidar com a terra e acabou aceitando isso. Por que ele deu para você essa empresa de entregas? Pelo amor de Deus, homem! Ele chegou a emprestar dinheiro dando como garantia tudo o que tinha, só para você ter essa grande oportunidade.

— Ele queria se livrar de mim, isso sim.

— Não seja idiota. — Muito emocionado, Ben fustigou o irmão com a verdade: — Quantas vezes ele implorou para você ficar? Chegou a prometer construir uma casa para você aqui, e então o que aconteceu? Você jogou tudo de volta na cara dele. "Quero sair daqui", foi o que você disse, e causou uma mágoa enorme a ele. Mas nosso pai fez o que você pediu. Deu um negócio para você tocar, sem pedir nada em troca. Ninguém jamais ficou rico lidando com a terra, e pode-se gostar ou não gostar da terra. Eu gosto, mas você quis ir embora o mais rápido possível, essa é a verdade.

— Eu já disse, ele queria se livrar de mim. Me devia uma forma de sustento, só isso.

—Você algum dia pensou de onde ele tirou dinheiro para dar a você caminhões de entrega e um galpão bem no centro da cidade, sem falar nos contratos com gente daqui para você começar? Claro que nunca pensou nisso! Pois vou lhe dizer: ele hipotecou a casa e a terra, coisa que tinha jurado nunca fazer. Depois, ele ficou com esse problema na cabeça, não podia parar até pagar a dívida. De manhã, de tarde, de noite, trabalhou como um burro de carga até pagar cada centavo.

Os olhos de Ben ficaram marejados. — Sim, você tem razão. Eu trabalhei ao lado dele e me orgulhava disso. Sabe por quê? Porque eu gostava daquele homem, mais do que você imagina. E, se ele pensou em me deixar esse lugar, onde vivo satisfeito, vou agradecer até o último dos meus dias.

— Isso porque você é um covarde — Jacob repetia sem parar. — Um maricas que prefere se esconder nesse lugar esquecido por Deus a sair e encarar o mundo real. Vocês dois eram iguais, dois covardes. Com medo do mundo que existe para além desses campos. Eu, pelo menos, saí e fiz o melhor que pude.

— Não, não fez. Você jogou tudo na cara dele, desperdiçou tudo o que ele fez por você. Mulheres, bebida, carros zero quilômetro, negócios escusos: foi o que você fez, Jacob. É por isso que quer essa terra, para tirar seus negócios da lama e financiar sua vida cara. E, quando essa terra e todo o dinheiro acabarem, você vai achar um jeito de enganar outro, para tirar dele tudo que lhe é caro. Papai mostrou o que você é: um aproveitador. Nunca vai mudar.

O irmão riu. — Bom, eu sempre soube me divertir. Mas voltei e, como já disse, pretendo exigir o que é meu. Lembre-se de que *sou* o mais velho e está na hora de eu colocar você no seu lugar. Desde que fui embora, parece que você tomou conta da fazenda.

— Se é assim, por que não voltou quando papai era vivo e precisava de você? Quando nós dois precisávamos de você?

— Você sabe por quê: ele me mandaria fazer as malas. Mas ele morreu, não é? Não posso dizer que sinto muito! — O rosto de Jacob se contraiu de ódio.

Os insultos cruéis feriram Ben, que, com um urro, se atirou sobre o irmão e, cada vez que era afastado, voltava. Jacob revidou à altura e, embora a luta fosse horrível de assistir, não houve vencedor, pois os dois eram fortes.

Sem poder interferir, Mike Ellis viu tudo até não agüentar mais. Com as roupas esfarrapadas e ensangüentadas, os irmãos estavam numa luta tão renhida que seria preciso mais do que um velho para separá-los.

Mike fugiu correndo para a cerca, olhou o horizonte e disse, alto: — Se existe alguém que pode fazer os dois pararem, é Louise. Onde, diabos, ela está? — Não havia sinal dela.

Certo de que os dois se matariam se alguém não os impedisse, o velho correu desengonçado para a casa da fazenda, a fim de buscar a única pessoa que poderia fazer os irmãos tomarem juízo.

<hr>

Louise dependurou a última roupa no quintal. Virou-se para levantar o varal, sem perceber quando o velho vira-latas Bóris chegou e levou os calções. Só ao ouvir seu rosnado brincalhão, percebeu o que havia feito. — *Ei,* volte aqui, seu demônio! São os calções da minha sogra, ela vai me esganar, se rasgarem.

Quanto mais perseguia o vira-latas, mais ele se divertia, passando de um lado para outro do varal, correndo para a trilha no campo e para o galpão que ficava além.

Foi exatamente ali que ela o encurralou. — Seu bestalhão! — Ofegante, rindo, convenceu Bóris a largar os calções de Sally, que a essa altura precisavam de outra lavada. — Seu patifezinho.

Mas ela teve de rir. —Você me deu uma canseira. — Enfiou os calções embaixo do braço e disse: — Por mim, você podia comer esses horríveis calções, mas são de Sally e não meus, graças a Deus. Ela os confiou aos meus cuidados, então você não vai pegar, por mais que pisque esses olhinhos. — Bóris tinha a mania de fechar um olho e rir com o outro, o que dava a impressão de uma piscadela brincalhona.

De volta ao varal, Louise ficou de olho no cachorro. — Não ouse mexer na roupa! — ameaçou, quando parecia que ele ia atacar a cesta de roupa lavada. Apontando um dedo para o cão, ela jogou os calções na cesta e levantou o varal o mais alto que pôde para ele não o alcançar.

Com a roupa em lugar seguro e a cesta bem enfiada embaixo do braço, olhou um instante para o vale e a beleza da paisagem tirou-lhe o fôlego, como sempre.

Era uma bela vista, o vale se estendia até a beira do rio, parecia surgir do céu quando subia, do outro lado. As últimas chuvas tinham encharcado a terra crestada e o campo se espalhava à frente dela como uma colcha de retalhos de veludo sob o céu azul e ensolarado. "Esse adorável lugar tem alegria", pensou ela. Possuía um jeito misterioso de acalmar o espírito.

Pensou então no sogro, Ronnie Hunter, a quem amara e respeitara. — Esse era seu pedacinho de chão. Vamos sentir falta dele, sem dúvida — suspirou ela.

Afastando as lágrimas, lembrou-se dele no campo, visualizando-o com clareza: pequeno, roliço, forte e robusto, embora meio encurvado devido aos muitos anos de trabalho na terra. Sempre levava o cachorro para passear pela mesma trilha, parando de vez em quando para colher uma flor para a esposa querida, Sally. — É, ela vai sentir falta dele e de tudo isso. — Olhando para a casa, Louise deu um sorriso triste. — Sally ficou mal, mas vamos ajudá-la a superar isso. Se Deus quiser, vamos ajudar uma à outra — prometeu.

Da janela da casa, Sally via a nora pensativa. — Você é uma boa menina — disse, baixinho, seu olhar afetuoso envolvendo a figura esguia e forte de Louise, e a maneira como a brisa levantava seus compridos cabelos castanhos. — É, meu bem, os dias têm sido tristes. Só Deus sabe o que seria de mim sem você.

Devagar, ela se afastou da janela da cozinha e sentou-se na cadeira de balanço, ao lado da lareira vazia. Olhou para a cornija, onde estava a foto do finado marido, um homem de fisionomia alegre e brilhantes olhos azuis. — Seu velho bobo! Por que foi embora e me deixou, hein? — brincou, com carinho.

As lágrimas escorreram, trêmulas, sobre seu sorriso. — Vivemos anos felizes, nós dois — murmurou. — Eu não mudaria um só dia.

Então, o sorriso sumiu e o rosto envelhecido se endureceu. — Exceto por nosso filho preguiçoso e imprestável! — Lembrou-se do dia em que dera à luz o mais velho — tanta alegria e esperança, apenas para se acabarem no dia em que ele passou a tomar suas próprias decisões.

Ao pensar nele, murmurou, triste: — Jacob nasceu ruim, não é culpa de ninguém. Podia ter arcado com suas responsabilidades como um homem, mas deu as costas para todos nós. Gastador e mentiroso, é isso que ele é, e maldigo o dia em que nasceu.

A voz dela tremia de emoção. — Nem quando soube que você estava muito mal quis voltar para casa e se despedir. — Ela parou, incapaz de dizer mais.

Respirou fundo, sorrindo ironicamente para a foto. — Ah, mas Jacob vai aparecer para a leitura do testamento, pode estar certo! Para ser sincera, acho muito estranho que ele não esteja farejando por aí, à procura de encrenca, como sempre. — Ela fechou a mão pequena e levantou-a, ameaçadora: — Pois que venha! Que venha!

Dali a pouco, seu coração disparado se acalmou. Ela fechou os olhos e começou a cochilar, sendo despertada pela voz nervosa de Louise: — Tenho que ir lá embaixo, no campo. Mabel está aqui, dizendo que os dois estão no vale querendo matar um ao outro!

O rosto de Sally empalideceu e ela levantou-se, desajeitada, da cadeira.

— Eu sabia, sabia que ele ia voltar para criar problemas.

— Não se preocupe — a jovem consolou-a. — Ele não vai vencer o nosso Ben, você sabe disso. Também não vai conseguir nada comigo.

Louise levou Mabel para dentro da casa e explicou: — Mabel concordou em ficar aqui com você até eu voltar. — E disse para a visita: — Ponha a chaleira no fogo, por favor. Prepare alguma coisa para vocês beberem e estarei de volta num piscar de olhos.

Louise deixou as duas mulheres e, sem perder tempo, foi para o campo.

— Sal tinha razão. Mais cedo ou mais tarde ele ia voltar, querendo criar problemas. Com o pai fora do caminho, ele vai pensar que pode tomar conta de tudo.

Apressou o passo. Todos sabiam que Jacob era má pessoa. Quando queria algo, arrumava um jeito de conseguir. "Mas, dessa vez, não" — pensou ela, amarga. "Se existe justiça, ele não porá as mãos sujas nessa fazenda."

Parou, tomou fôlego e pensou no tempo em que Jacob tinha uma queda por ela. — Se pensa que pode colocar as mãos em mim, depois de todo esse tempo, está muito enganado. — Dez anos antes, ela o rejeitara, preferindo Ben, decisão da qual jamais se arrependera e que Jacob jamais perdoara.

— Corra, Louise! — Mike Ellis viu-a passando e foi até a cerca para apressá-la. — Pelo amor de Deus, corra, antes que eles se matem! — O velho nunca ficara tão contente de vê-la.

Poucos minutos depois, ela estava ao lado dele, que apontou para o rio e disse: — Estão lá! Jacob jogou seu marido na água. Precisa fazer com que parem, menina, senão alguém vai morrer, garanto.

Com o pequeno leiteiro correndo, meio trôpego, ela foi rápida como o vento na direção do rio; no caminho, perdeu um precioso minuto pegando uma pá no velho galpão.

Segurando firme a pá, ela se aproximou do rio e viu-os, como Mike tinha dito, um querendo matar o outro. Jacob segurava Ben pelo pescoço e ia enfiá-lo na água outra vez, mas Ben era muito ágil, pegou o irmão pelas pernas e o empurrou para baixo d'água. Com ele à mercê, parecia que ia deixá-lo mergulhado até se afogar. Louise gritou: — Parem com isso! Vocês ficaram loucos?

Assustado, Ben olhou e Jacob aproveitou para soltar os pés e dar um soco na cara de Ben, depois jogou-o na água e segurou-o lá embaixo. Quanto mais Ben se debatia, mais Jacob o empurrava para o fundo. Pela sua expressão, parecia que queria acabar com o irmão de uma vez por todas.

Apavorada, Louise correu, balançando a pá, e acertou-a no meio das costas de Jacob. — Sua desgraçada! — Com um urro, ele agarrou a pá, e, como ela não a soltasse, puxou-a em direção a si, a expressão feroz em seu rosto dando lugar a um sorriso lascivo que deixou muito claro para ela quais eram suas intenções.

— Vá embora, Jacob! Ninguém quer você aqui! — ela ordenou e, desafiadora, avisou-o: — Se voltou pensando que vai pegar a fazenda, está muito enganado. Acha que seu pai ia deixá-la para você, depois de tudo o que fez?

— Não importa se ele a deixou para mim ou não. Sou o primogênito. Vou conseguir a fazenda, de qualquer jeito. — Ele estava perto e podia agarrá-la, mas sorriu, perverso. — De mais a mais, não vim só por causa da fazenda. Quero você também.

— Jamais — garantiu Louise, jogando a pá nele e correndo para Ben, que estava deitado no chão, o corpo meio mergulhado no rio. Antes que pudesse ajudar o marido, ela foi levantada pela cintura e ouviu o riso diabólico de Jacob, que puxou-a e disse: — Deixe-o. Sou eu que você quer. Por que não admite?

Segurando-a pelos cabelos, Jacob virou a cabeça dela, tentando beijá-la, e nesse momento ocorreram duas coisas. Primeiro, Louise deu com força uma joelhada na virilha dele, fazendo-o gritar de dor e dobrar o corpo, praguejando e ameaçando. Enquanto isso, Ben levantou-se e pulou nas costas dele.

Embora confuso sem fôlego, tinha visto a esposa em perigo e cobrara forças para protegê-la.

Vencido e humilhado, Jacob ficou no chão, gemendo baixo.

— Já chega! Ande, vá embora daqui! — De pé diante do irmão, Ben o viu levantar-se com dificuldade e ir embora, virando-se enquanto andava para gritar, desafiador: — Vocês ainda vão me ver!

Quando o irmão estava bem longe, Ben abriu os braços e Louise veio correndo. — Vou levar você para casa — disse ela, baixinho. As marcas no rosto e no pescoço dele provavam que a luta havia sido dura. — Vou limpar isso, mas não quero que sua mãe veja você assim. Ela já tem muito com o que se aborrecer.

Ben tinha pensado a mesma coisa. Virou-se para Mike, que assistira a toda aquela horrível cena, e perguntou: — Será que posso me limpar na sua carroça?

Mike estava prestes a sugerir isso. — Como se precisasse perguntar! — brincou, e, sem demora, os três seguiram para lá.

Quando entraram no campo e tomaram a trilha, com Mike à frente, o casal falou em Jacob e no que poderia estar tramando. — Será que ele vai mesmo voltar? — perguntou Louise, nervosa.

— Não, é só bazófia — garantiu Ben.

— Espero que você esteja certo. — Com o braço na cintura dele, Louise se sentia segura.

De repente, Ben parou e, segurando-a pelos ombros, perguntou, sério: — O que Jacob disse, de você querer ficar com ele?

Ela já esperava que o marido perguntasse. Balançou a cabeça. — Você sabe como ele é, como funciona aquela cabeça patética. Só porque tivemos um flerte antes de eu conhecer você, ele acha que tem direitos sobre mim.

— Sabe que ele é louco por você, não?

— Pensava que já tivesse esquecido tudo.

— Pelo que ele disse, seus sentimentos não mudaram.

— Desculpe, Ben, não posso controlar os sentimentos dele.

O olhar calmo dele penetrou na alma de Louise. — E o que *você* sente?

Ela encarou-o com franqueza. — Sinto desprezo. Eu era uma criança quando o conheci, mas percebi logo o que ele era. — Os olhos castanhos se apertaram num sorriso. — É de *você* que eu gosto. — O beijo que lhe deu afastou os medos dele. — Jacob não é nada para mim, nem nunca será. Tudo acabou faz muito, muito tempo.

Ben ficou satisfeito. — Desculpe, mas eu precisava ter certeza. Não sei o que faria se perdesse você.

— Agora tem certeza?

Ele balançou a cabeça. — Meu Deus, menina. Eu quebraria todos os ossos de Jacob, se ele tocasse em você.

— Ele não vai fazer isso. — Ela preferia morrer.

Menos tenso, Ben conseguiu até dar um leve sorriso. — Nunca pensei que você soubesse usar tão bem uma pá.

Louise riu. — Tenho certeza de que ele também nunca pensou.

Mike, que tinha esperado para os dois voltarem com ele, ouviu a conversa e brincou com Louise: — Moça, quero morrer seu amigo!

❦

Mike guardava todas as suas coisas na carroça, um carro era impraticável nos atalhos calçados de pedras e trilhas estreitas de cascalho em Salmesbury. Pegou uma toalha gasta e limpa e desatarraxou a tampa de uma garrafa com água para matar a sede. Apesar do seu ofício, o homenzinho não gostava de leite.

Bastaram dez minutos para limpar Ben e lavar os cortes e machucados. — Ainda parece que você andou brigando. — Depois de jogar a água suja numa vala, Louise desenrolou as mangas da blusa. — Infelizmente, sua mãe sabe que vocês dois brigaram. Tive de explicar o que Mabel foi fazer lá em casa.

— Bom, pelo menos ela vai gostar de saber que Jacob se foi. Depois do que aconteceu hoje, não vai querer aparecer por aqui de novo. Não tem nada para ele aqui. Ele agora sabe disso.

Antes de dar a partida na carroça, Mike perguntou: — Então vocês não esperam que ele vá ao enterro de seu pai, amanhã?

A deliberação daquela pergunta fez com que Louise e Ben se olhassem, buscando uma resposta, que Ben acabou dando: — Mike, não vou negar que meu irmão tem bastante cara-de-pau para isso. Aliás, como ele mesmo disse, é o primogênito e tem o direito de ir. Queiramos ou não, é dever dele ficar ao lado de nossa mãe e ir à frente do cortejo para a igreja. Deus nos ajude! — disse Ben, balançando a cabeça, desanimado.

Louise interveio: — Está bem, mas Jacob e dever são duas coisas que não combinam, não é?

Ben concordou. — Se ele aparecer amanhã, ninguém ficará mais surpreso do que eu. Meu irmão veio com uma única intenção: criar problemas. Bem! Conseguiu, sem dúvida, mas tenho a impressão de que nunca mais vamos vê-lo.

Apressado para encontrar Sally, o casal se despediu de Mike Ellis. — Diga a sua mãe que venho amanhã dar meus cumprimentos. Seu pai era um bom homem, era mesmo — garantiu Mike.

Os dois saltaram da carroça e andaram rápido, assustados com o que tinha havido, mas sempre felizes por estarem juntos. Mike os viu subir a colina e, desanimado ao lembrar o que Ben dissera, pensou: "Você está enganado, meu rapaz. Não tenho tanta certeza de que nunca mais vai ver Jacob por aqui."

Mike olhou para o lugar por onde o jovem tinha ido e deu vazão em voz alta a seus pensamentos perturbados: — Jacob Hunter só faz o que quer. Ainda não está satisfeito, longe disso. Se quer mesmo saber, vai ficar longe até curar as feridas, depois volta, mau como nunca.

Olhou, triste, para onde Ben estava e comentou: — Ah, sim, ele volta. E, quando voltar, é bom ficar atento, pois, se é que conheço alguma coisa da alma humana, aquele seu irmão não vai descansar enquanto não conseguir o que quer.

Pouco antes de Louise sumir de vista, Mike a viu, uma figura esguia e forte, prendendo o cabelo comprido num coque, o que de nada adiantou: a brisa bateu nos fios soltos e jogou-os no lindo rosto dela.

O velho leiteiro sorriu. — Você é uma linda moça, Louise Hunter, e seu marido seria capaz de andar em brasas para lhe agradar. Mas ele precisa ficar atento, eu sei. É *você* que Jacob quer, mais do que a fazenda ou o dinheiro, mais do que tudo.

O leiteiro vira a expressão de Jacob quando tomara Louise em seus braços. Nunca tinha visto um homem mais determinado a se apossar do que achava que lhe pertencia.

Preparando a carroça para partir, o velho continuou resmungando: — Como pode um homem bom ter dois filhos tão diferentes? Um parecido com ele e o outro parecido com o demônio?

O cavalo mostrou estar impaciente e Mike perguntou, com uma piscadela: — E *você*, hein? Não passa de um quadrúpede que só pensa em alfafa e nas belas potrancas do campo do fazendeiro Shaler!

Foi para trás da carroça e cobriu com a lona seus preciosos produtos. — Não queremos que o sol estrague minha barraca de mercado, queremos?

Depois que a preciosa carga estava protegida, ele subiu na carroça, sentou-se e tomou as rédeas. — Vamos embora, meu velho bonito. — Saiu, estalando as rédeas. — Melhor tomarmos a estrada, antes que Mabel Preston venha atrás de nós a galope.

Riu alto. — Se existe uma mulher na face da Terra que me faz sair ventando, é Mabel Preston, com aquela sua cara pintada. Parece uma índia em pé de guerra!

O riso dele foi mais alto que o som dos cascos que batiam na estrada, velozes, levando-o tão depressa e tão longe quanto o velho cavalo podia.

Capítulo Dois

S ENTADO NA ENTRADA da casa, Ben Hunter parecia triste e sozinho. Encontrando algum consolo numa guimba de cigarro, segurou-a entre os dedos até queimar sua pele, o que o fez gritar.

Sem pensar, jogou a guimba na direção das moitas. Quando estava nervoso, preferia fumar cachimbo, jamais gostara de cigarros, mas, tendo encontrado a guimba e uma caixa de fósforos no bolso do paletó, acendera-a, dera duas tragadas e depois não a quisera mais.

Após uma péssima noite, em que rolara na cama até sonhar com seu pai e acordar, ele não podia se sentir pior. O mesmo acontecera com Louise, pois, se ele não conseguia dormir, ela também não. E, com Sally andando pelo quarto de madrugada, parecia que nenhum deles estaria de boa aparência para ir à igreja.

Naquela manhã, como em muitas outras, Ben pensou muito no irmão Jacob. Sem querer, cerrou os punhos. — Não apareça, Jacob! — disse, baixo. — Não faça com que esse dia seja pior do que já vai ser, principalmente para nossa mãe. Se você vier e criar problemas na igreja, vai se ver *comigo!* — Ben esperava que o irmão ficasse longe, após a humilhação do dia anterior, mas, no fundo, sabia que ele viria e iria magoar a mãe outra vez.

Cansado de tanto pensar e com a vista ofuscada pela luz forte do dia, Ben fechou os olhos. Passou as mãos pelo rosto, encostou-se na porta e parou de pensar. Precisava respirar e espairecer, antes da provação que estava por vir.

Mas não havia jeito: por mais que tentasse afastar os maus pensamentos, continuava preocupado. Não só por causa de Jacob e sua incrível capacidade de infernizar a vida dos outros, mas porque sabia quão difícil aquele dia ia ser para a mãe. Sally tinha demonstrado muita coragem, mas Ben sabia que, no íntimo, ela estava sofrendo por seu amado Ronnie. Era um sofrimento maior do que ela seria capaz de dizer.

— Sei como você está se sentindo, rapaz. Esse é um dia triste para todos nós.

Assustado com a intrusão, ele piscou contra a luz forte do sol. — Ah, é você, tia Edie. — Parenta afastada de Louise, ela era carinhosamente chamada por todos na região, parentes ou não, de tia Edie.

A tia viera para confortá-los. Abriu um largo sorriso para Ben. — Então, rapaz, em que posso ajudar? — Sensata e delicada, Edie era uma amiga tão certa quanto um dia depois do outro.

Com uns cinqüenta anos, embora jamais confessasse a idade, Edie devia ter sido bonita quando jovem, pois tinha suaves olhos verdes e a pele muito clara. A pele agora estava flácida e o cabelo, na altura dos ombros, embranquecendo depressa. Puxado para trás, estava amarrado por uma fita vermelha larga; na verdade, uma tira cortada de sua melhor toalha de mesa, que aos poucos ia diminuindo de tamanho.

Ben retribuiu o sorriso. — Obrigado, tia, mas é melhor você ficar com Louise. As duas estão na cozinha — disse ele, indicando a porta atrás de si.

— Sua mãe e ela são amigas, não?

— Muito. — Embora gostasse muito dela, não estava disposto a ter uma longa conversa. — Estou aqui fora cuidando dos carros.

— Está certo, rapaz — Edie entendeu. — É melhor eu entrar e deixar você trabalhar em paz, não é? — Generosa e maternal, ela era uma pessoa totalmente espontânea, dona do humor mais ferino. Mas não naquele dia, que era de reflexão.

Rápido, Ben se afastou para dar passagem a Edie e deu-lhe um abraço de boas-vindas. — Nossa mãe não está muito bem, sabe? Por favor, converse com ela — pediu.

Assim que Edie entrou na casa, os carros começaram a surgir ao longe, no horizonte. Parecendo não ter levado tempo algum para isso, dois bonitos

Austin pretos já estavam estacionando. Um trazia o corpo do pai dele; o outro serviria para levar a família à igreja.

Ao ver aquela cena triste, Ben sentiu um aperto no coração. Era o momento que ele temia.

Naquele inesquecível momento, o rapaz se sentiu dividido.

Por um lado, estava aliviado, porque a última viagem de seu pai logo terminaria; por outro, estava triste por aquilo estar acontecendo. Nos últimos anos, ele tinha se apegado muito ao pai, trabalhando com ele do amanhecer até tarde da noite. Ben sabia que, sem o pai, a vida jamais seria a mesma.

Mas, por ora, era preciso pôr de lado seus sentimentos, repreendeu-se. Precisava pensar na mãe. E hoje, mais do que nunca, ela não lhe saía da cabeça.

Como filho zeloso, ele cuidou de cada membro da família. Primeiro, da mãe. — Devagar, mamãe. — Ajudou-a a entrar no carro e ficou surpreso de ver como ela parecia pequena e frágil. Depois, ajudou a esposa e a tia Edie. Por fim, verificou se a casa estava bem fechada e também entrou no carro.

Como era o costume, ele e a mãe sentaram no banco da frente do carro, por serem os mais próximos do falecido, enquanto Louise e tia Edie ficaram no banco de trás.

Foram bons quinze minutos de viagem até a cidade de Blackburn, quinze minutos que pareceram uma vida inteira. Pelo caminho, falaram no falecido Ronnie e nos muitos companheiros dele que apareceram para dar-lhes os pêsames. Tia Edie perguntou se havia mais alguma coisa que precisasse ser feita na casa. — Depois do enterro, muita gente vai passar lá para tomar um chá.

Louise tranqüilizou-a: — Está tudo pronto, querida. Eu e Sal passamos a manhã inteira aprontando tudo. Mas obrigada mesmo assim. — Louise deu um aperto na mão de Edie.

No caminho, mãe e filho não disseram uma palavra. Ficaram de mãos dadas, imersos em pensamentos, um preocupado com o outro.

Tia Edie cochichou para Louise: — Acho que essa é sempre a pior parte. Depois que ele estiver aos cuidados do Senhor, vai tudo ficar mais fácil.

Aquelas palavras cheias de bondade trouxeram lágrimas aos olhos de Louise. — Você tem toda razão — disse ela para Edie, esperando que Ben e a mãe não as tivessem ouvido.

Mas eles tinham e, de certa forma, se sentiram melhor.

Ao chegar à igreja de São Pedro, Sal se surpreendeu com a quantidade de pessoas que aguardavam do lado de fora. — Nossa! Sabia que ele era querido, mas não imaginava que viessem tantos companheiros.

Os parentes de Louise estavam prontos para se alinhar atrás do cortejo fúnebre. Primeiro, vieram os simpáticos pais de Louise, Patsy Holsden, uma mulher pequena e feiosa, e Steve, baixo e frágil, com sua melhor boina e camisa de colarinho duro. A seguir, Susan, a irmã caçula de Louise, uma jovem atraente e bonita: olhos azul-claros, cabelos ruivos e fartos na altura dos ombros, com um tailleur marrom de saia curta e sapatos altos azul-marinho. Uma bela estampa.

Infelizmente, aos vinte e poucos anos Susan era irresponsável e uma dor de cabeça para os pais. Mas não chegava a ser má pessoa, só estouvada e rebelde. Como dizia o pai dela, carinhoso: — O problema é que ela não cresce!

Atrás dos Holsden, vinham os fazendeiros que tinham sido amigos de Ronnie, muitos vizinhos e outras pessoas que Sal nem conhecia, mas, mesmo assim, compareceram para dar seus pêsames.

Ao verem as equimoses no rosto de Ben, toda essa gente teve certeza de que acontecera alguma coisa entre ele e Jacob. O boato já tinha circulado no bar, na noite anterior. Mike Ellis tinha lubrificado a língua com vários copos de bebida, afrouxando-a o bastante para dar todo o serviço. — Um irmão queria acabar com o outro. E o pai deles ainda nem foi enterrado. — Em seguida, Mike chorou sobre o caneco de cerveja e teve de ser carregado para casa.

Ignorando o óbvio constrangimento deles, Ben cumprimentou os presentes com um aceno de cabeça e deu o braço para a mãe. — Você está bem, não é, mãe?

Sally não ouviu. Estava prestando atenção numa pessoa que vinha pelo outro lado do cemitério. Acompanhando o olhar dela, Ben não se surpreendeu ao ver Jacob avançar a passos largos em sua direção. De terno escuro e chapéu de feltro, estava quase irreconhecível.

— Não se preocupe, mãe. Ele tem bastante juízo para não criar caso aqui — murmurou Ben para Sally.

Todos viram quando Jacob caminhou direto para a mãe. — Eu conduzo você para a igreja, mãe — disse, oferecendo-lhe o braço.

Houve um longo e emocionado momento em que Sally olhou firme para ele, o rosto duro como pedra, e os dois se encararam. Em volta, o silêncio se adensou.

Inseguro com o olhar da mãe, Jacob repetiu o convite: — Mãe, sou eu que tenho de levá-la. Você precisa de mim!

Sally sorriu e respondeu: — Seu pai precisava de você. E onde você estava, rapaz?

Jacob pareceu não saber o que dizer e a mãe virou-se para o caçula. — Vamos — disse e entrou na igreja de braços dados com Ben. Atrás deles vieram os familiares, amigos e todos os que compareceram à cerimônia por afeto.

Quando todos entraram, só Jacob ficou do lado de fora, sozinho, fervendo de raiva. A raiva logo se inflamou numa atitude de desafio: não havia tido tanto trabalho para depois ser excluído.

Entrou na igreja, batendo as botas no chão para que todos vissem que ainda não estava vencido. Foi para o banco da frente e apertou-se entre a mãe e o irmão.

Mas, contrariado, percebeu que nenhum dos dois tomou conhecimento de sua presença.

Pouco depois, a cerimônia religiosa terminou. Ele foi para o cemitério e colocou-se na frente dos familiares. Ninguém o notou, era como se ele fosse um estranho: até quando cumprimentou e agradeceu a cada um dos presentes, as pessoas apenas inclinaram a cabeça e saíram o mais rápido possível. Todos sabiam como ele era mau, e por isso não tinham qualquer respeito por ele.

Sem se dar por vencido, ele seguiu os pranteadores em seu carro até a casa da fazenda. — Parece que não tem vergonha! Não vê que ninguém quer você aqui? — Louise perguntou, interceptando-o ao vê-lo chegar.

Ele deu um sorriso cruel e descarado. — Não me lembro de ninguém me mandando ir embora.

— Pois *eu* estou mandando. Esqueça a gente, Jacob. Já disse que ninguém quer você aqui.

— Nem você? — perguntou, em voz baixa, íntima.

— Principalmente eu.

— Não acredito, Louise. Sei que você ainda me quer, só tem medo de dizer.

— Você está louco. — Louise percebeu que jamais conseguiria argumentar com ele e afastou-se, supirando. — Não estou discutindo com você, Jacob. Você não merece.

— Ei! — Ele pegou-a pelo braço. — Ainda não terminei com você. — Sem que Louise pudesse impedir, Jacob segurou-a pela cintura e pôs a outra mão no rosto dela, cobrindo sua boca. Empurrou-a para a moita e jogou-a no chão. Como um animal raivoso, rasgou a anágua e a calcinha dela. Queria possuí-la, quer ela quisesse ou não.

— Fuja comigo, Lou — implorou, beijando-a e acariciando-a. — Esqueço a fazenda, Ben pode ficar com ela. Eu quero é você. Vamos ser felizes, nós dois. Vou trabalhar bastante, você vai ver.

Jacob falava atropeladamente enquanto ela tentava gritar, mas ele era muito ágil, abafava os gritos dela com a mão, enquanto ela lutava para se libertar.

Mais tarde, quando pensou em tudo o que acontecera, Louise não soube dizer como tivera forças para se soltar. Deve ter sido por imaginar o horror que seria se ele a possuísse, ou talvez o medo do que aconteceria se Ben chegasse e visse o que o irmão estava prestes a fazer. Haveria morte. Ou talvez ela tivesse percebido que ninguém tinha sentido sua falta ainda e o socorro não chegaria a tempo.

Uma coisa era certa: alguém "lá em cima" estava cuidando dela, pois, antes que ele a desonrasse, conseguiu escapar. Ela esticou o braço e tateou o chão com os dedos longos e fortes, procurando, até que, os dois rolando no chão, ficaram perto de uma pedra pequena e pesada.

Ela segurou firme a pedra, levantou-a e acertou-a na cabeça dele com a máxima força possível. Depois, rolou para longe, enquanto ele gritava de dor. — Aaaai! — Não estava muito machucado, mas surpreso o bastante para soltá-la um pouco. Com o rosto contraído de ódio, olhou-a e disse: — Puta! Puta suja!

Gemendo, segurou a cabeça, viu que o sangue escorria pelos dedos e gritou: — Você vai me pagar por isso, pode ter certeza!

Ela correu, mas ainda ouviu a voz e a risada dele, baixa e demoníaca. — *Desta vez conseguiu, Lou. Mas ainda não terminamos, lembre-se disso.*

De longe, Louise ouviu o marido chamando: — Querida, onde você está?

Rápido, ela arrumou o vestido e alisou o cabelo com as mãos. — Estou aqui — respondeu, tentando dar à sua voz uma entonação calma e normal. Fez o caminho de volta e, com o canto dos olhos, viu Jacob indo embora, apressado.

— Estava aqui fora, tomando um pouco de ar — explicou ela e Ben não tinha motivos para duvidar de sua palavra.

Abraçou-a, virando-a para si. — Já estava pensando que tinha fugido — brincou.

Sorrindo, ela retrucou, alegre: — Como é que ia fugir, se tenho tanta roupa para lavar?

A brincadeira acabou quando Ben mudou de tom: — Para ser sincero, querida, vou me alegrar quando o dia de hoje acabar.

Ela concordou, compreensiva: — Eu sei. A tia Edie deve ter razão, talvez hoje seja o pior dia.

Os dois se encaminharam de braços dados para a casa e Louise olhou para trás, para a moita. Não havia sinal de Jacob. "Que bom que nos livramos dele", pensou. E estremeceu ao lembrar sua intenção frustrada.

— Está com frio? — Ben sentiu o tremor dela no próprio corpo.

— Um pouco — ela murmurou, colando-se com mais força a ele.

Depois de se desculpar pelo sumiço, Louise ficou ajudando tia Edie. Primeiro, a retirar as xícaras e pratos vazios, depois, a fazer mais chá para as mulheres e bebidas mais fortes para os homens. A pilha de sanduíches era tão alta que daria para alimentar a todos por uma semana.

Patsy Holsden percebeu a palidez da filha e ficou preocupada: — Está se sentindo bem, menina?

No mesmo instante, Louise pensou na moita e no que houvera lá. — Por que pergunta, mãe? — Com medo de ter deixado a blusa fora da saia ou um cacho de cabelo caído que a denunciasse, ela instintivamente passou as mãos pelo corpo.

Patsy balançou a cabeça e disse: — Não sei, você parece um pouco nervosa. — Louise era a sua filha preferida, embora Patsy jamais fosse admitir isso para ninguém, muito menos para Susan.

Louise deu um suspiro de alívio. — Ah, é isso?

— Você não se cuida direito, anda sempre meio mal arrumada — censurou-a a mãe.

A voz de Susan interrompeu o diálogo, ríspida: — Ainda bem que ela não tem filhos. — Tomando vinho de sabugueiro, ela não estava muito firme das pernas.

Louise não podia deixar o comentário sem resposta. — O que você quer dizer com isso? — perguntou, o sangue lhe subindo à cabeça.

— Bom, se você não consegue organizar o chá depois de um velório sem parecer que brigou com o gato, só Deus sabe como ficaria se tivesse duas crianças agarradas na barra da saia.

Antes que Louise pudesse retrucar, Edie apareceu. Tirou o copo de vinho de Susan, cheio até a metade, e apontou o dedo para ela. — Acho que já bebeu demais, minha filha! Bebida forte é para homem. Se está com sede, tem um jarro de chá fresco ali na mesa — disse, cumprimentando a todos e voltando para a cozinha.

— Velha cretina! — A jovem não gostava de ser controlada.

— Acho melhor eu ficar um pouco com as pessoas — sugeriu Louise. — Depois a gente conversa, mãe.

De mau humor, Susan ainda não tinha terminado. — Quem essa Edie pensa que é para pegar meu copo assim? Tenho vinte e cinco anos, posso beber o que quiser — afirmou, cambaleando, o rosto afogueado. Patsy puxou-a para um lado.

— Pare já com isso, mocinha! Lembre-se de onde está! Será que não tem um pingo de respeito?

— Hum! São os outros que não me respeitam, tirando *meu* copo antes de eu terminar de beber.

Ela fez menção de sair, mas a mãe tinha mais o que dizer. — E como você foi dizer aquilo para nossa Louise? — sibilou. — Sabe como ela está louca para ter filhos. Nada lhe daria tanta felicidade quanto ter "crianças agarradas na barra da saia", como você disse com tanta crueldade.

— Continue, fique do lado dela, como sempre! — Toda a antiga amargura de Susan em relação à irmã viera à tona.

— Bobagem sua, você sabe disso, minha filha. Gosto das duas do mesmo jeito. São minhas filhas, tratadas sem diferença, como sempre foram. A diferença entre vocês é que Louise fica quieta no seu canto, enquanto você faz de tudo para minar o moral dela. Se inveja o bom marido e a vida estável que ela tem, nada impede que procure a mesma coisa, não?

— Nós queremos coisas diferentes. Não tenho a menor vontade de ficar amarrada a um homem, trabalhando numa fazenda e atendendo a todo mundo. Ela pode ficar com tudo isso, se gosta.

— Não há nada de errado em querer uma coisa diferente. Você tem o direito de levar a vida que quiser, mas não culpar Louise, nem a mim, nem a ninguém por causa do que quer ou do que não quer.

Percebendo que sua mãe tinha razão, Susan se desculpou, relutante: — É que ela é tão segura, mãe, enquanto eu não consigo fazer nada direito.

Patsy conhecia as fraquezas da filha e as compreendia. — Ah, menina, o problema é que você quer muita coisa. — Mostrou Louise, servindo sanduíches, e apelou para a bondade inata de Susan. — É uma boa menina. As duas são. E o que ela ganha, no rol das contas? Como você acabou de dizer, ela fica no campo quase todo o tempo, quer filhos, mas parece que eles nunca chegam. Quando Sally não está bem, chamam Louise para cuidar dela. Mas ela faz tudo de boa vontade e, se precisamos dela, vem correndo. Lembre-se do inverno passado, quando você ficou de cama, com gripe. Ela veio visitar você todos os dias.

— É como eu disse: ela fica à disposição de todos. Não é isso que *eu* quero.

Patsy começou a perceber o que havia por baixo da amargura de Susan.

— O que é, meu bem? Por que inferniza sua irmã toda vez que se encontram?

— Não sei. Talvez porque ela pareça tão feliz.

— Está querendo dizer que gostaria que ela fosse infeliz?

— Não.

— Não é por causa de Ben, é?

Susan surpreendeu-se: — Por que haveria de ser?

— Bom, para ser sincera, uma vez pensei que você e ele...

— Pois pensou errado! — A observação da mãe colocou Susan na defensiva: — Ben sempre teve olhos só para Louise, você sabe. Mas eu nunca levei a sério nenhum homem na minha vida. Não valem a pena!

— Sei. — Susan confirmou a suspeita da mãe. De repente, tudo parecia se encaixar.

Quando Louise e Susan eram garotas, foram amigas dos dois rapazes da família Hunter, Jacob e Ben. Por algum tempo, tudo levava a crer que Louise e Jacob iriam ficar juntos, mas depois Ben conquistou o coração dela e os dois se apaixonaram.

Parecia que Susan e Jacob não tinham muita afinidade. A amizade acabou e pouco depois Louise e Ben se casaram. Foi a partir daí que Susan ficou agressiva com a irmã.

Patsy precisava saber, por isso perguntou: — Seja sincera, querida, você continua interessada em Ben?

Fingindo horror, Susan riu: — Não seja boba, mãe. Eu tenho ambições, quero alguém que possa me dar uma boa vida. Por que me interessaria por um *fazendeiro*?

De repente, viu Ben no fundo da sala e ele lhe deu uma piscadela amistosa. — Não, mãe, ele não é nada para mim — garantiu, embora seu coração pulasse no peito por causa daquela carinhosa e inocente piscada.

— Espero que esteja dizendo a verdade — disse Patsy, sabendo que a filha sabia mentir quando lhe convinha.

— Louise é perfeita para ele! — Dito o que, Susan deu um meigo sorriso, foi até a mesa de bebidas e pegou um grande copo de xerez.

Durante meia hora, Louise ficou ocupada, conversando, lastimando a perda sentida por todos, servindo bebidas. — Você está parecendo cansada, amor. — Ben percebeu que sua mulher estava começando a se fatigar. — Vá se sentar, eu cuido disso.

Fez menção de pegar a bandeja, mas desistiu ao acompanhar o olhar horrorizado dela. Sentindo que alguém tinha entrado na sala, Louise levantara os olhos e ficara chocada ao ver Jacob.

Ben cerrou os punhos, parado, enquanto Jacob entrava e ia na direção deles. Dessa vez, Ben estava preparado para enfrentá-lo. — Fiquei imaginando quanto tempo *você* levaria para aparecer!

Ousado como sempre, Jacob deu um largo sorriso. — Desculpe o atraso, tive um pequeno problema — desculpou-se. E fez uma pausa, longa o bastante para Louise se preocupar. — O maldito carro quebrou e fiquei meio atrapalhado, como vê. Tive de voltar ao hotel e trocar de roupa. — De calças de veludo cotelê verde e jaqueta de *tweed* marrom, ele destoava de maneira gritante dos homens de ternos escuros e chapéus pretos.

Louise segurou a bandeja com tanta força que os nós de seus dedos embranqueceram. — Tenho muita coisa a fazer — escusou-se, olhando hostil para Jacob. Por um instante, ele se calou.

Ben avisou o irmão, com calma: — Essas pessoas são amigas do pai. Se você vai ficar, é melhor mostrar um pouco de respeito.

— Desde que não seja por *você*.

Ben deu um sorriso irônico. — Meio tarde para isso, não acha?

— Se você está me pedindo para não sujar o nome de papai, acho que sei me comportar quando a ocasião exige.

— Não diga. — Discretamente, Ben foi empurrando o irmão para a parede e disse, baixo: — Você hoje já perturbou nossa mãe. Tente fazer isso de novo e vai passar por aquela porta chutado pelo bico da minha bota.

— Ah, é mesmo? — Cutucando a barriga de Ben, Jacob ameaçou: — Acho que você esqueceu quem levou a pior outro dia no rio. Se não me falha a memória, eu estava por cima e você, lutando para viver. Se aquela sua mulher corajosa não tivesse aparecido, só Deus sabe o que teria acontecido.

Ben empalideceu. — Você não vai vencer uma segunda vez. Pense bem. Se perturbar nossa mãe ou envergonhar essa família de novo, vai se arrepender, Jacob. Eu juro.

Sabendo que tinha ido longe demais, Jacob abriu um sorriso. — Por que acha que vim para criar problemas?

— Porque você é assim.

— Estou aqui pelo mesmo motivo que você: consolar nossa mãe e receber os amigos de papai. — Soltou os braços, desanimado, num gesto cínico de frustração. — Onde mais eu poderia estar hoje?

Resistindo à vontade de bater nele, Ben avaliou em silêncio aquele homem que era seu irmão. E não viu nada que pudesse admirar; na verdade, viu um demônio ávido e calculista, que fazia qualquer coisa para conseguir o que desejava.

— E então? Você já deve ter percebido que estou tão preocupado com nossa mãe quanto você.

Ben não respondeu. Um olhar inquiridor, um meneio de cabeça e ele apenas se afastou. Estava claro que Jacob tentava irritá-lo, mas dessa vez não faria seu jogo.

Desafiador, Jacob passou de um grupo a outro, sorrindo e apertando mãos, embora ninguém lhe retribuísse o sorriso. Em vez disso, as pessoas se juntavam e cochichavam. Da mesma forma que Ben, Louise estava constrangida com aquela situação.

Sally tinha visto o filho mais velho circulando com altivez e pensou como ela pudera ter dado à luz um homem tão desonesto e calculista.

— Nunca vi dois irmãos mais diferentes. — O velho Jack Donaldson era arrendatário da fazenda vizinha. Sujeito encarquilhado, de boné, botas de cano longo bem lustradas, era conhecido e estimado nas redondezas. — Ninguém jamais diria que são irmãos.

Da poltrona onde estava sentada, ao lado da janela, Sally olhou triste para o vizinho, concordando: — Os dois sempre foram diferentes, desde que estavam na escola. Quando o inspetor batia na minha porta, eu já sabia de quem ele ia reclamar. Jacob era o que se metia em confusões e Ben era o que o tirava delas.

O olhar cansado bateu na foto do marido colocada sobre a cornija da lareira. — Ele ia dizer isso, se estivesse aqui agora — comentou, com lágrimas nos olhos. — É, muitas vezes Ben chegou em casa com um olho roxo... por brigar em defesa de Jacob.

Jacob vinha se encaminhando para ela, que percebeu todos os olhares. Pensando nisso, virou o rosto para ele lhe dar um beijo. — Como vai, mãe? — perguntou ele, inclinando-se para tocar o rosto dela com as pontas dos dedos.

Sally sentiu repulsa por aquele toque e encostou-se na cadeira enquanto o filho sorria, dizendo: — Você deve estar cansada. — Virou as costas para ela, de propósito, e começou a conversar com o velho Jack que, como todas as pessoas naquela salinha, ficavam pouco à vontade na presença dele.

Sem tomar conhecimento do incidente, Louise entrou na cozinha, onde tia Edie tinha deixado uma xícara de chá para ela. — Vi que você vinha para cá — explicou a tia, quando a moça observou que tinha lido seus pensamentos.

Escondida na cozinha há meia hora, Edie ficou contente pela companhia. — Sente aí, menina. Acho que merece um pouco de descanso.

Louise obedeceu, deu um gole no chá quente e encostou-se na cadeira com um gemido de prazer. — Ah, obrigada, tia Edie. Era exatamente do que eu estava precisando. — Tirou os sapatos e esfregou as solas dos pés.

— Seus pés estão doendo, menina?

Os pés doíam até ao toque de suas próprias mãos. — Juro por Deus, parece que andei quinze quilômetros e voltei.

Depois de servir mais uma xícara para Louise, Edie tomou seu chá, com os olhos em duas pessoas que se despediam na sala. — Acho que estão começando a ir embora.

A jovem concordou. — Eu já agradeci a todos. Ben está lá fora, acompanhando a saída deles.

— E a mãe?

— Está com ele.

— E Jacob, aquele miserável?

— Ah, não deve estar longe, pode ter certeza. — Louise levantou-se e calçou os sapatos. — Tenho de ir.

— Louise?

— Sim?

— Está tudo bem?

— Como assim?

Edie baixou a voz. — Antes, quando você chegou, achei que parecia... não sei... nervosa.

— Ah, eu dei uma caminhada, precisava pensar. Sabe como é, tia Edie. Às vezes, a gente precisa ficar só.

— E você ficou só?

Louise percebeu que Edie devia tê-la visto e, esperta como era, deduzido o que ocorrera com Jacob. — Você sabe o que aconteceu, não é?

Edie concordou com um aceno de cabeça. — Sei. Você estava muito nervosa e desarrumada. Se Ben não estivesse tão preocupado com outras coisas, também teria percebido.

A voz de Louise vacilou: — Você não vai dizer nada, não? Se falar, só vai causar problemas.

Edie deu um sorriso calmo e tranqüilo. — Claro que não, menina. Quem acha que sou?

— Na verdade, foi culpa minha.

A voz de Edie se transformou num sussurro: — O que houve, menina? Será que você pediu para ele se afastar e ele interpretou o pedido como um convite para atacá-la? Foi isso?

Ao se lembrar, a jovem sentiu a raiva brotar. — Posso lhe garantir que ele não mudou nada! — Não queria que Edie pensasse que Jacob a tinha conquistado.

Edie deu uma risada. — Ah, menina, não precisa me dizer isso. Sempre soube que Ben era para você. Jacob é um desses sujeitos que acham que toda mulher é dele. Você fez bem em colocá-lo no seu devido lugar — disse Edie, dura.

— Hum! Espero que isso baste para mantê-lo a distância.

— Se não bastar, menina, você vai ter que soltar Ben nos calcanhares dele. Às vezes, a agressividade de um homem é a única linguagem que um ordinário como Jacob Hunter consegue entender. — Edie deu um longo suspiro e avisou: — Você já fez tudo que podia. Se ele voltar, tem que deixar Ben resolver o assunto. Entendeu?

Louise concordou com a cabeça. — Não quero mais problemas.

— Não se preocupe, menina. — Mostrando a sala, Edie ficou mais alegre. — Passa fora! É melhor ir para lá, seu marido deve estar procurando você.

Louise foi para a porta da frente, onde as pessoas se aglomeravam, e Edie foi para a velha cadeira de balanço, sentou-se e ficou se balançando. — Ah, esse Jacob tem um bocado de contas a acertar — murmurou. — O dia dele vai chegar. Tudo que vai, volta, e, em breve, vai ser a vez *dele* de pagar.

***

Louise ficou revoltada ao ver Jacob assediando sua irmã Susan.

Todos se despediam e trocavam palavras de conforto, solenes, enquanto Susan e Jacob estavam num lado da casa, rindo como duas crianças.

De repente, Jacob deu um longo beijo em Susan. Os dois falaram alguma coisa e ele se afastou, virando-se uma vez para ver a indignação estampada no rosto de Louise. Achou graça daquela expressão. — Eu disse que não tinha terminado com você! — murmurou ele. — E falei sério!

Quando todas as visitas se foram, Louise parou a irmã. — Pelo amor de Deus, Susan! O que acha que está fazendo?

Depois de beber muito vinho de sabugueiro e muito xerez, Susan conteve o riso. — O que há com você? — perguntou, embriagada.

— Estou me referindo a Jacob e você. Vi vocês dois se beijando e se abraçando na frente de todos!

— E daí?

— Tenho de explicar? Jacob não está interessado em você, e você sabe disso. Você também não está interessada nele. Então porque se exibir na frente de todas aquelas pessoas?

— Não é da sua conta!

— Pode não ser da minha conta, mas acho que você devia pedir desculpas a Sally.

— Não vou pedir desculpas a ninguém.

Louise ficou chocada. — Espero que esteja falando assim por estar bêbada. — Segurou os ombros da irmã e sacudiu-a com força. — Aquela pobre mulher enterrou o marido hoje. A última coisa que desejava era ver você e o filho manipulador dela dando aquele vexame aqui, na frente de todos!

Susan riu. — Você não me engana. Não está zangada por causa de Sally ou do sr. Hunter, nem das pessoas que nos viram. Isso não tem nada a ver com ninguém. Tem a ver com *você*!

— O que está dizendo?

— Jacob também não quer mais nada com você, ele me disse. Você é que ainda gosta dele, não? Mas está presa ao irmão dele e não pode fazer nada. Está de mãos e pés atados; não tem jeito! É por isso que ficou tão furiosa comigo: porque quer Jacob e não pode tê-lo.

—Você está louca! Como pode sequer *pensar* uma coisa dessas?

— Louca, eu? Então o que vocês dois estavam fazendo naquela moita? Ele me disse que você foi atrás dele, lançando olhares para ele e dizendo que foi um erro se casar com Ben.

Louise mal conseguia acreditar no que ouvia. — Ele disse isso?

— Claro! Você o deseja, mas o sentimento não é recíproco. Não se preocupe, eu sei guardar um segredo. Mas não venha me fazer sermão sobre como devo *me* comportar!

Meio trôpega, ela voltou para o carro que a aguardava e entrou. Quando o carro saiu, debruçou-se na janela e gritou para Louise: — Comporte-se, irmã! Não faça nada que eu não faria!

<hr/>

Deprimida, Louise voltou para a casa da fazenda. — Está tudo bem, querida? — Ben abraçou-a pela cintura, os olhos castanhos e pensativos pousados nela.

Sally voltou da cozinha, aonde fora para agradecer a Edie.— Louise trabalhou demais. Obrigada, menina. Agora sente e vamos pensar no que fazer.

Todos se sentaram à mesa e Edie entrou com uma bandeja cheia de bolos e sanduíches. — Não podemos desperdiçar tudo isso — disse ela, colocando a bandeja na mesa.

Louise ainda estava pensando nas acusações infundadas de Susan, quando Sally perguntou: — Você vai estar presente, não? Gostaria muito que estivesse.

Louise sacudiu a cabeça e respondeu: — Desculpe, Sal, eu estava distraída.

— Presente na leitura do testamento. Eu gostaria que você fosse.

Ben explicou: — Mãe, a leitura não vai ser já, ainda preciso levar alguns papéis para o sr. Bryce. — Apontou para uma gaveta na cômoda e disse: — Está tudo pronto. Vou levá-los para ele amanhã cedo.

Sally suspirou. — Obrigada por cuidar de tudo. O sr. Bryce vai nos atender bem, é um bom advogado. Seu pai sempre recorria aos serviços dele. — A voz de Sally falhou quando disse: — Espero que Jacob não resolva dar as caras na leitura do testamento.

— Você já sabe que ele vai fazer isso, mãe, então devia se conformar.

Pensativa, Sally murmurou: — Tenho a impressão de que todos nós teremos uma surpresa.

Ninguém soube o que ela quis dizer com aquilo.

Nem a própria Sally.

Capítulo Três

Jacob estava bem escondido, olhando tudo.

Esperou a família ir embora de carro, certificou-se de que ninguém o vira e avançou furtivamente para a casa.

Como imaginara, a chave fora deixada no lugar de sempre, embaixo do degrau solto, na porta dos fundos. — Ah, é difícil mudar um hábito, hein, companheira? — disse ele, dando uma risadinha.

Dentro da casa, foi direto para o quarto dos pais e, ao chegar à porta, coçou o queixo, olhando o pequeno e simples cômodo, com a cama de casal, a cômoda e o grande guarda-roupa encostado na parede. Olhou para cada móvel, concentrado, e se perguntou: — Então, meu velho, onde você o esconderia?

Tentou raciocinar como o pai. — Se você fez um empréstimo para me ajudar, deve ter ficado tão envergonhado que não gostaria que ninguém soubesse quanto foi. E, como disse Ben, não queria que nossa mãe soubesse, "para não se preocupar", como ele disse.

Seu coração sombrio encheu-se de ressentimento. Aquela atitude era bem própria do pai: agüentar tudo sozinho, confiando só no filho caçula. Jacob viu a foto do pai, pegou-a e estreitou os olhos ao examinar aquele rosto honesto e conhecido. Sibilou: — Nunca pedi para você fazer um empréstimo para me ajudar! Foi *você* que quis, não eu, de modo que não vou me sentir culpado. Está ouvindo, meu velho? — E, mais alto: — NÃO VOU ME SENTIR CULPADO!

Percebeu que estava sendo dominado pela emoção e baixou a voz. — Está vendo? Você me deixa nervoso, como sempre. Nós dois nunca nos olhamos de frente. Meu Deus, eu preferia morrer a me parecer com você.

Colocou a foto exatamente no mesmo lugar de onde a tirara e olhou-a mais um pouco, apertando os lábios, arrogante. — Você deve estar pensando o que estou fazendo aqui. Vou lhe dizer, meu caro pai: vim buscar o que é meu. Tenho o mau pressentimento de que, quando seu testamento for lido hoje, você vai se lembrar de todos, menos de mim.

Deu uma olhada furtiva no quarto. — Agora compreendo que vou ter que me defender sozinho. — Foi até a janela e prestou atenção: estava tudo calmo. Satisfeito, voltou a olhar, reprovador, para a foto do pai. — Estou aqui para descobrir quanto você pediu emprestado e como conseguiu pagar. Nosso Ben já disse que trabalhar na terra nunca enriqueceu ninguém.

Seu riso ecoou pelo quarto. — Não vá dizer que mentiu para seu queridinho. Você disse a ele que tinha pago a dívida, mas não tinha! Tenho certeza de que Ben também não sabe onde estão os documentos. — Jacob pensou em algo que o desanimou. — A não ser, é claro, que você diga no testamento.

Nervoso, esfregou as mãos. — Tenho de encontrar os documentos antes dele.

Deu outra olhada furtiva no quarto. — Parece que Ben não sabe quem emprestou o dinheiro, nem qual a quantia, nem o que ficou acertado. Você era um filho-da-mãe tão fechado que me surpreenderia se *alguém* soubesse o que pretendia fazer, exceto o sujeito que emprestou o dinheiro. — Isso levou Jacob a pensar em outra coisa. — E quem teria sido, hein? Você não fez o empréstimo no banco, tenho certeza.

Satisfeito com o que já estava planejando, andou de um lado a outro do quarto, a cabeça trabalhando, febril. — Então, onde é que você guardaria documentos, recibos e coisas assim? — Jacob começou a duvidar que o pai se arriscasse a escondê-los no quarto, temendo que sua amada esposa os achasse. — Não, aqui não, com nossa mãe conhecendo cada cantinho do quarto.

Desceu a escada e olhou nos dois pequenos armários e nas prateleiras da copa. — Hum, você não poderia esconder um centavo aqui, quanto mais uma maçaroca de documentos.

Na sala, vasculhou as gavetas e o armário, só por via das dúvidas. Olhou até na chaminé da lareira e embaixo dos tapetes, procurando tábuas soltas no chão. — Nada! — No fundo, ele não esperava achar os documentos dentro da casa.

Como fez no andar de cima, cuidou para deixar tudo como tinha encontrado. — Não podem saber que estive aqui — murmurou.

Depois, seguindo um impulso repentino, saiu e foi até o pequeno galpão onde o pai passava, feliz, muitas horas tranqüilas. —Velho biltre astuto, os documentos estão aqui? — Escancarou a porta, recuando ao sentir o cheiro de mofo e umidade. Era evidente que ninguém tinha entrado lá desde que o velho adoecera.

— Eu sei que os recibos estão aqui, em algum lugar. — Dando uma risadinha de doido, vasculhou os guardados do pai: a caixa de jornais velhos no canto; as vigas com muitas ferramentas dependuradas. Mas, depois de arrancar as tábuas do chão e examinar todos os cantos, não achou nada.

— Droga! — Jacob suava devido ao esforço. De cócoras, deu uma ordem para si mesmo: — Pense, homem! Pense como seu pai!

E, ao pensar, percebeu que podia ter esquecido uma coisa, algo tão óbvio que, se fosse uma cobra, o teria mordido. — Claro!

Voltou à caixa de jornais velhos e tirou-os cuidadosamente, um a um, pois antes tirara-os aos montes.

Restou só um jornal no fundo e Jacob tentou pegá-lo com cuidado para não rasgar, mas o jornal não saía. Só então percebeu: — Ah, esse jornal não era para sair daqui, não é?

Arrancando-o dos quatro pregos que o mantinham preso pelos cantos, Jacob abriu o jornal e, astutamente guardado no meio das folhas, achou um comprido envelope pardo.

Por um instante, ficou só olhando, o coração batendo apressado. — Ah, velho danado! As árvores me impediam de ver a floresta, exatamente como você esperava. Você sabia que todo mundo punha os jornais velhos na caixa, mas só você os tirava.

Em meio à aversão que Jacob sentia por aquele homem pacífico, surgiu um lampejo de admiração. *Mas não forte o bastante para levá-lo a colocar o envelope no lugar onde o havia encontrado.*

Com as mãos trêmulas, abriu o envelope, jogou o conteúdo no chão e olhou cada documento. Como desconfiava, o empréstimo não fora feito no banco, mas com um conhecido do pai, um homem chamado Alan Martin. Embora ele e o pai nem sempre estivessem de acordo, conheciam-se há anos.

Freqüentaram a mesma escola e depois Ronnie Hunter fora trabalhar no campo, como o pai, enquanto Alan abrira uma loja de produtos para agricultores e caminhoneiros.

Só Alan ficara rico, embora não fosse um homem tão realizado quanto Ronnie, que encontrara paz de espírito na terra e na família a quem tanto amava.

Foi assim, até que Jacob passou a ser um fardo para o pai, que, mesmo assim, se dispôs a ajudar o filho mais velho: por mais voluntarioso que fosse o rapaz, o pai continuava gostando dele. Infelizmente, esse amor não era correspondido.

Surpreso com o nome de Alan Martin no contrato, Jacob começou a somar dois e dois. — Ah! Que velho danado! Alan Martin tinha a maior parte dos meus contratos de entregas, portanto isso fazia parte das condições do empréstimo, não? "Empresto o dinheiro se o seu filho entregar as mercadorias para meus clientes."

Começava a fazer sentido. O empréstimo fora da elevada quantia de duas mil libras, pagáveis em prestações mensais de sessenta libras. — Caramba! — Jacob deu um assobio. — Um pouco salgado, não? — Com as demais despesas, o velho idiota deve ter achado escorchante.

Bastou pensar um minuto para concluir com um sorriso esperto: — Que me importa? — perguntou às paredes do galpão. — Bem feito para o filho-da-mãe. E, se conseguiu pagar todo o empréstimo, como Ben garante, a fazenda tem que ficar para mim. Papai podia não gostar do jeito de eu fazer as coisas, mas jamais cortaria do testamento o filho mais velho. Era muito decente para fazer uma coisa dessas.

Jacob deu uma risadinha. — Não era como eu, não? Assim que eu puser as mãos na fazenda, vou botar todos eles para fora pelas orelhas, tão rápido que os pés deles não vão nem encostar no chão. — Menos uma pessoa, claro. — A minha Louise, não. Ela vai ficar comigo, vou cuidar dela, sem sombra de dúvida.

Pensar nisso deixou-o extremamente animado.

Ansioso, conferiu os recibos. — Puxa, todos assinados e em ordem, sem faltar um só mês. — Jacob foi colocando os recibos de lado à medida que passavam por suas mãos impacientes, impressionado porque o pai tinha pago tudo corretamente, até a última prestação, datada de 16 de maio de 1952.

— Quer dizer que você acabou de pagar há poucas semanas, seu pobre coitado. — Mesmo para um sujeito de coração duro como Jacob, pareceu uma piada sem graça. — Acabou de pagar e caiu morto. Não foi uma atitude muito inteligente de sua parte, hein? — Deu de ombros. — Mas é assim mesmo: hoje estamos aqui, amanhã podemos não estar mais. É por isso que eu quero aproveitar cada minuto da vida!

Juntou os recibos, colocou-os no envelope e enfiou-o no bolso. Feito isso, arrumou os jornais velhos na caixa. — Não posso desarrumar seu precioso galpãozinho, não é?

Na porta, deu uma última olhada. — Pena que isso tudo vá embora.

Bateu a porta do galpão e foi logo para o carro, tirando a poeira da roupa antes de entrar. — Não posso chegar à leitura do testamento parecendo que briguei com um gato, não?

Satisfeito com o resultado de seu trabalho matinal, entrou no pequeno sedã preto e em minutos estava na estrada, em alta velocidade. — Vou chegar atrasado, mas não tem importância se eles começarem a leitura sem mim. Preciso estar lá no final, que é o importante.

Seguro de que tudo sairia como esperava, deu um tapinha no bolso do paletó. — Precisava saber se o velho tinha pago tudo o que devia. Quer dizer, não queria que a dívida ficasse *para mim*, claro. — Como ele encontrara os recibos assinados, datados e em ordem, havia pouca possibilidade de isso ocorrer.

Deu uma olhada no relógio. — Eis aí, Jacob, meu caro. Na hora em que o advogado começar a deitar falação, você vai ver que não perdeu nada. — Estava tão satisfeito consigo mesmo que assobiou o caminho todo até a cidade.

Na Ainsworth Street, a família já havia chegado.

O sr. Bryce cumprimentou-os com um sorriso discreto, adequado ao momento, e levou-os até os seus respectivos lugares. — A senhora vai preferir sentar-se aqui, sra. Hunter — disse ele para Sally, mais formal do que de costume, indicando uma poltrona baixa e mais confortável.

— Sim, tem razão — concordou Sally. A sala era pequena e abafada, as paredes tinham fotos quase apagadas e o chão, tapetes gastos. Ressabiada, Sally notou as cadeiras duras de espaldar alto, colocadas em volta da mesa. — Imagino que vamos ficar sentados um bom tempo, não? — perguntou.

O sr. Bryce puxou a cadeira para ela sentar e deu um sorriso confiante, mas sem quebrar a seriedade do momento. — A leitura pode demorar, pois seu marido era um homem muito meticuloso, minha cara senhora. Dei uma olhada nos papéis que ele deixou e estão todos em perfeita ordem. — Olhou então para uma pilha de papéis que estava num lado de sua grande mesa com tampo revestido de couro. — Para ser franco, me dá até vergonha da minha bagunça — confessou o sr. Bryce.

Mostrando os papéis espalhados por todas as superfícies disponíveis da sala, deu um suspiro cansado. — Tenho medo de que essa papelada desabe em cima de mim e eu fique soterrado. Bom, está na hora, não? — Ele envolveu num olhar carinhoso cada um dos presentes. — Muito bem. Vamos começar.

Sem perda de tempo, ele se aproximou da mesa, colocou a pilha de papéis na sua frente e verificou se todos os presentes estavam sentados. Conferiu: — Vejamos, devemos ter aqui a sra. Sally Hunter, seus filhos, Benjamin e Jacob, e sua nora, sra. Louise Hunter. — Fez uma pausa. — Parece que falta uma pessoa.

De repente, bateram na porta da sala. — Pois não?

A porta se abriu e entrou a secretária do sr. Bryce acompanhada de Jacob Hunter. — Ah! — Vendo que agora estavam todos lá, o advogado apressou-se a conduzir Jacob até uma cadeira.

O sr. Bryce percebeu que todos os demais ignoraram a chegada do jovem. E, para ser sincero, ele não os condenava. Jacob Hunter tinha sido a grande frustração do pai. Com sua inconseqüência, além da falta de respeito por tudo e por todos, Jacob tinha se metido em complicações desde os quinze anos, sem qualquer remorso ou arrependimento pelo sofrimento e humilhação que causara aos bons pais durante todos aqueles anos.

Impaciente para terminar logo, o sr. Bryce sentou-se confortavelmente, abriu a primeira página do testamento e, com voz séria, dirigiu-se a eles: — Talvez seja melhor deixar quaisquer esclarecimentos que desejem sobre as cláusulas para depois da leitura — opinou.

Conferiu se todos estavam de acordo e observou mais um detalhe antes de iniciar a leitura. — Pelo que sabemos, não há qualquer terra ou imóvel sob hipoteca — informou, olhando para Ben. — Entendo que houve um empréstimo, mas foi quitado.

Ben confirmou o que já havia discutido com o advogado do pai: — O empréstimo foi pago até o último centavo. Meu próprio pai me disse isso.

— Mas ainda não sabemos onde estão os recibos, não é?

Ben balançou a cabeça, lamentando o fato — Ainda não, mas vou encontrá-los. Tenho certeza de que ele guardou todos. Como o senhor mesmo disse, meu pai mantinha todos os papéis em ordem.

— Devo dizer que acho muito curioso seu pai não ter mencionado essa hipoteca quando veio fazer o testamento. Também não consegui conferir isso, nem encontrei qualquer registro de hipoteca no cartório.

O sr. Bryce teve uma idéia: — Será que seu pai fez o empréstimo com um velho amigo e não achou necessário registrá-lo?

— É possível. Meu pai era conhecido como homem honesto. Quem emprestasse dinheiro a ele teria certeza de recebê-lo de volta.

— Mesmo assim, é lamentável que tenha achado desnecessário discutir o assunto comigo.

— Talvez eu possa explicar — sugeriu Ben. — Ele era um homem orgulhoso e fazer um empréstimo era uma vergonha, hipotecando a propriedade que tinha conseguido com tanto esforço. Por isso, não queria discutir o assunto com ninguém, nem mesmo com o senhor.

— Mas preciso ver esses recibos. Por favor, continuem procurando. Eles *precisam* ser encontrados para que o testamento possa ser executado. Principalmente porque nenhum de vocês tem conhecimento de quem concedeu o empréstimo.

— Vou descobrir. — Ben tinha certeza de que conseguiria.

A essa altura, tendo acompanhado, divertido, a conversa, Jacob estava quase contando que já tinha encontrado os recibos. Chegou a colocar a mão no bolso para tirar o envelope. Mas, esperto como era, resolveu deixá-los preocupados por mais algum tempo. Sorriu e deixou o assunto seguir. "Eles é que procurem por ceca e meca", pensou. "Na hora certa, resolvo o problema dessa gente."

No final das contas, os recibos eram mais importantes do que Jacob tinha imaginado.

Inclinando a cabeça sobre o papel, o sr. Bryce começou a ler:

"Para mim, a família sempre esteve acima de tudo. Por isso, creio e espero ter feito um testamento bom e justo. Se minhas decisões magoarem alguém, juro que não tive a intenção. Fazer um testamento não é fácil. Na verdade, pensei muito antes de colocar essas decisões no papel e estou certo de que agi no interesse de minha família como um todo."

O sr. Bryce resumiu aquele parágrafo: — Confirmo que Ronald Hunter passou muitas horas discutindo esses assuntos comigo. Tirou suas conclusões e agiu conforme sua vontade. Só posso dizer que, em todas as nossas conversas, a família foi a maior preocupação dele.

Ao ouvir isso, Jacob demonstrou sua aprovação, o que fez Louise virar-se e lançar um olhar duro para ele. O cunhado sorriu e ela virou o rosto bruscamente.

Olhando a jovem por cima dos óculos, o sr. Bryce pigarreou e continuou a leitura:

"Deixo minhas esculturas de bichos e meus desenhos do vale para meu neto. Ao fazer este testamento, lembrei que não tenho netos, embora saiba que Louise e Ben desejam muito um filho. Acho, no fundo do coração, que esse dia chegará. Por enquanto, deixo os bens citados acima aos zelosos cuidados de Louise..."

Ao ouvir isso, Ben segurou a mão da mulher e olhou para ela, as lágrimas brotando nos olhos. Louise teve certeza de que jamais o amaria tanto quanto naquele momento.

Jacob viu o gesto e se pôs a pressionar um punho contra o outro, furioso.

Perturbado com a cena, o sr. Bryce continuou a leitura. Ele também percebera o gesto de Ben e a reação de Jacob. De repente, naquela pequena e calma sala, o clima ficou denso como uma neblina.

"O estimado crucifixo de ouro de meu pai e o relógio de meu avô, que minha mãe deixou para mim, ficam para minha amada esposa, caso ela tenha a sorte de viver mais do que eu. Deixo para ela também todo o dinheiro que possa ter, após honrar meus diversos compromissos. Como sempre, Ben está a par disso."

— Tenho a impressão agora de que seu pai deve estar se referindo ao empréstimo. — O sr. Bryce olhou para Ben, esperando um sinal de anuência, que recebeu, e então prosseguiu a leitura:

"Acima de tudo, deixo para Sally meu amor e minha gratidão eternos pelos maravilhosos anos que passamos juntos. Sem ela, a vida não seria tão linda."

Ao ouvir isso, Sally chorou baixinho, as lágrimas escorrendo pelo rosto e o coração cheio de amor por aquele bom e carinhoso homem que ela jamais veria outra vez. Gentil, Ben inclinou-se e afagou o rosto dela. Isso bastou para acalmá-la.

Frio e impassível, Jacob olhava. Quando Louise colocou o braço em volta da velha senhora, ele sentiu uma pontada de ciúme. Mas o advogado voltou a ler o testamento e ele precisava ouvir:

"Para minha querida nora Louise, deixo o relógio da cornija da lareira de que ela sempre gostou. Ao contrário de minha Sally, Louise, como eu, gostava do relógio por ser pitoresco. Suponho que Sally vai apreciar minha decisão."

Nesse ponto, o sr. Bryce deu outra olhada e viu, pelo sorriso de Sally, que a brincadeira de Ronnie tinha sido bem recebida.

"Para meu filho Benjamin, deixo um profundo agradecimento por tudo o que fez para facilitar meu trabalho e manter a tradição de cuidar do campo, como fizeram o pai, o avô e o bisavô dele. Graças a ele, meu filho caçula, pude continuar trabalhando na velhice. Assim, deixo para ele todas as minhas ferramentas de trabalho, a carroça, o trator e qualquer outro equipamento que ele queira."

Nesse ponto, Jacob riu em silêncio, pensando: "Ferramentas de trabalho?" O irmão que fizesse bom proveito delas! Já o que fazer com elas quando a fazenda fosse vendida eram outros quinhentos. De uma maneira ou de outra, Jacob estava pouco se importando.

Por ironia, quando voltou a prestar atenção no que dizia o sr. Bryce, o sorriso sumiu de seu rosto e ele ficou um instante sem palavras.

"... o maior agradecimento que posso fazer a Ben é deixar para ele a fazenda, sabendo que vai sempre cuidar de Sally. Minha esposa e eu conversamos sobre isso e ela está plenamente de acordo.

Quanto a meu filho Jacob, anulo todas as dívidas que tenha comigo. Deixo para ele também nossa linda Bíblia de família. Nela, encontrará toda a nossa árvore genealógica. Assim, espero que conheça suas raízes e, queira Deus, passe a respeitá-las.

Não guardo rancor de você, filho. Está tudo perdoado."

O sr. Bryce terminou de falar e ouviu-se a voz de Jacob. Primeiro, apenas um pequeno som que logo se transformava em um grito: — Não, a fazenda é minha, a terra é minha! Terei o que me pertence! Não permitirei que vocês fiquem com minha herança, seus desgraçados!

Empurrando com violência a cadeira para trás, levantou-se, atravessou a sala estabanadamente e escancarou a porta com raiva. Parou na soleira e, olhando para o irmão, disse com voz baixa e trêmula: — Você jamais terá a fazenda.

Ofegante, encarou cada um dos presentes. — Eu volto, podem ter certeza. — Saiu e, por um longo tempo, o silêncio foi pesado. Até que o sr. Bryce quebrou-o, dizendo:

— Desculpem. Acho que precisamos estar preparados para isso. Parece que seu irmão quer guerra — completou, dirigindo-se a Ben.

— Ah, tenho certeza disso. — Ben esperava por aquilo, mas também se surpreendeu de ficar com toda a propriedade do pai. Acrescentou, em voz baixa: — Não tem problema. Ele que faça o que quiser.

Louise e Sally perceberam como o rosto dele endurecera e trocaram olhares preocupados. As duas pensaram a mesma coisa.

Jacob moveria céus e terras para se apossar do que achava ser dele. Mesmo com a mãe envolvida na história, ele não teria pena.

Pois Jacob Hunter era um homem inclemente.

Capítulo Quatro

LOUISE ACORDOU DE UM SONO agitado, perturbado por alguém ou alguma coisa, e, até despertar por completo, não conseguiu lembrar o que fora.

Esfregou os olhos e viu o relógio na mesa-de-cabeceira, velha lembrança do falecido sogro, um objeto que às vezes parecia funcionar por vontade própria. — Quatro horas! — Por instinto, olhou o lugar ao seu lado na cama, onde o marido normalmente estaria a sono solto, com um braço sobre a cabeça e o outro no peito.

Naquela manhã, ele não estava nessa posição simplesmente porque não estava ali.

— Ben? Aonde você foi? — perguntou ela, baixinho. Na penumbra, teve a impressão de vê-lo ao lado da janela, mas era apenas uma sombra, formada pela névoa de verão que às vezes subia do vale, obstruindo a luz do amanhecer.

Saiu da cama, pegou rapidamente um roupão e foi até a janela, onde abriu as bonitas cortinas de tule que Sally tinha feito com suas mãos habilidosas.

Alguma coisa chamou a atenção de Louise. "Ora, é Ben que está lá", pensou. Ele andava pelo quintal, Louise viu bem. "Que diabo faz a essa hora da manhã?" Estava acostumada a ver o marido acordar cedo quando havia trabalho a fazer, mas o campo acabara de ser limpo e ainda não era tempo de colheita. Àquela hora da manhã, as galinhas ainda estavam no galinheiro e até o galo estava em silêncio.

Quando Ben apareceu na clareira, à frente do campo, Louise viu que ele tinha uma espingarda sob o braço e estava com Bóris, o cachorro.

Nervosa, ela vestiu depressa o roupão e o amarrou na cintura; naquelas fazendas antigas, as manhãs eram frias. Pegou seus chinelos azuis ao lado da cama e, descalça, desceu para o térreo sem fazer barulho. Ao passar pelo quarto de Sally, cuidou para ser mais silenciosa; não valia a pena acordar a velha senhora. Por um motivo ou por outro, ela havia perdido muito sono nas últimas semanas.

No térreo, Louise pegou um casaco comprido atrás da porta e colocou-o sobre os ombros, apanhou a grande chave de ferro que estava no prego e, ansiosa, abriu a porta. Estremeceu quando uma rajada de ar frio e úmido entrou, tirando seu fôlego.

Fechou a porta e correu pelo quintal na direção do grande gramado onde tinha visto Ben. Chegou à passagem na cerca e parou para tomar fôlego, enquanto seu olhar ansioso esquadrinhava o campo. — Ele não pode estar longe — concluiu, alto. Cruzou os braços no peito para se proteger do frio e lembrou-se da direção em que ele estava indo. — Sei que era para esse lado.

De repente, lá estava ele. Sua silhueta familiar e acolhedora estava recortada contra o céu; o cachorro e a fina e ameaçadora forma da espingarda eram bem visíveis. — Seja lá o que ele estiver indo fazer, parece muito decidido — murmurou Louise. O primeiro nome que surgiu em sua cabeça foi *"Jacob!"*.

Mas o cunhado não estava lá. Há quatro dias não era visto nem se ouvia falar nele, desde a leitura do testamento do pai.

Dali a pouco, outro homem se aproximou de Ben. Louise identificou-o na hora, era o gigante simpático, Eric Forester. Trabalhava como guarda-caça na propriedade de Salmesbury Manor, onde tinha um pequeno chalé, e era também fazendeiro arrendatário. Como tantos outros, colhia o milho maduro e recebia como pagamento uma parte da safra.

Esse arranjo era comum entre os fazendeiros, sendo prático para os dois lados. O homem arrendava a fazenda e investia na grande e dispendiosa maquinaria necessária para o serviço. Com isso, pequenos fazendeiros como Ronnie Hunter não precisavam se endividar comprando máquinas dispensáveis que não tinham condições de adquirir. Era muito mais interessante para eles reservar uma pequena parcela de seus lucros para contratar um arrendatário.

Como os dois homens estavam conversando, Louise não perdeu tempo procurando-os. Correu pelo campo e chamou o marido: — Ben!

Ben se assustou. — O que está fazendo aqui, menina? — Segurou nos ombros dela e disse: — Não sei como você não pega uma pneumonia.

Ofegante, ela ficou um instante respirando com força o ar frio. — Acordei, você não estava — explicou. — Vi você pela janela, com o cachorro. — Seu olhar nervoso parou na espingarda enfiada sob o braço dele. — Para que isso?

Louise percebeu o olhar dissimulado que Ben e Eric trocaram. — As raposas estão atacando as galinhas outra vez? — ela perguntou.

Ben fez um gesto com a espingarda para que ela se afastasse e mentiu: — Isso mesmo, querida. Hoje cedo, Eric bateu lá em casa. Parece que as raposas foram atrás das galinhas de uns fazendeiros na noite passada, e assim achamos que era hora de nós também caçarmos. — Olhando para Eric, ele deu uma piscadela. — Não foi?

Eric confirmou e Ben ajuntou: — A melhor hora para pegá-las é de madrugada, quando estão voltando para as tocas.

Nessa parte, Eric concordou com entusiasmo: — É isso mesmo. — E, virando-se para Louise, num tom mais suave, sugeriu: — Se me permite, dona, acho melhor voltar e ficar ao lado de uma lareira quente e aconchegante.

Com vento o frio da manhã batendo em suas pernas descobertas, ela pensou e concordou. — Então vou voltar, Ben.

— Olhe por onde anda, querida, e tranque a porta quando entrar — ele girou-a nos braços e beijou-a na boca.

Louise prometeu que assim faria. Àquela hora da manhã, trancar a porta tinha se tornado um hábito, pois moravam num lugar isolado e Ben sempre recomendava que ela não se arriscasse.

Os dois homens observaram a jovem voltar. Quando ela estava no alto do vale, virou-se para acenar, mas eles já tinham sumido.

Depois de vê-la sair segura do vale, Ben e Eric seguiram caminho. — Essa foi a primeira vez que menti para Louise — disse Ben, que não estava à vontade com o fato.

— Por que não contou a verdade para ela, que Jacob mandou por mim um recado para você? Se ele estava realmente falando sério quando disse que ia destruir você, na certa Lou entenderia que você tem que fazer vigília, não acha?

— Entenderia, sem dúvida — respondeu Ben, olhando, encantado, a plantação de milho que ondulava com o vento. — Nossa maior fonte de renda vem dessa produção — ajuntou.

Ele jamais entenderia como Jacob podia zombar daquela vida no campo. Mas os dois irmãos jamais tiveram nada em comum, o que Ben lastimava amargamente.

Antes que Ben dissesse qualquer coisa, Eric já havia entendido o que se passava na cabeça do amigo. E Ben falou com tanta emoção que sua voz tremia: — Se Jacob ateasse fogo a essas plantações, ele nos destruiria. A renda da terra é que nos sustenta, e ele sabe disso.

— Foi por isso que você não contou a Louise, por não querer que ela se preocupe, não?

— Mais ou menos.

— Acha que Louise pode procurar Jacob para acertar as contas?

A idéia fez Ben rir. — Ela é brava, a minha menina — respondeu, calmo. — Quem pode saber *o que* faria? — Ficou sério e acrescentou: — Acho melhor que ela e minha mãe não saibam o que Jacob disse a você no bar.

— Talvez ele só tenha dito aquilo porque estava bêbado.

Ben balançou a cabeça. — Bêbado ou sóbrio, Jacob quer me arruinar. Desde aquele dia no escritório do advogado, eu soube que ele causaria algum problema. — Ben não sabia o que Jacob estava pensando, mas concluiu: — Uma coisa é certa: alguma ele vai aprontar.

Os dois continuaram andando e Eric olhou todo o campo em volta. — Bom, não vejo ninguém por aqui. — Como guarda-caça de Salmesbury Manor, Eric sabia tudo sobre invasores.

Ben ficou agradavelmente surpreso. — Vamos olhar no galinheiro.

Uma rápida inspeção mostrou que estava tudo intacto, embora tivessem acordado o galo, que passou a cantar, como disse Eric, "como num programa de calouros!".

Ben olhou para cima. O sol tinha surgido e o céu estava no mais belo tom de azul cor de lóio. — Já que estamos aqui, vamos soltar as galinhas — sugeriu.

Logo depois, as aves estavam correndo, cacarejando e brigando na suave luz da manhã. — Agora me deu vontade de comer ovos com bacon — brincou Ben, e, quando Eric estalou os lábios, foi o bastante para eles voltarem para casa, os estômagos vazios fazendo com que apressassem o passo.

—Você deve estar aliviado por não haver qualquer dano. — Eric continuava cauteloso e seus olhos ágeis varriam o campo em busca de estranhos.

— Claro que estou aliviado. — Mas, como Eric, Ben estava tenso.

— Jacob estava só contando vantagem, não vai fazer nada. — Eric era sempre otimista.

Ben não estava seguro. — Acontece que tenho de me cuidar — disse, pensativo. — Conheço meu precioso irmão mais do que a maioria das pessoas e pressinto que ele não vai demorar a aparecer aqui outra vez.

***

Com cuidado, Louise destrancou a porta dos fundos da casa e ficou surpresa e desanimada ao ver a sogra esperando no corredor. — O que vocês dois estavam fazendo lá fora, a essa hora da manhã? — a velha senhora queria saber.

— E o que *você* está fazendo? — retrucou Louise, sorrindo com o que via: Sally estava com o velho vestido azul e chinelos vermelhos e gastos. Os bobs de alumínio estavam desenrolados até a metade de várias mechas de seu cabelo fino, e ela segurava sem muita força a dentadura.

Com carinho, a moça repreendeu-a: — Pensei que eu tinha deixado você na cama, dormindo profundamente.

—Você provavelmente passou pelo meu quarto nas pontas dos pés, mas não adiantou, menina. Na verdade, achei que havia uma manada de elefantes solta! — Sally deu uma risada. — Desculpe, Lou, mas você nunca foi silenciosa.

A jovem também riu. — Você é que acha, Sally Hunter! — Louise tirou o casaco comprido e dependurou-o outra vez atrás da porta. — Puxa, lá fora está bem frio.

Ela tremeu e Sally ficou preocupada. — Entre, querida. Sente-se ao lado da lareira enquanto ponho a chaleira com água para esquentar. — Foi para a copa, dizendo: — Aí você me conta o que aconteceu.

Louise ficou se aquecendo diante do fogo da lareira que Sally acendera enquanto ela estava fora. A velha senhora lavou a dentadura na torneira e colocou-a na boca; depois, esquentou a água, preparou o chá e, sem perda de tempo, trouxe dois canecos quentes para a sala. — Pronto, menina. Exatamente do que nós estamos precisando.

Deu um caneco para Louise, pegou o outro e sentou-se na velha cadeira de balanço. — Então, o que aquele meu filho fazia lá fora a essa hora da manhã?

Louise tomou um gole de chá e deu de ombros. — Estava olhando o campo, vendo se estava tudo bem. Parece que, na noite passada, as raposas atacaram e levaram algumas galinhas dos fazendeiros.

— Ele estava com Eric Forester? Acho que reconheci seu corpo comprido e esguio.

A jovem concordou. — Ele é uma ótima pessoa. Sempre educado e gentil.

— Hum-hum — fez Sally, concordando. — E bonito também, apesar de tão magro. — Sentindo uma certa nostalgia, ela lembrou: — Conheço Eric desde pequeno, eu e a mãe dele engravidamos na mesma época. Se bem me lembro, Eric nasceu quatro dias antes de...

Ela não queria dizer o nome de Jacob, então balançou a cabeça, apertou os lábios e acrescentou: — Acompanhei esse menino durante toda a sua infância e adolescência. Quando se casou, ah, fiquei contente por ele.

Seu velho rosto enrugado adquiriu uma expressão severa. — O casamento durou só dois anos, porque a mulher fugiu, foi cantar nas boates de Londres. Foi também a melhor coisa que podia acontecer para aquele rapaz. — Sally suspirou fundo. — Eles se divorciaram logo depois. Uma vergonha, nossa! A pobre mãe dele passou um tempo sem conseguir andar pela cidade de cabeça erguida.

— Mas a ex-mulher fez carreira, não? — Louise lembrava que tinham lhe contado. — Ben disse que Sharon Dewey foi muito bem e se casou com um sujeito rico do East End de Londres.

— É, mas aposto que já o largou há muito tempo. — Sally não perdoava com facilidade. — Ela era uma bela sirigaita... do tipo que topa qualquer coisa, se quer mesmo saber minha opinião.

— Por que Eric nunca mais se casou?

— Alguém pode culpá-lo? — Sally deu uma risada, de repente. — Acho que ele teve uma primeira experiência muito ruim, pobre rapaz.

Louise achava aquilo um desperdício. — É uma lástima que fique sozinho, pois eu o acho uma ótima pessoa.

— Não diga isso, menina! Ele tem os pais e a irmã, trabalha o dia inteiro, então tenho certeza de que não tem tempo de ficar sozinho. Além do mais, dizem que tem muito dinheiro, ainda mais por não ter uma mulher para sustentar.

Pensando em Ben e cansada da conversa, Louise olhou pela janela. — Será que já estão voltando?

Sally olhou para a nora e disse: — Acho que eles não estão caçando raposa nenhuma. Pelo menos, não uma raposa de quatro patas.

— O que você está querendo dizer?

— Estou falando de Jacob — disse a velha senhora, mostrando a janela e continuando a falar, séria: — Você não pensa que ele desistiu, pensa?

— Mas o que pode fazer? A fazenda ficou para Ben, com todas as letras, está escrito no testamento e o advogado disse.

— O sr. Bryce não conhece Jacob como nós, não mesmo! Ele deve estar lá, planejando alguma coisa ruim, como o demônio que é. Estou lhe dizendo, menina, Jacob está de olho nessa fazenda e não vai descansar enquanto não consegui-la.

— Então acha que eles estavam vendo se Jacob estava por lá?

— Não tenho a menor dúvida. Era isso que estavam fazendo.

— Então, por que Ben mentiu para mim? — perguntou Louise, com raiva.

— Pelo mesmo motivo por que também mentiu para mim. — Sally piscou, maliciosa. — Porque eles são homens, e nós somos mulheres, acham que não devemos saber de tudo. Acham que vamos nos preocupar, ficar nervosas e nos meter.

Louise sorriu, relutante, ao ouvir aquilo. — Você quer dizer que só servimos para fazer comida para eles, lavar as meias e ficar na cama nuas quando eles querem?

— Os homens são todos iguais. — Sally se benzeu e riu, nervosa. — Exceto o meu Ronnie, claro.

— Claro. — Louise estava lendo os pensamentos de Sally e deu uma risada. — Sua atrevida, você está mesmo querendo dizer o que penso que está?

— Depende do que você *pensa* que estou querendo dizer.

— Daqui a pouco eles chegam — disse Louise, mudando de assunto. Sally piscou. — Daqui a um minuto, acho.

— Que tal se déssemos uma lição neles?

Sally fez uma careta. — Por que não?

— Afinal, ele mentiu para mim. Achou que eu não agüentaria ouvir a verdade.

Sally pegou os dois canecos vazios e levantou-se. — Seria lastimável se eles nos encontrassem aqui, tomando chá e jogando conversa fora...

Louise terminou a frase: — ... como duas mulheres inúteis!

Sally saiu para colocar os canecos na pia, enquanto Louise conferia se a porta dos fundos estava mesmo bem trancada.

Depois, cada uma foi para seu quarto e deitou-se.

Quando os homens chegaram, encontraram o fogo crepitando na lareira e dois canecos vazios na pia. Ben descobriu que as duas estavam dormindo e disse a Eric: — Sinto muito, companheiro. Acho que teremos de preparar o nosso café.

Ao considerar o lado engraçado da situação, Eric desconfiou que Louise pregara uma peça neles. — Você não disse que as mulheres acenderiam a lenha do fogão e aprontariam o café assim que chegássemos? — Ele não conseguia deixar de sorrir.

Ben riu alto. — Aquelas danadas! — exclamou, percebendo também a graça. Mas tomaram um farto café da manhã do mesmo jeito.

No andar de cima, Louise ouviu quando eles mexeram nos armários. Ela não estava dormindo, mas ficou lá, com o estômago roncando com aquele delicioso cheiro de bacon frito. Ouviu a porta se fechar quando Eric foi embora e a porta do quarto se abrir. Lá estava Ben. — Venha cá — disse ela, abrindo os braços.

Ela gostava de tirar a camisa dele e passar as pontas dos dedos na sua coluna. Algumas carícias íntimas, alguns beijos demorados e ela se entregou.

Havia sempre problemas urgentes a exigir a atenção deles, por isso aquela foi a primeira vez em semanas que tiveram tempo para o amor. E foi maravilhoso — os dois ficaram ofegantes e satisfeitos.

Depois, se abraçaram e trocaram idéias: — Você acha que Jacob vem atrás da fazenda? Mesmo que ela seja legalmente sua? — Louise precisava saber.

Ben pensou um instante, com um braço na cabeça, como fazia sempre que estava descansando, e o outro ao redor do ombro dela. — Acho — respondeu, enfim. — Ele virá, no mínimo *porque* papai a deixou para mim.

Virou-se e beijou a ponta do lindo nariz dela. — Não vai conseguir — garantiu. E, de repente, a voz dele passou a ser um sussurro quase inaudível: — Eu o mato antes!

Louise teve medo.

Depois que ele dormiu, passou um bom tempo acordada, pensando no que fazer. Deveria implorar a Jacob para que os deixasse em paz? Não adiantaria, concluiu. Ele iria rir e pensar que ela estava se oferecendo.

Olhou para o marido, dormindo o sono dos inocentes, e sentiu seu amor aumentar. — Vamos lutar contra ele. Deixe que faça o que quiser. Seja como for, eu estarei ao seu lado, que é o meu lugar — sussurrou ela.

⁂

No outro quarto, Sally também não conseguia dormir.

Só naquele dia, depois de tantas coisas graves terem ocorrido nas últimas semanas, ela e Louise tinham descoberto que Ben não contara a verdade.

Era uma atitude típica dele, querendo protegê-las. Ela não podia culpá-lo, era um bom filho. Era tudo o que ela podia querer que fosse.

Ben era carinhoso e cheio de afeto.

Jacob era frio e perigoso. Sabia de alguma coisa que não contava.

E *onde* estavam aqueles recibos que o marido dela guardara?

Pela enésima vez nos últimos dias, Jacob estacionou o carro na metade da Montague Street, onde havia menos trânsito, e foi andando pela King Street até o prédio do outro lado, que parecia de alguma empresa pública.

Era sexta-feira, por isso as ruas estavam cheias de mulheres com bebês e crianças pequenas correndo para casa com seus carrinhos altos e sacolas de compras; homens de colarinho branco também iam para casa em seus pequenos Fords pretos, após um dia no escritório; hordas de crianças, chutando e gritando, voltavam da escola para casa, fazendo muita confusão.

Havia também outros homens, de bonés e botas, e mulheres de todos os tipos e idades saindo das fábricas de tecidos, ainda com suas toucas e turbantes, a caminho de casa e de arrancar os sapatos e descansar um pouco os pés doloridos.

Em sua ignorância, Jacob desprezava aquelas pessoas. Eram meros peões que se moviam no tabuleiro de algum todo-poderoso e não sabiam nada da vida. Corriam para o trabalho e depois para casa, sem encontrar nada interessante entre um caminho e outro. "São como abelhas operárias ou carneiros", pensou ele e, quando deu um encontrão numa dessas pessoas, limpou a roupa com a mão, como se tivesse tocado em algo contagioso.

Uma mulher, operária da fábrica local, já o tinha visto antes e sabia quem era ele. — Não me surpreende que você não olhe por onde anda — disse ela quando os dois se chocaram na calçada. — Tem o nariz tão empinado que não enxerga um palmo adiante do nariz! — disse e foi-se, deixando Jacob olhando-a de boca aberta. Perdido em pensamentos, ele fora pego desprevenido.

Disse alguns desaforos para a mulher e recompôs-se outra vez.

Depois, prestou atenção no prédio em frente e empertigou-se. Espanejou as roupas, endireitou a gravata e, levantando a aldraba da porta, bateu com força na madeira.

Deu três batidas. — Andem logo, pelo amor de Deus, andem! — Jacob Hunter era conhecido pela sua impaciência.

Entre as batidas na porta, aproveitou para admirar o prédio, que era sólido, com vitrais encastoados entre barras de pedra. Tinha diversos escritórios, aonde se chegava através daquela imponente entrada. No alto de um lance da escada de pedra, encontrou a porta almofadada em carvalho, com uma extravagante aldraba em forma de cabeça de leão. Bateu mais uma vez na madeira.

— Nossa! — A jovem que abriu a porta era magra e feiosa, e seu rosto pálido estava assustado. — O senhor está muito apressado.

— E *você*, mocinha, me fez esperar!

Sem ouvir a resposta, Jacob passou por ela, ignorando suas desculpas.

— Desculpe, senhor. A recepcionista está doente e fui chamada à sala do sr. Martin... senhor! Não pode entrar na sala dele sem hora marcada... SENHOR!

Ela sentiu um grande alívio quando a porta do escritório se abriu e o próprio Alan Martin apareceu. — Não tem problema, Jean. — O sorriso dele disfarçava a raiva por Jacob Hunter entrar daquele jeito. — Pode entrar.

Dando passagem, Martin esperou Jacob entrar e só então virou-se para ele. — Que diabo acha que está fazendo, homem? Como ousa armar um escândalo desses? Pensei que quisesse manter nossa transaçãozinha em segredo.

Ao dizer isso, falou mais baixo e rangendo os dentes: — Estou começando a achar que não devo negociar com você! — Jogou-se na cadeira do escritório e olhou firme para Jacob. — *Não quero que chame atenção para mim. Entendeu?*

Jacob ignorou a pergunta. — Eu precisava me encontrar com você. — Sem esperar ser convidado, sentou-se na cadeira em frente. — O tempo está passando. Quero que eles saiam da minha fazenda e, se *você* não me ajudar, vou procurar outra pessoa.

Martin, um homem barrigudo e de suíças, enrubesceu. — Hunter, você esquece que, além de você, só eu sei que seu pai pagou cada centavo do empréstimo. Se você procurar outra pessoa, eu vou ao tribunal e conto a verdade. Assim, a menos que queira ser preso, você tem que fazer isso comigo e mais ninguém!

—Você está demorando muito.

— Pelo contrário, acho que já estamos bastante adiantados. Passei as três últimas noites alterando meus arquivos para mostrar que seu pai ainda devia grande parte do empréstimo. Assim, posso executar a hipoteca a qualquer momento.

Jacob gostou do que ouviu. — Então, estamos prontos?

—Você está com os recibos?

Jacob sorriu. — Claro, estão bem guardados.

Alan Martin não retribuiu o sorriso. — Mandei você queimar os recibos.

— Mas por que eu faria isso? — Jacob era rápido. — Enquanto eles estiverem comigo, você não vai pensar em tirar a minha parte. Porque, se não dividirmos o dinheiro da venda da fazenda vinte e oito dias após o leilão, os recibos "sumidos" vão aparecer e eu direi que não sei de nenhum negócio por baixo do pano. Se alguém tem culpa, deixarei bem claro que não sou *eu*!

O outro avaliou o que ouvira por um instante. — Muito bem, mas entenda uma coisa: não entrego nenhum dinheiro se não receber os recibos.

— Claro — Jacob deu uma risadinha. — Quando o dinheiro estiver na minha mão, os recibos não terão mais a menor utilidade para mim.

De repente, o outro ficou muito pensativo. — Numa noites dessas, lembrei de uma coisa que poderia nos complicar — murmurou.

— Não vejo como. Nós pensamos em tudo. — Mas, vendo seu cúmplice tão sério, Jacob ficou indeciso. — Ou não pensamos?

— Pegamos todos os recibos, não é?

— É. Não foi o que acabei de dizer?

— Bom, ponha-se no lugar do advogado. Meu livro de contas vai mostrar que o sr. Ronald Hunter pagou dozes meses da dívida, mais nada.

— E daí?

— Daí, eu teria dado recibos desses dozes meses, mas onde estão eles?

— Você ficou surdo? Eu já disse que estão comigo! — Jacob estava cada vez mais nervoso. Aonde aquele sujeito estava querendo chegar?

— Não está vendo, Hunter? Esses doze recibos foram guardados por seu pai. Nós dois sabemos que ele não ia perder uma coisa tão importante.

— Está dizendo que eu devia ter pego só os que não queremos que eles encontrem?

— E deixar os outros exatamente onde seu pai escondeu, isso mesmo! — Martin levantou-se da cadeira e levou Jacob até a porta. — Ponha-os lá outra vez. — Inclinando-se, sussurrou no ouvido de Jacob: — Ponha os recibos do primeiro ano no lugar onde os achou, *o mais rápido possível*!

— Pode ter certeza de que isso será feito.

— E saia do meu caminho. O caso tem que ficar bem caracterizado como inadimplência. Seu pai me devia dinheiro, dois anos de um empréstimo de três anos, e eu preciso receber. Eu executo a hipoteca da fazenda e a coloco em leilão. É preto no branco.

— E eu serei o feliz comprador — zombou Jacob. — É uma situação irônica, não? Fraudamos dois anos de pagamento e, quando a fazenda for colocada à venda para cobrir a dívida, eu a compro com a metade do dinheiro que você recebeu do meu pai. — Ele balançou a cabeça, admirado com o plano. — É isso que eu chamo de justiça.

— Teremos de fixar um preço mais alto pela fazenda, para não haver nenhum outro comprador interessado.

— Por mim, tudo bem — Jacob riu. — Não sou eu que estou pagando.

— Seja discreto.

— Quando você começa a agir?

— Na próxima semana.

Jacob esfregou as mãos. — Quanto antes, melhor.

— Primeiro, tenho de requerer aos tribunais, mas isso não demora. Acho que posso mexer uns pauzinhos por lá.

— Ótimo.

— A partir de hoje, você *precisa* ficar longe de mim. Suas visitas até hoje podem ser justificadas, se preciso. Na verdade, como amigo e conselheiro de seu pai, eu estranharia se o filho mais velho dele não viesse me visitar de vez em quando. Mas devemos tomar cuidado para não chamar a atenção de ninguém.

— Você não verá nem minha sombra até eu pegar o dinheiro.

— Nesse dia também não deve vir aqui. Eu entro em contato com você. — Martin consultou sua agenda de bolso. — Vai estar na mesma casa nas próximas semanas?

— Até conseguir o que é meu, depois vou buscar novos horizontes. — Jacob franziu o cenho. — Quando a fazenda deixar de ser deles, acredito que Sua Majestade Louise vai estar mais disposta a me acompanhar.

Há muito tempo, Alan Martin sabia da obsessão de Jacob pela cunhada. — Você é um idiota! Agora pode ir, saia.

Jacob não gostou de ser expulso. — Tome cuidado. Vou vigiar todos os seus passos — ameaçou.

Mas Jacob encontrara em Alan Martin um adversário à altura. — Não venha me ameaçar! — avisou Martin e, vendo seu olhar, Jacob amunhecou.

— Tem certeza de que falamos de tudo? — perguntou, ansioso. — Quer dizer, não ficou nada pendente?

— Não, agora que você vai colocar os recibos no lugar onde os encontrou. Pare de se preocupar, homem. Já acertamos os pontos principais, deixe o resto comigo. Nosso negócio termina após a venda da fazenda.

— Como vou saber quando dar sinal de vida?

— Você não faz nada sem eu avisar.

— Quando a fazenda será posta à venda?

— Veja o aviso na prefeitura.

— Quando?

— Daqui a duas semanas, no máximo.

Ao sair, Jacob estendeu a mão. — Não volto mais aqui.

— Não. Fico satisfeito que você tenha conseguido a fazenda, finalmente.

Com essa garantia, Jacob agradeceu outra vez. *Estava tudo acontecendo como ele queria. Já tinha esperado demais, mas duas semanas passariam rápido.*

Capítulo Cinco

O RISO DE SALLY ECOOU pelo campo. — Você é uma desavergonhada, Louise Hunter! Fica mostrando os calções para todo mundo! — Sally olhava para cima, protegendo os olhos com a mão, quase ofuscada pelo sol. — Se eu ficar totalmente cega, não vai ser por causa do sol — continuou, rindo. — Vai ser por causa do seu traseiro de fora que estou vendo aqui de baixo, sorrindo para mim.

Dependurada na árvore, Louise se abraçava com força a um galho, tentando voltar para o galho principal da árvore, mas desistiu da idéia quando o seu começou a ranger perigosamente. — Que bom que você está se divertindo, Sally — disse Louise, bem-humorada. — Daqui de onde estou não tem muita graça.

Ela não ousava olhar para Sally lá embaixo, que parecia não perceber a gravidade da situação. — Se você não trouxer aquela escada rápido, vou cair e quebrar o pescoço.

— Culpa sua. Eu falei para você deixar Ben fazer isso — Sally a censurou. — *Eu falei* que você ia perder o equilíbrio.

— Foi, você tinha razão, e agora estou presa, não posso sair. Por favor, pare de rir e me ajude, sim?

— Não sei se consigo. — Sally continuava rindo muito. — Além do mais, se você conseguiu subir, consegue descer.

Louise abraçou o galho com mais força e gritou para baixo: — Estou presa mesmo, Sally! Pelo amor de Deus, ponha a escada para mim!

Finalmente, Sally pareceu perceber que a situação era delicada. — Fique aí, não se mexa — mandou.

Dessa vez foi a jovem que sorriu. — Não vou a lugar algum, Sal. — Louise revirou os olhos para o céu. — Vou é cair de cara no chão, se você não me ajudar.

— Desculpe, menina. Parece que a escada está presa. — Sally forçou a escada, que tinha escorregado e se prendido nos galhos, depois puxou-a para um lado e para outro, sem conseguir soltá-la.

— Depressa! — Louise já estava desesperada.

— Estou fazendo o que posso. — A velha senhora ficou assustada, tentou balançar a escada para soltá-la e com isso balançou os galhos também e fez cair no chão a cesta quase cheia de maçãs que Louise tinha encaixado na forquilha da árvore.

Ao ver a cesta de vime cair e as maçãs rolarem pelo chão, Sally teve uma estranha reação. — Não consigo, menina! — gritou para cima. — Vou chamar Ben. Se segure. Não caia agora! — E lá se foi ela, correndo aos pinotes e chamando o filho: — Ben, venha rápido. Nossa Louise está presa na macieira!

Ben estava no galpão, procurando os recibos do pai, uma tarefa ingrata, que parecia não ter fim. Saiu, enxugou o suor da testa e perguntou: — O que foi, mãe? É incêndio?

O sorriso dele sumiu quando a mãe contou de Louise. — Ela estava jogando fora as maçãs bichadas e pediu para eu segurar a escada, mas escorregou e ficou dependurada na árvore, não consegue descer e eu não consigo tirar a escada. Ah, Ben, ela está presa mesmo! — Depois de falar sem parar, tomou fôlego.

— Certo, mãe, não se preocupe. — Segurando-a pelos ombros, sentou-a no banco ao lado da porta. — Fique aí e recobre o fôlego.

— E eu estava rindo, burra que sou. Achei engraçado e agora ela não consegue descer.

Ben sorriu. — Tudo o que sobe, desce. Não é o que diz o ditado?

Sally deu um suspiro. — Vá logo, rapaz. Corra.

Sem perder tempo, ele correu para o pomar e lá encontrou Louise abraçando o galho mais alto e mais distante. — Sua mãe não conseguiu — ela gemeu, olhando para baixo, triste. — Eu não devia ter pedido para ela segurar a escada.

Ben colocou as mãos na cintura e ficou olhando para cima com um sorriso cada vez mais largo e um brilho esperto nos olhos. — Puxa, mas que bela vista! Anáguas e coxas! É de deixar qualquer homem louco!

Estreitando o galho com os dois braços, Louise não podia nem brandir o punho. — Ben, me desça daqui e pare de falar besteira.

De propósito, ele não se mexeu. — Prefiro ficar apreciando a vista mais um pouco.

— Ben, seu miserável, ME DESÇA DAQUI!

Refeita do esforço, Sally voltou para o pomar, ainda reclamando: — Eu disse à menina para não subir muito. Avisei que ela ia cair, mas, ah, ela sabia muito bem o que fazer. É uma cabeça-dura de marca maior. — Mas a nora era tudo para a velha senhora. — Tomara que não tenha se machucado.

Pensando nisso, ela apressou o passo.

***

Jacob vira tudo de um esconderijo.

Vira Ben mexendo no galpão e vira Sally chamando-o. Dera um suspiro de alívio quando a velha senhora fora embora e agora ia, com muito cuidado, para o galpão, esperando que não voltassem antes que ele colocasse os recibos onde os tinha encontrado.

Ao chegar à porta do galpão, viu que o irmão deixara tudo de pernas para o ar. — Hum! Pelo que vejo, Ben está decidido a achar esses recibos. — Rápido, olhou para a caixa de jornais velhos, no canto. Parecia intocada, exatamente como a havia deixado. — Então ele não chegou até a caixa de jornais do velho. — Os olhos de Jacob brilharam. — Tenho de ser ligeiro. A última coisa de que preciso é que aqueles velhacos me peguem aqui.

Como um ladrão na noite, ele tirou os jornais velhos e pegou o envelope com recibos que estava em seu bolso, colocou-o no fundo da caixa, repôs os jornais por cima e saiu do galpão o mais rápido possível.

Num segundo, sumiu. Passou pelo matagal, pelo campo e voltou ao caminho onde havia estacionado o carro. Caiu exausto sobre o carro e ficou tomando fôlego: com o sol inclemente, a corrida tinha consumido suas forças.

Antes de entrar no carro, pegou um lenço no bolso e enxugou o suor do rosto e do pescoço. Em seguida, entrou e deu a partida, saindo pelas ruas como um louco para bem longe de lá.

— Trabalho bem-feito — felicitou-se ele. — Agora é só uma questão de tempo até Ben encontrar os recibos. Vai levar um choque, sem a menor dúvida!

Deu um sorriso cruel. — Ah, eu pagaria qualquer coisa para ver a cara dele ao encontrar os recibos!

<hr>

Os três voltaram para casa rindo. — Você ia me deixar em cima da árvore um mês inteiro, seu pilantra! — Mas Louise não estava zangada.

— Ainda bem que fui *eu* que desci você e não outro homem — disse Ben, abraçando-a e dando-lhe um sonoro beijo na boca. — Senão, o cara podia fugir com você.

Louise riu também. — E o que você faria? — perguntou.

— Procurava você por todo canto até encontrar. — Um olhar apaixonado iluminou os olhos dele. — Nenhum homem pega a *minha* mulher!

Falou com tal ênfase que Louise calou-se por um instante. Sabia que ele estava se referindo a Jacob e sentiu uma dor no coração. Não era fácil para uma mulher ficar entre dois irmãos, sem ter feito nada para isso.

Sentindo que o clima entre eles tinha mudado, Sally interveio: — Quer dizer que você não está zangada por causa de sua pequena aventura, hein? — perguntou, irônica.

— Claro que não. Você tinha que rir, eu devia estar numa posição muito engraçada — admitiu Louise, segurando a mão da velha senhora. Pegou a barra da saia e resmungou: — Mas estraguei meu vestido — e mostrou um rasgão que ia da cintura à barra.

Ben beijou-a outra vez e prometeu: — Eu compro outro. Mas, primeiro, tenho de achar os recibos. O sr. Bryce está ficando nervoso, vou me encontrar com ele amanhã, com ou sem os recibos. Parece que Alan Martin entrou em contato com ele e precisa falar comigo.

Sally olhou para ele. — Ele pode ter emprestado o dinheiro para seu pai. Eram amigos desde que nós todos estávamos na escola.

Ben concordou: — Pode ser. Aliás, eu tinha a intenção de visitá-lo. Será bom ouvir o que tem a dizer, mas não posso perguntar de chofre se ele emprestou o dinheiro.

— Talvez por isso o sr. Bryce tenha chamado você.

Ouvindo a conversa, Louise perguntou: — Se ele emprestou o dinheiro, deve ter anotações, não?

Ben concordou outra vez: — Espero que sim. Mas ouvi dizer que ele estava com problemas nos negócios.

— Espero que a gente saiba tudo logo, de uma forma ou de outra.

— Sim, menina, com certeza. — Mas será que ouviriam algo positivo, ou saberiam de mais problemas? Foi a dúvida que passou pela cabeça de Ben.

Ele levou um instante para colocar em ordem as idéias. — Revirei a casa de alto a baixo e não vi sinal dos recibos, nem na caixa em que ele guardava as certidões de nascimento e casamento. Só falta procurar nesse velho galpão.

— Então procure — Louise disse. — Vou fazer chá e sanduíches. Acho que todos nós merecemos uma pausa.

Sally se ofereceu: — Eu faço o chá enquanto você prepara os sanduíches. — E lá se foram as duas, conversando calmamente.

— Alan Martin foi um grande amigo de Ronnie, embora eu não confiasse muito nele — contou Sally. — Muita gente diz que ele não era honesto nos negócios, mas tenho certeza de que não faria nada contra um velho amigo. — As coisas começavam a clarear. — Quando terminar essa história de empréstimo, a fazenda passa para o nome de Ben e tudo vai ficar certo — disse ela.

Louise olhou o céu, inundado de sol. Era assim que havia sido a vida deles antes. Naquele momento, ao contrário de Sally, ela sentia uma ponta de ansiedade. Perguntou:

— Tem certeza de que Ronnie guardou os tais recibos? Você disse que ele nunca comentou nem com você do empréstimo.

— Ele era assim mesmo, não me contava nada que pudesse me preocupar — respondeu Sally, com carinho. — Mas guardou bem os recibos. Meu Ronnie era muito meticuloso nos negócios.

Sentindo a tristeza da velha senhora, Louise deu o braço para ela. — Essas coisas não são fáceis de esquecer, não é, Sal?

A sogra balançou a cabeça. — Não, menina. Perdi um bom homem e meu melhor amigo.

Sally virou-se e sorriu para Louise, com lágrimas nos olhos enrugados. — Mesmo assim, ainda tenho mais sorte que a maioria das pessoas, pois tenho você e Ben. E, quando ele encontrar os recibos, teremos a segurança de um teto sobre nossas cabeças. — Apertando o braço da jovem, ela sorriu e perguntou: — O que mais pode querer uma velha?

As duas entraram na casa para preparar o lanche, parecendo mais tranqüilas.

Enquanto Louise e a sogra se ocupavam na cozinha, Ben procurava em cada canto do galpão. — Tem que estar aqui! — Quanto mais procurava, mais desanimado ficava.

De cócoras, parou um instante e passou as mãos no cabelo. Fechou os olhos, angustiado. — Onde você os guardou, pai? Você devia saber que eram importantes. Por que não confiou em mim?

Ben abriu os olhos e viu a caixa no canto. — Será que estão lá?

Sabia que o pai guardava jornais velhos naquela caixa para embrulhar cenouras e maçãs na primavera. Às vezes, nas noites frias de outono, ele usava jornais também para acender os gravetos no braseiro. Mas, em geral, quase não se mexia naqueles jornais.

— Já olhei tudo. — Ben tinha procurado em cada parte da casa.

Ficou parado, com medo de olhar na caixa e se desapontar, mesmo sabendo que era preciso, pois todas as outras possibilidades estavam excluídas.

Se os recibos não estivessem escondidos na caixa, então não estavam em nenhum lugar da casa.

Indeciso, levantou-se, foi até a caixa e levou-a para um banco. Começou a tirar e examinar todos os papéis que continha. Alguns eram tão antigos que tinham se grudado com a umidade do galpão; outros, duros e secos, esfarelavam-se ao serem manuseados.

Finalmente, com os jornais empilhados no banco ao lado dele, Ben viu o envelope encostado num lado da caixa.

Seu coração bateu um pouco mais forte. — Ah, tomara que seja isso!

Ansioso, abriu o envelope e sentiu um enorme alívio quando viu que eram mesmo os recibos que procurava. — Agora podemos encaminhar as coisas.

Contou os recibos, olhou-os, depois os contou outra vez e seus olhos se arregalaram de incredulidade.

A verdade caiu sobre ele com o peso de uma tonelada. — *Meu Deus! Pelos recibos, apenas um terço do empréstimo foi pago!*

Ele se recusava a acreditar. — Não estou entendendo nada. Papai me fez crer... — Interrompeu-se. — Não. — Balançou a cabeça devagar, de um lado para outro, tentando lembrar o que o pai tinha dito sobre o empréstimo.

Como num pesadelo, lembrou-se de tudo. — Ele jamais me disse que a dívida estava quitada. Quando perguntei por que estava trabalhando no campo, ele apenas disse que não gostava de dever nada a ninguém. Concluí que a dívida estava quitada porque ele trabalhava dia e noite sem parar. E *concluí* que só pararia quando acabasse de pagá-la, mas ele parou porque ficou doente e não porque a tivesse quitado.

Ben ficou com os olhos cheios de lágrimas de raiva. — Ele morreu por dever aquele maldito dinheiro! Por causa de Jacob! Porque aquele calhorda era preguiçoso demais para se sustentar. Que homem é ele para não se importar quando o pai se endivida para lhe dar um trabalho que terminou tão mal quanto ele?

Se Jacob estivesse lá naquele momento, Ben teria lhe dado a surra que merecia. Mas Jacob não estava. E era *ele*, Ben, quem estava sendo castigado, como o pai fora.

Pensou coisas amargas. — Então está rindo de mim, não, Jacob? Parece que não tenho mesmo primazia nessa fazenda. — Era algo muito duro de aceitar. Tão imerso estava ele em pensamentos que não ouviu as duas mulheres chegarem à porta do galpão.

Quando virou-se, viu a palidez de Sally e ouviu a voz dela, pouco mais que um sussurro: — Você disse que Ronnie não viveu o bastante para liquidar as dívidas?

Ben mostrou os recibos. — Desculpe, mãe, mas você ia mesmo saber da verdade em breve. — Abraçou-a e estendeu-lhe o envelope. — Há uma dívida de duas mil libras; os recibos são de menos de um terço da quantia total — disse, brando.

Louise se aproximou, arrasada. — E o que vai acontecer? — perguntou.

Ben não tinha uma resposta. — Não sei, menina. — Pensou no pai e sentiu uma enorme tristeza. — Foi por isso que Alan Martin procurou o sr. Bryce. — Mostrou para ela um papel timbrado que tinha na mão e explicou: — Mamãe tinha razão, foi Martin quem fez o empréstimo.

— Então, por que ele foi procurar o sr. Bryce?

— Como testamenteiro, o sr. Bryce tem que notificar publicamente que o empréstimo foi feito com a garantia da propriedade de papai. Ele me explicou tudo isso. Claro que não pensamos que ainda havia uma dívida, mas parece que há. Como ele quer seu dinheiro de volta, Alan Martin tinha todo o direito de procurar o sr. Bryce.

— Podemos fazer alguma coisa em relação ao empréstimo?

Perdido em pensamentos, Ben deu de ombros. — Só sei que precisa ser pago.

Sally deu uma sugestão: — O sr. Martin sempre disse que era amigo de seu pai. Pode ser então que deixe *você* pagar a dívida, em vez de seu pai. — Ela estava tentando se agarrar num fio de esperança e puxou a manga da camisa dele como uma criança. — O que acha, Ben?

— Vamos saber amanhã, depois que eu falar com o sr. Bryce. Posso perguntar a ele, e só.

Eles não podiam fazer nada, exceto esperar pelo resultado da conversa.

O sr. Bryce não os animou. — Estou com as mãos amarradas, a menos que vocês tenham o dinheiro para pagar. — Desanimado, balançou a cabeça e lembrou a Ben: — A fazenda foi hipotecada, o que é grave.

— Pelo que o senhor disse antes, isso nunca foi acertado por escrito.

— Mas *foi* discutido e acordado pelas duas partes, o que, em termos legais, se chama de "acordo de cavalheiros".

— O senhor tem só a palavra de Alan Martin por garantia.

— É verdade, mas...

— Ah, claro! Sendo ele um homem de negócios e mais rico que meu pai, eles vão aceitá-la como se fosse lei.

O sr. Bryce estendeu as mãos num gesto de impotência e perguntou:

— Diga, rapaz, você tem algum dinheiro de reserva?

— Quem me dera!

Com isso, Ben entrava numa batalha que já estava perdida, mas fez a sua proposta por desencargo de consciência: — O senhor sabe que não tenho dinheiro guardado. Que fazendeiro tem? — Ele passara quase a noite inteira pensando, tentando encontrar uma saída. — Olhe, sr. Bryce, estou pronto a trabalhar muito para conseguir o dinheiro. Disposto até a conseguir mais um trabalho nas fazendas vizinhas, se preciso. Posso pagar a dívida aos poucos, se ele aceitar.

— Eu já havia sugerido algo assim — disse o sr. Bryce. Na verdade, ele tinha conversado muito com Martin, sem resultado. — Posso garantir que ele não vai querer.

— Por quê? Que diferença faz, desde que receba o dinheiro de volta?

— Parece que ele está querendo fazer um negócio de vulto e precisa do dinheiro agora.

— Será que ele é um homem tão duro assim?

O sr. Bryce compreendia Ben, mas lei era lei. — Duro ou não, isso não interessa. O fato é que ele emprestou dinheiro a seu pai quando ninguém mais quis fazer isso. Combinou que o dinheiro seria devolvido num determinado prazo. Não foi. Ele tem todos os documentos assinados por seu pai e com testemunhas, conforme manda a lei.

— O senhor disse a ele que meu pai fez todos os esforços para saldar a dívida a tempo? Eu trabalhava com ele, vi como ele lutou. Estava ao lado dele, tinha muita pena do esforço que fazia, até depois de adoecer. Pelo amor de Deus, meu pai se matou por causa desse maldito empréstimo!

— Entendo como você se sente, mas temos de obedecer às leis.

Como as outras pessoas de bem da região, o sr. Bryce tinha conhecido e respeitado Ronnie Hunter, e sabia que tipo de homem ele fora. O advogado também ficara surpreso pelo fato de o empréstimo não ter sido pago. — Escute, filho. Seu pai já havia deixado de pagar vários meses, violando os termos do acordo. A dívida ainda é alta e Alan Martin agora está exigindo participação no resto dos bens, o que tem todo o direito de fazer, claro.

Ben ficou furioso. — Esse sujeito é um monstro!

— Não sabemos a situação em que ele se encontra, portanto não podemos julgá-lo. E tampouco há como negar que ele foi muito amigo de seu pai.

— Vou falar com ele.

— Duvido que adiante alguma coisa. Na verdade, pode até ser contraproducente. Ele já me explicou que lastima muito a situação, mas, devido aos compromissos que assumiu, só pode reivindicar a propriedade.

— O que isso significa, exatamente?

Recostando-se na cadeira, o sr. Bryce levou um instante para responder. Esperava ser capaz de se expressar com tato, pois as notícias não eram boas.

O que ele disse foi como um balde de água fria nas esperanças de Ben: — Isso significa que a fazenda, as terras e até os móveis da casa constituem a propriedade. Como credor, Alan Martin tem o direito legal de ser pago com esses bens.

— Desconfio que o senhor está querendo dizer uma coisa de que não vou gostar. O que é?

O sr. Bryce tomou fôlego antes de prosseguir, com uma voz mais calma: — A não ser que o dinheiro possa ser devolvido de alguma outra forma, a fazenda, isto é, a "propriedade" será considerada como garantia e colocada à venda.

— Ele não pode fazer *isso!*

— Pode, sim. A propriedade será vendida pela melhor oferta e Martin receberá o dinheiro. A eventual sobra será entregue ao beneficiado por seu pai que, evidentemente, é *você*.

Ben ficou fora de si. Levantou-se da cadeira, a respiração tensa, e deu um soco na mesa com a força de uma marreta. — Martin não receberá droga nenhuma! A fazenda era do meu pai, do meu avô, do meu bisavô. Não vou cruzar os braços e deixar que seja vendida.

O sr. Bryce não se intimidou. Já havia assistido àquela cena antes. — Lamento muito, mas não temos escolha.

— Veremos!

— Por favor, sente-se. — Vendo o olhar desesperado daquele jovem, Bryce pensou que devia ter escolhido qualquer profissão, menos a de testamenteiro. — Vamos ver quais são as alternativas — disse.

Surdo a qualquer coisa, exceto ao que estava em sua cabeça, Ben andou pela sala, passando a mão nos cabelos e lamentando a injustiça de tudo aquilo. — Não vou deixar que isso aconteça — resmungava. — Mamãe está começando a aceitar uma grande perda; se, ainda por cima, perder a casa, ela morre.

— Sr. Hunter, sente-se, por favor!

Socando os próprios punhos cerrados, Ben inclinou-se sobre a mesa e perguntou: — O senhor fala com Martin? Pergunta a ele se aceita o pagamento de uma determinada quantia por mês?

— Você não tem nenhuma poupança?

Ben tentou explicar: — Vivemos com conforto, mas sem desperdício. Pagamos as contas e fazemos algumas trocas com vizinhos, mas nunca sobra dinheiro.

— Muito bem. Existe alguém que possa emprestar a quantia de que você precisa?

— Não. — Ben deixou a cabeça cair sobre o peito, sabendo que ninguém teria aquela pequena fortuna sobrando. — Mesmo que houvesse alguém, não sei se eu teria coragem de pedir. Não somos gente de pedir. Os motivos que levaram papai a fazer essa dívida foram muito urgentes. Que eu saiba, ele nunca fez isso antes.

O advogado conhecia muito bem os motivos do empréstimo. — Você não deve se condenar. Está tentando fazer o melhor possível por sua família, o que às vezes é só o que se pode fazer.

Bryce viu o desânimo nos olhos de Ben e se entristeceu. — Seu pai ficaria orgulhoso de você.

— Não se eu perdesse a fazenda.

— Ele alguma vez disse que estava hipotecando a fazenda?

— Não.

— Entendo.

— Por favor, pergunte a Alan Martin se ele pode mudar de idéia. Vou me matar de trabalhar para pagar o empréstimo. Diga isso a ele.

Bryce não podia prometer nada. — Vou tentar.

— É só o que lhe peço.

Os dois trocaram um aperto de mão.

Bryce ficou na janela de seu escritório, vendo Ben se afastar, na rua. — Você é um homem direito, Ben Hunter, como seu pai. Mas Alan Martin é farinha de outro saco. Ele já disse não quando pedi e agora não vai mudar de idéia.

Bryce voltou à mesa e sentou-se por um tempo que pareceu décadas, batendo o lápis na madeira e lembrando tudo o que ele e Ben discutiram. Murmurou: — Desculpe, mas não sei o que posso fazer para impedir que a fazenda seja vendida.

Era uma perspectiva assustadora e ele não gostaria de assistir à propriedade dos Hunter sendo vendida ao bater do martelo.

E certamente seria!

Capítulo Seis

—CHEGA! NÃO ME FAÇA CÓCEGAS! — Patsy Holsden ria sem parar enquanto o marido mexia no pé dela. — Aah! Pare, seu danado, não agüento mais.

Steve não tomou conhecimento da reclamação: ele tinha encontrado o calo no dedo de Patsy e tentava tirá-lo com mais empenho ainda. — Desculpe, mas esse calo vai ter que sair, a não ser que você queira que seu pé inflame.

— Então pare de fazer cócegas. — Estirada no sofá, com o pé apoiado no joelho do marido, ela se sentia horrivelmente à mercê dele.

Steve beliscou o pé dela. — Se você ficasse parada em vez de rir, eu já teria terminado.

— Está bem, mas ande logo. — Com muito medo, ela rangeu os dentes e fechou os olhos. — Não cavouque muito e, se sair uma gota de sangue, pare — implorou ela.

— Não sabia que você era tão medrosa — brincou Steve.

— Não sou, o problema é que você tem a mão pesada — Patsy explicou.

— Ora, amor. Pare com o pé e me deixe trabalhar. — Como ele a conhecia há muito tempo, sabia que precisava ser bajulada e não ameaçada.

Os dois formavam um casal que se dava muito bem. Casados há trinta e cinco anos, gostavam-se como nunca. Um conhecia os hábitos e manias do outro e, quando estavam numa conversa, um às vezes respondia ao que o outro ia perguntar antes de a pergunta ser feita.

Steve era calmo e responsável.

Patsy era a mãezona. Seu jeito carinhoso e caseiro irradiava afeto e segurança.

As filhas, embora diferentes como a água do vinho, eram a luz da vida deles: Louise era confiável e conformada; Susan era problemática.

Estirada no sofá, tentando não pensar no que o marido estava fazendo com seu pé, Patsy se lembrou de Susan. — Essa menina é tão complicada.

— Quem, a nossa Susan? — adivinhou Steve. Não ousou olhar para a mulher, com medo de tirar um bife do dedo dela.

— Quem poderia ser? — Patsy deu um suspiro.

— Não fique se aborrecendo com nossa filha — aconselhou o marido. — Já é grande e feia o suficiente para se cuidar.

— Não diga isso. Nossa Susan não é feia! — Como toda mãe, Patsy achava as filhas lindas, apesar dos defeitos.

— É só um jeito de falar. Nunca disse que ela é feia, sua boba! — Agitado, olhou para a mulher e deu um corte no pé dela com a navalha. — Olhe aí, mulher!

— Seu demônio desastrado! — Com um grito, ela saiu do sofá pulando pela sala. — Sabia que você ia fazer isso, falei para tomar cuidado!

— Pare, mulher, sente. Já estou quase terminando.

—Ah, não! Você nunca mais pega no meu pé.

Com isso, ela levantou a perna, apoiou o pé no braço da poltrona e examinou o machucado, que era só um furo pequeno e rosado, quase invisível. — Olha só o que você fez.

Ele olhou o pé. — Não foi nada.

— *Você* é que acha!

— Culpa sua, ficou falando da nossa Susan e se mexendo como uma criança de dois anos, depois de eu pedir para ficar quieta. Ela é uma mulher adulta, pelo amor de Deus.

— Homens!

— Olhe, querida, nossa Susan tem mais de vinte anos. Não importa o que *nós* achamos, ela faz o que quer, você sabe disso. Muitas vezes nós tentamos discutir com ela, mas ela nos deu atenção? Nunca!

— Ela é temperamental, é isso.

— Só sei que não escuta o que nós falamos. Nós só discutimos por causa dela e a culpa é em parte sua, por não deixar que ela faça o que quer. Quando quebrar a cara, vai compreender logo que errou.

— Eu sei, mas me preocupo com ela mesmo assim.

Steve ficou olhando Patsy ir mancando para a cozinha. — Me deixe ver esse pé, querida. Levo só um minuto — tentou ele, outra vez.

— NÃO!

— Argh! Dá para ver de quem nossa Susan herdou a teimosia.

— Pena que ela não herdou uma gota do meu bom senso. Se fosse o caso, ela pararia para pensar no que está fazendo. — Mancando pela cozinha, Patsy lavou o pé com água da pia e passou ungüento. — Estou com vontade de tomar um caneco de chocolate. Quer?

Ele pensou um instante. — É uma boa idéia, querida.

Logo depois, Patsy veio da cozinha com uma bandeja, dois canecos de chocolate quente e um prato de biscoitos de gengibre. — Oba. — O rosto do marido se iluminou ao vê-los. — Sempre adorei biscoitos de gengibre.

Ela pegou um caneco, sentou-se e recostou-se para degustar seu chocolate. — Droga, Steve, você piorou o meu dedão. Está doendo à beça.

— Sinto muito — desculpou-se ele. Tomando um gole da bebida e recostando-se no sofá, disse, sério: — De mais a mais, eu só queria ajudar. Pare de fazer escândalo, por favor.

— Mas está doendo.

— Bom, já disse que sinto muito, então chega.

Seguiu-se um instante de satisfação em que cada um tomou seu chocolate. O clima mudou quando Patsy falou no que os dois estavam pensando: — Estou preocupada com nossa Susan.

— Ah, é? E por quê? — Ele achava que fingir não saber era a melhor política.

— Você sabe muito bem. — Já tinham comentado muito aquele assunto nos últimos dias. — Não gosto de vê-la por aí com aquele sujeito.

— Nós nem sabemos quem é ou até se existe esse sujeito.

— *Eu* sei quem é, caso você não saiba. — Sua intuição nunca falhava. — Ela está com Jacob Hunter, tenho certeza.

— Não tem certeza coisa nenhuma. Acho que nossa Susan tem juízo, não vai se meter com aquele sujeito. Quanto a você, não terá paz enquanto não deixar que Susan viva a vida dela. Logo, logo ela vai descobrir os próprios erros.

— O que fazemos com ela? — perguntou Patsy, desanimada. — Susan não ouve nada do que eu digo e, se está com o irmão de Ben, ele vai dar um jeito de magoá-la, você vai ver.

Como costumava fazer, Steve deixou que a frase entrasse bem na sua cabeça antes de responder. — Tem certeza de que ela está com esse sujeito?

— Você sabe que eu nunca me engano. Mas Deus queira que desta vez seja diferente.

— Mas logo Jacob Hunter, com tantos homens para escolher. — Steve inclinou-se para a frente na cadeira e olhou a mulher, preocupado. — Não faz sentido. Por que ela ia querer um homem desses, quando pode ter qualquer um que quiser?

— Acho que tem a ver com nossa Louise.

— Agora sim você me deixou perdido. — Ele achava a cabeça das mulheres um mistério.

— Bom... — Ela precisava falar, embora ficasse com um nó na garganta. — Ela sempre quis o que Louise tinha: a bicicleta vermelha, em vez da azul que era dela; se as duas tinham um casaco novo, ela largava o dela e queria o de Louise. E lembra daquele ótimo rapaz, na Montague Street? Ele e Lou eram ótimos amigos na escola até nossa Susan criar um problema entre os dois e ficar com o rapaz.

— Isso faz muito tempo, querida. — Embora Steve lembrasse como se tivesse ocorrido no dia anterior. Na época, a história causara um bocado de problemas e magoara Louise profundamente. — Olhe, foi coisa de criança — arriscou ele, inconvicto. — Não teve maiores conseqüências. E Louise esqueceu tudo, não é?

— É, até um certo ponto, ela esqueceu, mas chorou dias. Foi uma coisa muito desagradável, provocada por Susan.

— Não sei o que isso tem a ver com o namoro de Susan com Jacob.

— É que, no fundo, ela não mudou. Continua igualzinha. Se Louise compra um vestido novo, Susan tem que comprar um melhor, mesmo que não tenha dinheiro. É como se competisse com a irmã, para ficar sempre à frente dela. — Patsy suspirou.

— Se é esse o problema, por que Louise não disse nada?

— Por que ela não fala mesmo, fala? Apesar das maldades de Susan, Louise a tem na mais alta conta. Nunca falou nada contra a irmã quando eram crianças e não vai falar agora, embora eu não saiba por que faz isso!

Steve sorriu. — Porque, apesar dos defeitos de Susan, vocês gostam dela.

— Pode ser. Afinal, ela é nosso sangue, mas fico preocupada porque ela pode se meter entre Ben e Louise. — A preocupação era mais que uma suspeita, pois ela vira como Susan olhara para Ben, embora felizmente ele não tivesse percebido. — É exatamente como aconteceu com o rapaz da Montague Street — murmurou Patsy. — Susan inveja o marido de Louise. Se pudesse, tenho certeza de que criaria um caso sem pensar nas conseqüências.

Surpreso, Steve olhou para a mulher. — Você está falando bobagem, querida. Como é que nossa Susan pode se meter entre Louise e Ben? E como é que o namoro com Jacob vai criar problemas para Louise?

— Porque Jacob Hunter é capaz de qualquer coisa por nossa Louise. Susan é capaz de achar que há um relacionamento começando entre os dois e querer chegar primeiro. — Patsy estendeu os braços, num gesto de derrota, e confessou: — Não tenho a pretensão de saber o que se passa naquela cabecinha louca, mas ela está pronta para criar problemas para Louise e não posso fazer nada.

— Olhe, eu também não posso adivinhar o que nossa Susan pensa, mas Louise não quer nada com Jacob, certo? Você mesma disse que ele pediu para fugirem juntos, quando soube que a fazenda ia ser vendida. E o que ela respondeu? Disse com todas as letras para ele dar o fora e não aparecer mais!

Steve baixou a voz. — Droga! Ainda bem que Ben não soube, senão arrancava a cabeça de Jacob.

— Até que não seria má idéia. — Patsy olhou bem para o marido. Ela não se surpreendera quando Louise contara que Jacob estivera na casa da fazenda enquanto Ben estava no campo. E Louise vira o marido com uma espingarda, no campo. Desde então, Patsy pensava naquilo. — Não me importaria se Ben desse um tiro na cabeça dele!

— Vamos, vamos! Você está exagerando, não, querida?

— Estou com medo, Steve. Com medo de que ele crie problemas nessa família. Ele está querendo fazer alguma coisa e, seja lá o que for, Susan está nas mãos dele.

Patsy calou-se, a imaginação fervilhando. — Vou lhe dizer mais uma coisa...

Steve adivinhou o que era. — Já sei, eu também acho. Você acha que Jacob tinha alguma coisa a ver com a notícia sobre a fazenda, não é?

Ela concordou. — Posso estar enganada, mas continuo achando que Susan devia ficar longe dele. E tem mais: essa boba acha que, saindo com Jacob, está passando à frente de nossa Louise.

— Tire isso da cabeça — disse Steve, carinhoso. — Todo mundo sabe que Jacob é louco por Louise. Mas ele não pode fazer nada contra o casal, os dois se amam, e você sabe disso.

— Sim, mas *Susan* pode não saber. Tenho certeza de que ela está aprontando alguma coisa.

— Sei — disse Steve, embora não soubesse. Perplexo, tomou mais um gole do chocolate.

— Você não sabe. Só uma mulher sabe o que outra pensa — disse Patsy, sorrindo.

Mas Steve não estava mais ouvindo. Já pensava em outra coisa. — Você acha mesmo que Alan Martin vai botar todos eles na rua?

— Bom, pelo que foi dito, ele já espalhou a notícia. A fazenda deve ser leiloada na próxima semana, a não ser que alguém a compre antes.

— Ben já conseguiu o dinheiro?

— Não. Se eu tivesse, pode crer que o ajudaria — disse Patsy, firme.

— Ah, seríamos bem sortudos, se tivéssemos. — O marido deu uma risadinha irônica. — Nem que trabalhássemos até os cem anos teríamos tanto dinheiro. Todo mundo nessa região vive de salário. No meio da semana, o dinheiro já acabou e ficamos esperando a próxima sexta-feira.

— Tem razão, querido. Para ser sincera, não acredito que ele consiga dinheiro para reaver a fazenda. — Patsy sorriu, triste. — Uma coisa eu lhe digo: ele vai ficar arrasado, vendo aquela fazenda ser vendida.

— É, mas vai ser. — Steve era sempre realista. — Só se houver um milagre e, caso você ainda não tenha percebido, os milagres, costumam ser bem raros por aqui.

— Alan Martin não era amigo de Ronnie?

— Era. Emprestou o dinheiro quando ninguém mais quis fazer isso.

— Quer dizer que o provérbio está certo?

— Que provérbio?

—"Amigos, amigos, negócios à parte."

— Olha, Pat, é simples. Alan Martin emprestou dinheiro a Ronnie, que bateu as botas antes de pagar a dívida. Agora, Martin quer o dinheiro. Ben não pode pagar, então Martin procurou um advogado para recuperar o dinheiro e, mesmo que isso signifique a venda da fazenda e da terra, não se pode fazer nada.

— Bom, acho uma pena.

— Pode ser, mas é a *lei*. — Steve deu um longo e sonoro suspiro. — Pena que Ronnie deu a fazenda como garantia do empréstimo.

— E se a fazenda for vendida por mais do que Ronnie devia?

— Bom, como ele deixou a fazenda para Ben, o filho fica com o que sobrar da venda. Se o leilão for bom, pode render mais que o suficiente para ele se estabelecer, em condições mais modestas, claro.

— E se o leilão for mal? Se não tiver muita gente com dinheiro para comprar a fazenda?

— Prefiro não dizer o que acontecerá nesse caso.

— E como ficaria a velha Sally, hein? Como será que tudo isso está afetando a vida dela? — Patsy queria saber.

O marido apenas balançou a cabeça.— Só Deus sabe.

— Eu já disse a Louise que os três podem vir morar aqui, se precisarem.

— Claro, nem precisa dizer. — Mesmo assim, correndo o risco de parecer insensível, Steve precisou lembrar à mulher: — Temos só um quarto sobrando... e o quarto da frente, lá embaixo. Mas, se acontecer o pior, instalaremos os três do melhor jeito possível.

Steve calou-se um instante, depois prosseguiu, calmo: — Não é uma solução para sempre, não? E o que se faz com as coisas deles? Não temos lugar para guardar nada.

Patsy já tinha conversado com a filha sobre aquele assunto. — Não vai ter problema — explicou ela. — Segundo Louise, a casa, os móveis e as terras são considerados como propriedade e vai ser tudo vendido, menos os bens pessoais de Sally e os móveis do quarto de Ben e Louise, comprados com o dinheiro deles.

Bastante perturbado, Steve não conseguia parar de pensar em tudo aquilo. — Uma desgraça nunca vem sozinha. — Respirou fundo e suspirou. — Pobres coitados. Acho que nenhum deles dormiu um minuto nessa última semana.

Homem simples, de poucas ambições, Steve Holsden nunca passara por problemas tão graves como os que estavam atingindo a fazenda de Ronald Hunter. — Graças a Deus, nunca corri o risco de perder nossa casa, por isso não quero julgar. Mesmo assim, querida, deve haver uma saída, sem precisar que gente direita fique sem casa para morar. Principalmente quando uma dessas pessoas é uma senhora idosa, que acabou de ficar viúva!

Depois de expressar o que sentia, ele recostou-se na cadeira e olhou para Patsy com uma expressão sofrida. — Se Ronnie soubesse a confusão que ia causar, estaria dando voltas na sepultura.

Nesse instante, a porta foi aberta de repente, dando um grande susto nos dois. — Sou eu! — Susan entrou aos pulos e abraçou a mãe. — Sentiu falta de mim, não é? — O cheiro mostrava que ela havia bebido.

Patsy soltou-se do abraço e a enfrentou: — Esteve bebendo outra vez?

— Não, não estive! — Indignada, Susan franziu o cenho para os dois. — Por que acham isso?

A única coisa que Patsy detestava era que mentissem para ela. — Não pense que sou boba, estou sentindo o cheiro — gritou.

Susan levou o comentário na brincadeira. — Tudo bem, posso estar um pouco alta, mas estou inteirinha — e abriu os braços. Rindo, foi até a porta e puxou Jacob pelo braço: — Estão vendo? — Ele estava escondido no corredor e Susan anunciou, orgulhosa: — Esse aqui é o amigo que me trouxe para casa sã e salva.

Patsy e Steve mal puderam acreditar nos próprios olhos. Por um momento, a visão de Jacob Hunter na sua sala os deixou mudos.

— O que houve com vocês? — Susan olhou para os pais, acusadora. — Parece que é a primeira vez que estão vendo o Jacob.

Steve respondeu, dirigindo-se ao próprio Jacob: — Acho melhor você sair daqui, rapaz.

— Não! — Desafiadora, Susan virou-se para Jacob: — Vamos, diga a eles como cuidou de mim a noite toda.

— É verdade, sr. Holsden. — Jacob achou ótimo que sua presença não agradasse, mas não demonstrou. Era um homem que sabia esconder o seu jogo. — Susan ficou bem comigo, divertiu-se, aliás, nós dois nos divertimos esta noite — disse ele e, num gesto provocador, segurou-a pela cintura. — Só que bebeu muito e ficou meio alegre, então achei melhor trazê-la para casa.

Puxando Jacob para ela, Susan sorriu e perguntou à mãe: — Bonito ele, não?

Patsy fingiu não ouvir, mas discretamente olhou para Jacob, notando que ele era capaz de virar a cabeça de qualquer garota. Vestia-se com capricho: jaqueta cara, verde, de tecido aveludado, calças cinza e gravata de seda branca; sem dúvida, o rapaz tinha uma bela estampa.

Susan estava muito contente. — Fomos a uma boate em Manchester e eu era a garota mais orgulhosa do lugar. — Beijou-o na boca e atravessou a sala para envolver o pai num abraço. — Não zangue com Jacob, pai. Fui eu que quis ir lá.

— Pois devia ter mais juízo. — Steve levantou-se e dirigiu-se a Jacob: — Tenho a impressão de que pedi para você sair daqui, rapaz.

Jacob sorriu para Susan. — Então, vejo você amanhã?

Antes que ela respondesse, Steve se colocou entre os dois. — Feche a porta ao sair, sim? — Não fez o menor esforço para esconder que não gostava de Jacob. — Nunca se sabe que coisa ruim pode estar de tocaia lá fora, no escuro.

Desapontada, Susan insistiu em levá-lo até a porta. — Jacob, eles vão se acostumar com você. Dê tempo ao tempo.

Ele colocou os braços em volta dela e puxou-a. — Não me interessa a mínima se vão se acostumar ou não.

Rindo, ela beijou-o na boca. — Nem eu.

Os dois desceram a escada e foram para a porta do porão, onde Jacob abraçou-a. — Quer dizer que você enfrentaria seus pais por minha causa? — Gostava do poder que tinha sobre ela.

—Você sabe que sim.

Jacob escorregou a mão por baixo da saia de Susan e alisou a coxa dela, enquanto a beijava com uma paixão que a surpreendeu. Interrompeu o beijo para murmurar: — O que sua irmã diria se nos visse agora?

Assustada ao ouvir falar em Louise, Susan afastou o olhar, zangada: — O que *ela* tem a ver conosco?

— Nada.

— Ah, bom.

Depois de fazê-la de boba, ele a beijou outra vez, sussurrando: — Você me deixa louco. — Afinal, era um homem, com desejos viris e, se ainda não podia ter Louise, a irmã dela servia. — O que acha de darmos uma volta, longe daqui?

Percebendo que queria possuí-la outra vez, ela brandiu o dedo e riu: — Seu tarado! Já fizemos uma vez essa noite. Tem que esperar até amanhã.

— Ah, cansou de mim? — Se fosse preciso, ele era capaz de entrar no joguinho bobo dela. Afinal, tudo que queria era sua irmã.

— Você sabe que não é verdade. O problema é que meus pais estão me esperando. Não estou em boa conta com eles.

Ele afastou-a. — Então é melhor você entrar, não?

Jacob foi embora e ela ficou olhando, sentindo-se culpada e desejando que não tivesse recusado. — Vejo você amanhã — gritou, mas ele já tinha dobrado a esquina.

Subiu os três degraus da escada e olhou a rua, triste. — Não vou recusar você outra vez. Não quero que procure Louise. Além do mais, ela já teve uma chance. Agora, é minha vez! — murmurou.

Depois de deixá-la, Jacob encostou-se num muro e acendeu um cigarro. Deu uma baforada e riu com escárnio. — Putinha boba! Pensa que estou interessado. Só a estou usando, eu quero é Louise, que será minha.

Os pensamentos que não saíam da cabeça dele foram subitamente interrompidos por uma mulher da rua. — Não devia estar sozinho — disse ela, apertando a perna dele e aproximando-se. — Um homem bonito assim devia estar bem aconchegado numa cama quentinha.

Seduzido, examinou-a. Era alta e esguia, com cabelos fartos e não muito acabada. — Você tem razão. O que sugere? — perguntou ele.

Inclinando-se, passou a língua nos lábios dele. — Podemos ir para minha casa, lá é quentinho.

— Então, vamos.

—Tem preço.

Afastando-a, ele perguntou, cauteloso: — Quanto?

— Não é mais do que você pode pagar.

— Certo. O que estamos esperando? Siga em frente. — Ele jogou o cigarro no chão e pisou em cima.

Obediente, a mulher foi na frente e Jacob seguiu-a, mantendo uma distância discreta. — Está vendo o que você me obriga a fazer, Louise? Não é isso que eu quero! — murmurou ele.

A mulher parou. — O que você disse?

— Não é da sua conta!

— Certo, certo. Não precisa gritar. — Ela andou mais rápido, temendo que ele perdesse o interesse.

Chegou à porta de casa, na Bent Street, virou-se para convidá-lo a entrar, mas ele tinha sumido. — Ah, que filho-da-puta! — Irritada, chutou a porta, depois deu de ombros e foi procurar outra alma solitária.

— Não era grande coisa mesmo. Que filho-da-puta! — Ela tinha o hábito de falar sozinha.

***

Com o desejo temporariamente controlado, Jacob chegou a um bar onde alguns homens jogavam baralho. — Posso entrar na roda?

Eram cinco, todos jogadores experientes. — Conhece o jogo, não? — perguntou um homem grande e rude, de bigode malcuidado.

— Conheço bem.

—Tem dinheiro para apostar?

Jacob pegou o rolo de notas que tinha ganho na corrida de cavalos um dia antes e jogou-o na mesa.

O homem riu, irônico. — Vejo que é um grande jogador.

Jacob não gostava de ser analisado. — Jogador ou não, é dinheiro do bom — resmungou. — Então, posso jogar?

— Hum-hum — fez o homem. — Você é dos meus.

Jacob sentou-se, recebeu as cartas. Eram boas.

Sorriu. Afinal, a noite não tinha sido desperdiçada.

Capítulo Sete

LOUISE ESTAVA uma pilha de nervos. — Onde ele foi, Sally? Acordei às seis da manhã e ele tinha saído. Fui até o campo, subi até o alto do caminho e não vi nem sinal dele.

Sentada em sua poltrona, Sally abaixou o jornal que estava lendo. — Não se preocupe, menina. Você sabe como ele é, deve ter ido pensar nas coisas. — Olhando para a moça por cima dos óculos, perguntou: — Ele comentou alguma coisa sobre a fazenda?

Louise balançou a cabeça. — Faz dias que ele quase não fala. — Sentando na outra poltrona, olhou para Sally, preocupada. — Ah, Sal, ele está muito aborrecido. Eu disse que tudo vai dar certo, mas ele não se acostuma à idéia de não cuidar mais da terra que foi do pai.

Sally tirou os óculos. — Nunca pensei que as coisas fossem chegar a esse ponto.

— Eu sei. — Louise viu a tristeza no olhar da velha senhora. — É horrível, Sal, e você sabe disso melhor que todo mundo, mas não podemos mudar a situação. Não temos dinheiro e Alan Martin não vai nem discutir a sugestão de Ben. Não temos outra escolha senão tentar outro estilo de vida. — Louise sorriu para a velha senhora. — Não vamos poder fazer isso se não nos empenharmos, todos nós.

Sal olhou para a nora com renovado respeito. Sabia que a jovem estava tão abatida quanto Ben e ela; mesmo assim, estava sendo sensata e racional, enquanto ela e Ben tinham perdido o pé da situação. — Você é uma pessoa especial, Louise. Um exemplo para todos nós. — Calou-se um instante, tentando pensar no que estava por vir na vida deles. — Ben caminha nas colinas logo que amanhece porque não consegue dormir, e eu penso tanto em tudo isso que você pode falar comigo e eu não escuto uma palavra. Não consigo comer e, quando ponho alguma coisa na boca, sinto um peso no estômago que parece que comi uma pedra.

Rindo, ela concluiu, carinhosa: — Desculpe, menina. Ben e eu não estamos ajudando muito você, não?

A resposta de Louise foi lhe dar um abraço. — Não quero que fale assim. Ben e você são *tudo* para mim. — Segurando a mão de Sal, ela continuou: — Vocês têm razão de estarem abalados. Essa fazenda está na família há gerações, e agora, porque Alan Martin não aceita que Ben pague a dívida em prestações, vão perder tudo. Não adianta esperar um milagre que não vai acontecer, e todos nós sabemos disso.

Sally deu um longo e triste suspiro. — Sabe, querida, não imagino ninguém morando aqui nessa casa, nessa mesma sala onde passei tantas horas ao lado do meu Ronnie. — Os olhos dela lacrimejaram e a voz tremeu. — Viemos para cá assim que nos casamos. Aqui criamos nossos dois filhos, cuidamos da terra e fomos felizes todos os minutos. — A voz falhou, ela enxugou as lágrimas. — Onde foi que erramos?

Louise não precisava responder, pois as duas sabiam de quem era a culpa, e agora Sally finalmente dizia com todas as letras, cheia de amargura: — Criei um mau filho. Devia tê-lo afogado quando nasceu!

Assustada com as palavras fortes da velha senhora, Louise censurou-a: — Sally, você não está falando sério, não é?

Sally sorriu, embora seus olhos continuassem tristes. — Não, menina, não estou. Por pior que ele seja, continua sendo sangue do meu sangue! — A voz dela endureceu. — Mas, para dizer a verdade, espero nunca mais vê-lo. Se não fosse o vagabundo imprestável que é, meu Ronnie jamais teria feito um empréstimo. Mas, embora Ronnie não respeitasse Jacob, não podia expulsá-lo de casa. Nós sempre acreditamos que ele um dia endireitaria, mas isso nunca aconteceu, nem vai acontecer.

— Não importa de quem é a culpa, agora é tarde para nos preocuparmos com isso. A verdade é que temos de mudar de casa. Não vai ser fácil, mas conseguiremos. Temos de conseguir!

Franzindo o cenho, a velha senhora desviou o rosto. — Não sei por que ele não me contou. Contava tudo para mim, mas não falou no empréstimo. Lembro de quando Jacob chegou e os dois ficaram conversando no galpão. Ouvi Jacob gritando e depois indo embora, e Ronnie entrou em casa, muito perturbado. Mas jamais disse o que falaram. Disse apenas que era hora de Jacob se sustentar e que ele estava com vergonha do filho. — Ela olhou para Louise. — Pensei muito nisso e acho que Ronnie nunca me disse nada porque não queria que me preocupasse com dinheiro e essas coisas.

— Acho que você tem razão, Sal.

— Mas eu devia ter percebido. Não sei como posso ter deixado de perceber.

— Como assim?

— O dinheiro que tínhamos era *vivo*, entende? Proveniente das vendas na barraca do mercado e das pessoas que compravam legumes e ovos aqui na fazenda, tudo pago em dinheiro.

— Não entendi. — Louise não tinha discutido muito o assunto com Sal porque a sogra andara muito perturbada para conversar. — O que isso tem a ver com o empréstimo?

Como uma conspiradora, Sally ficou na beirada da cadeira. — Todo domingo à noite, Ronnie juntava o dinheiro que recebia e que ia depositar no banco na segunda-feira cedo. — Ela mostrou a mesa. — Ronnie sentava ali e empilhava as notas, anotando o valor na agenda. Foi assim até o sábado seguinte àquele em que Jacob veio aqui. Nesse dia, tudo mudou. Ronnie colocou o melhor terno e a melhor gravata e saiu "a negócios", como disse. Puxa, ele não usava aquele terno desde o batizado dos meninos.

— Onde ele foi? — Louise estava curiosa.

Sally balançou a cabeça. — Também nunca me disse, mas andei pensando e acho que foi falar com Alan Martin sobre o empréstimo para Jacob. Enfim, pouco depois, Jacob veio falar com ele novamente e, dessa vez, eles foram para a sala. Não demorou muito, Jacob foi embora e Ronnie veio se sentar de novo aqui comigo.

— E ele falou alguma coisa dessa vez?

— Não. Tomamos nosso chocolate e fomos dormir como sempre, mas ele não dormiu. Estava agitado. Perguntei o que tinha acontecido, ele me mandou dormir e disse que precisava tomar um pouco de ar. Saiu e fiquei acordada até ele voltar. Depois disso, ele passou a contar o dinheiro das vendas na sala.

O rosto envelhecido de Sally ficou enrugado, como se fizesse um grande esforço para se lembrar. — Uma noite, levei uma xícara de chá para ele e não entendi por que contava o dinheiro de um jeito diferente, fazendo uma pilha à esquerda, que anotava na agenda, e outra à direita, que *não* anotava. Acho, menina, que essa pilha era para pagar o empréstimo.

Louise então entendeu. — Isso são águas passadas — disse ela, triste, e Sal teve de concordar.

— Quando vamos olhar a casa na Derwent Street?

Ver a nova casa era uma coisa que Sal e o filho não estavam querendo fazer, mas, depois daquela longa conversa com Louise, a velha senhora percebeu que era sensato pelo menos dar uma olhada no lugar.

— Quando você quiser. — Louise ficou animada. Há dias Sal se recusava a ver a casa. — Vamos amanhã, se quiser. Estou com a chave até as cinco da tarde.

— Então vamos, menina. Levamos o nosso Ben conosco?

— Boa idéia. Se você gostar da casa, Ben e eu vamos arrumá-la para você, prometo. — Por mais difícil que fosse, eles tinham de ser realistas. — O leilão é na semana que vem. Temos muita coisa a fazer e pouco tempo.

Recostando-se na cadeira, Sal parecia mais calma depois de falar tudo. — Talvez a casa não seja tão ruim — disse, dando um sorriso cúmplice para Louise. — Olha, menina, já que você preparou o café da manhã, eu lavo a louça. Enquanto isso, é melhor você ir procurar seu marido. Acho que ele agora já está pronto para encontrar você.

Aliviada por finalmente ter conseguido conversar com Sal, Louise abraçou-a. Prometeu: — Não demoro muito. Tenho a impressão de que ele está com Eric, então vou até lá.

Antes, colocou um pouco mais de lenha na lareira, pois aquelas casas antigas eram muito frias de manhã. Depois, satisfeita porque a velha senhora estava bem, vestiu o casaco, colocou uma boina e saiu correndo pelo campo na direção da casa de Eric Forester. — Ben deve estar lá. Já procurei por ele em toda parte.

A casa de Eric parecia um cartão-postal: pintada de branco, com teto de madeira e pequenas janelas, ficava, imponente, perto do matagal, há muitos anos. Dentro, com o fogo crepitando na lareira e o cheiro do café tomando conta da casa, Eric se postava ao lado da janela, ouvindo distraído o que Ben dizia.

Ele ouvia o amigo e, ao mesmo tempo, pensava em muitas coisas.

Naqueles últimos dias, desde que ficara claro que a família Hunter estava prestes a perder a fazenda, ele não parava de imaginar como seria viver sem Louise por perto. Só naquele momento, quando realmente pensou no assunto, percebeu que a ausência dela criaria um vazio em sua vida que ninguém conseguiria preencher.

Tentara não pensar em Louise, porque se enchia de culpa e vergonha; os sentimentos por ela eram uma enorme traição a seu melhor amigo, e naquele instante Ben já tinha muito com que se preocupar.

Como, por ironia, Eric também!

Imerso em pensamentos, ele levou um susto quando, ansioso, Ben perguntou: — Você não ouviu uma só palavra do que eu disse, não?

Preocupado com a distração de Eric e seu olhar ausente, Ben foi até a janela falar com o amigo: — O que houve, companheiro? Você parece tão longe aí, olhando pela janela, parece carregar o mundo nas costas.

Eric afastou os pensamentos. — Desculpe, estava só pensando — e agradeceu a Deus por Ben não poder ouvir suas idéias traiçoeiras.

Ben colocou a mão larga no ombro de Eric e perguntou: — Está preocupado comigo e com minha família? Se está, não precisa. Fiquei meio perdido, mas Louise teve uma conversa comigo que me fez pensar. Ela disse que não preciso me desesperar com essa história. Disse que vai dar tudo certo, que temos um ao outro e podemos enfrentar a situação juntos. Ela tem razão. Claro, vai demorar, mas não estamos na miséria. Temos um dinheirinho guardado e, quando a fazenda for vendida, deve entrar uma boa quantia. Então, estou melhor do que muita gente e, depois que me acostumar com o lugar, posso até *gostar* de morar em Blackburn.

Eric olhou para ele como quem diz "você está mentindo". E com isso arrancou uma resposta sincera de Ben: — Está bem! Acontece que eu não vou gostar disso. Não comente isso com ninguém, fica entre nós. — Ben deu um tapinha no ombro de Eric, camarada.

E olhou, triste, para os campos ao redor da casa. — Não vai ser fácil, pode ter certeza. — Suas palavras sumiram num sussurro, as lembranças eram como um soco no peito. — A vida inteira eu fiz parte desses campos — murmurou. — Conheço cada aclive e cada declive, cada centímetro de cada metro. Subi em todas as árvores e nadei tantas vezes no rio que até perdi a conta. Uma vez, antes de Jacob mostrar quem realmente era, fizemos uma corrida da velha pedreira até lá em cima, no chalé.

Ao lembrar, ele sorriu. — Quando começamos a correr, não pensamos que fosse tão longe. Puxa! Aquilo quase nos matou, sem exagero. Mas nenhum dos dois queria dar ao outro o gosto de vencer. Minhas pernas estavam arqueadas e meus pulmões pareciam que iam estourar. Queria parar, mas me obriguei a continuar.

Ele riu alto pela primeira vez em dias. — Preferia que meu coração saísse pela boca a deixar meu irmão mais velho ganhar de mim. Meu Deus, como foi duro. Quando chegamos em casa, estávamos quase desmaiando de calor e falta de ar. A mãe precisou jogar água fria na nossa cara para nos recuperarmos.

— Jovens e bobos, não? Bons tempos — Eric concluiu, sorrindo.

Por um instante, longo e nostálgico, os dois mergulharam em pensamentos, até que, de repente, Eric deu uma notícia surpreendente: — Fui despedido.

Ben ficou pasmo. — O quê? — De boca aberta e olhos arregalados, encarou Eric, sem acreditar no que ouvira.

O amigo explicou: — A propriedade foi vendida e o novo dono não precisa dos meus serviços, tem seus empregados. Então, fui mandado embora. Tenho um mês para sair.

— Meu Deus! Não consigo acreditar. Achava que o velho Jonesey não venderia Salmesbury Manor nem em um milhão de anos. — Ben deu um longo suspiro e olhou para Eric. — E eu aqui, tão atolado nos meus problemas que nem sabia. Sinto muito, companheiro.

— Eu também. — Como Ben, Eric tinha ótimas lembranças da vida lá. — Eu tinha apenas dezessete anos quando fui ser guarda-caça da casa-grande. Tempos depois, você tinha trazido Louise para morar no vale há pouco, mudei para este chalé e, como você sabe, fui feliz como nunca. — Isso porque, de uma forma ou de outra, passara a ver Louise todos os dias.

Sem saber dos sentimentos de Eric em relação a Louise, Ben contou: — Nesses anos todos, você foi um bom amigo. Se puder ajudar em alguma coisa, ajudarei.

Eric agradeceu balançando a cabeça, pensativo. — Não há nada que você possa fazer para ajudar, mas obrigado mesmo assim.

Ben continuava assustado com a notícia. — Vou lhe dizer uma coisa, os novos donos podem ser gente de visão e ação, mas nunca vão encontrar um homem do *seu* calibre.

Os dois conversaram mais um pouco, até Louise aparecer na porta e Ben ir embora com ela.

Da escada da frente do chalé, Eric observou os dois. Quando Louise chegou no alto da colina, ele acenou e ela retribuiu. Eric murmurou: — Tudo vai dar certo, Ben. Com uma mulher maravilhosa como a sua Louise, você não vai se perder.

Muito depois de os dois sumirem de vista, Eric ficou na escada, com a imagem de Louise na cabeça. — Desculpe, Ben — disse ele, quase desesperado. — Vou fazer uma coisa que vai ser um grande teste para nossa amizade. Espero que você me perdoe.

De cabeça baixa, pensativo, ele voltou à cozinha, onde ficou sentado horas a fio, buscando uma saída em seu coração, sem encontrar.

Por muito tempo, ficou numa dúvida mortal em relação ao que fazer. Agora, devia levar adiante sua decisão.

Mais tarde, enfrentaria as conseqüências, quaisquer que fossem elas.

Capítulo Oito

DEPOIS DE DECIDIR, Eric contou seu plano ao patrão. — O que o senhor acha? Se fizesse isso, será que haveria confusão?

Arnold Jones era um homem grande, cabeludo, de bigodes fartos. Calmo por natureza, ouviu o plano de Eric e estranhou que aquele rapaz calado fosse capaz de fazer uma proposta tão ousada. Jones respondeu, sério: — Não sei o que lhe dizer, mas, se quer mesmo fazer isso e está pronto para qualquer imprevisto, então acho que nem eu nem ninguém conseguirá, fazer com que mude de idéia.

Dito isso, olhou para Eric, inquiridor. — Tem certeza de que sabe o que está fazendo?

Eric estava seguro: — Pensei muito e tenho certeza.

— Entendo.

— Não tomei essa decisão levianamente e, agora que está tomada, não vou mudar de idéia.

— Estou vendo. — O patrão não concordava com a idéia de Eric, mas admirava sua determinação. — Aceita um conhaque? Gostaria de saber mais um pouco do seu plano.

— Aceito sim, senhor, é muita gentileza sua. Obrigado.

Com tantas preocupações na cabeça, Eric não tinha dormido bem. Era bom discutir as coisas com alguém; se fosse outro assunto, ele teria procurado

Ben. Mas, devido à natureza de seu plano, isso estava totalmente fora de cogitação.

— Muito bem. — Arnold Jones entregou um copo de conhaque a Eric e sentou-se. — Comece pelo começo. É sempre o melhor jeito — sugeriu.

E, com o coração na boca, Eric falou.

Enquanto explicava o que queria, a funcionária da propriedade encostou o ouvido na porta.

Depois de compreender a idéia básica do plano de Eric Forester, ela mal podia esperar para espalhar a notícia.

❧

Dois dias depois de encontrar Arnold Jones, Eric estava voltando do rio, onde fora pescar. O dia escurecia rápido, mas ele não se importava. Na verdade, era a hora de que ele mais gostava. Além do mais, não estava percebendo a luz diminuir, pois sua cabeça só pensava em Louise.

Perto de casa, começou a assobiar. Atrás dele, as folhas das árvores farfalhavam na brisa cada vez mais forte. — Brrr, que frio! — exclamou. De repente, uma friagem fantasmagórica parecia ter baixado sobre a tarde. — Parece que vai cair uma tempestade — disse ele, alto, apertando o passo.

Estava quase no chalé quando ouviu um barulho, como o pisar macio de um animal atrás dele. Virou-se, mas era tarde: dois homens saltaram do escuro, sem lhe dar chance de defesa. Foi agarrado por trás, jogado no chão e espancado até ficar inconsciente. Com socos, pauladas e o bico duro de suas botas, os homens não tiveram um pingo de misericórdia.

Quando se deram por satisfeitos, entraram em silêncio no bosque, deixando Eric de cara no chão, parecendo morto e coberto de sangue.

A noite chegou e ele continuou lá, inerte.

Ficou até de manhã, quando Ben o encontrou e deu o alarme.

❧

Naquela mesma noite, Jacob visitou um fazendeiro vizinho chamado Barry Jackson. — O que quer comigo? — perguntou o fazendeiro, homem de quarenta e poucos anos, trabalhador e dedicado, que, como Ronnie Hunter, devotara a vida inteira ao campo, com gosto. — Você é Jacob Hunter, não? Filho mais velho de Ronnie.

Jacob ficou calado.

Percebendo algo de errado, o homem estreitou os olhos. — Saia daqui! Não quero gente do seu tipo na minha terra. Todos nós sabemos como tratou seu pai. Devia ter vergonha. Vá, saia!

Jacob não se mexeu e o homem mostrou o punho. — É surdo? Saia daqui antes que eu ponha você para fora!

Jacob deu um passo. — Vou, mas só depois que você disser o que quero saber.

— E o que é?

— Ouvi dizer que está interessado na compra da fazenda de meu pai quando for colocada à venda, depois de amanhã.

— Isso mesmo, é uma boa terra e está sendo oferecida, então por que eu não...

As palavras morreram na garganta do homem, pois Jacob segurou-o pelo colarinho da camisa, rosnando: — Escute aqui, se você chegar perto do local da venda, vai amaldiçoar o dia em que nasceu.

Soltando-se, o homem o desafiou: — Não tente me assustar, seu trolha vagabundo! Diga o que quiser, estarei presente no leilão. Tenho dinheiro e homens para trabalharem no campo. Além do mais, se conseguir a fazenda, vai ser ótimo. Pelo menos vai ficar bem cuidada, como era quando seu pobre pai estava vivo. Seu irmão não tem como comprá-la, mas eu tenho. Com ou sem ameaças, estarei lá quando começarem os lances, e, se tudo correr bem, terei direito a ela antes que você saiba.

Fechou a porta na cara de Jacob e também ameaçou: — Saia! Senão eu solto os cachorros em cima de você!

Nesse instante, a porta se abriu com estrondo, Jacob estalou os dedos e da escuridão surgiram dois vultos imprecisos. — Mostrem a ele! — sussurrou Jacob, irado.

Virou-se para ir embora e deixou os homens lá.

Embora sem muito entusiasmo, Jacob tinha gostado de Maggie, a prostituta que o abordara na noite em que levara Susan para casa. Embora daquela vez houvesse escapado dela, preferindo ir a um bar, não se esqueceu do número de sua casa na Bent Street e passara a ser uma visita constante.

Naquela noite, não foi diferente.

— Você demorou — disse Maggie. Ela estava de combinação preta e curta e de chinelos de arminho rosa; tinha soltado o cabelo comprido e se esmerado na maquilagem, resultando numa figura curiosamente agradável para os olhos.

Carrancudo como sempre, Jacob afastou-a do caminho. — Tinha negócios a tratar. Além do mais, já disse que nenhuma mulher controla meus passos. É bom lembrar sempre disso.

Acostumada às alterações de humor de Jacob, Maggie não ousou responder. Fechou a porta e foi atrás dele.

Sem olhá-la, Jacob perguntou: — Cadê os pirralhos?

Com instinto de mãe, ela foi até a porta do quarto e postou-se na frente. — Estão dormindo faz duas horas — disse, baixando a voz.

— Tranque a porta do quarto — mandou ele. — Não quero que saiam enquanto eu estiver aqui. Você sabe que detesto crianças por perto.

Pensando sobretudo na segurança dos filhos, Maggie abriu a porta do quarto e deu uma olhada. Hannah, de quatro anos, estava deitada na beirada da cama, com um braço para cima e o comprido cabelo castanho espalhado no travesseiro como folhas de árvore no chão de outono.

O menino, Adam, ia completar seis anos e dormia no canto da cama encostada na parede. O cabelo negro e farto caía sobre seus olhos fechados e uma revista de história em quadrinhos estava aberta ao lado dele.

— Acho que mandei você trancar a porta! — Jacob tinha bebido do uísque do armário e estava encostado na parede, os olhos ávidos percorrendo as longas pernas de Maggie.

Rápida, ela trancou a porta e enfiou a chave sob o relógio perto do armário de roupas. Não queria que as crianças saíssem enquanto Jacob estava lá. Não porque ele tivesse mandado, mas porque tinha medo de que ele as machucasse.

Maggie foi até ele. — Quer que eu prepare um sanduíche de queijo ou umas batatas fritas? Não demoro nada.

Arrebatando-a pela cintura, ele soltou um grunhido de desejo. — Sua burra! É *você* que eu quero, e também não demoro nada — disse, passando as mãos por entre as suas pernas.

— Está aceso, hein? — perguntou ela, rindo.

Jacob beijou-a com força, abaixou as alças da combinação dela e riu alto ao ver que Maggie não tinha nada por baixo. — Sua putinha safada. Está quase nua.

Maggie tirou a camisa dele e afagou seu peito. — É porque eu sabia que você vinha — provocou-o.

Como sempre, ele não teve tempo nem vontade de fazer muitos agrados. — Vamos, então. — Pegou-a pela mão e entrou no quarto da frente, onde jogou-a na cama. — É estranho como um gole de uísque consegue fazer qualquer mulher ficar atraente.

A ofensa bateu fundo, mas Maggie tinha de achar graça para não perder os poucos xelins que ele lhe pagava.

Tirou a roupa dele e Eric ficou por cima dela. — Espero que não tenha recebido outro homem hoje — avisou. — Não esqueça o que eu disse.

Um lampejo de medo passou pelos olhos de Maggie. — Não esqueci suas ordens. Posso receber outros homens nos fins de semana, mas durante a semana devo me guardar para você.

Ele passou as mãos pelo cabelo dela e puxou-a. — Lembre sempre disso, senão eu posso ficar agressivo e não queremos que isso aconteça, não é?

Ela respondeu colocando os braços em volta do pescoço dele. Era um convite, mas Jacob não precisava de autorização. Os desejos e sentimentos das mulheres não lhe interessavam. Ele as possuía quando e como quisesse.

E foi o que fez naquela hora.

Depois, saiu de cima dela sem uma palavra de carinho e Maggie sentiu-se triste e humilhada. Mas não fez comentários. Estava acostumada com homens que a tratavam como lama na sola dos sapatos.

Mais tarde, os dois sentaram-se para comer um sanduíche. Maggie falava muito e Jacob estava quieto. Ela comentou: — Os boatos estão correndo soltos pela cidade.

— Que tipo de boatos? — Ele esticou as pernas, colocou as mãos sob a nuca e olhou-a, cansado. Sentia-se saciado e só queria dormir.

— Pelo que ouvi na loja hoje, estão fazendo ameaças a qualquer um que pretenda comprar a fazenda de seu pai.

— É mesmo? — Ele pegou a garrafa de uísque e tomou um bom gole. Estalou a língua e perguntou, maroto: — O que mais você ouviu?

— Nada. — Ela começou a desconfiar que já havia falado demais.

— E por que, diabos, fica ouvindo boatos na rua? Não dê ouvidos a esses falatórios, se não quiser problemas.

— Você sabe que eu não sou de mexericos. Fui à loja comprar pão e meio quilo de batatas para o jantar das crianças. As mulheres estavam conversando e eu não pude deixar de ouvir, só isso.

Com medo de que a verdade escapasse de sua boca, ele mudou de assunto. — Esses seus pirralhos... — Virando a cabeça, olhou para a porta do quarto.

O instinto fez Maggie sentar-se na cama, pronta a proteger os filhos, se preciso. — O que tem meus filhos?

— Você acha que o seu ex-marido pode tirá-los de você?

— Poderia, se eu deixasse. Mas não deixo.

— Por quê? Ele é o pai, não é?

— Mas não vai ficar com eles. Ficam melhor comigo.

Ele riu dela. — Pelo amor de Deus, você é uma prostituta. Vai para a cama com qualquer homem. Que tipo de mãe você pode ser, hein?

Irritada, ela deixou de lado a subserviência: — Sou uma *ótima* mãe! Claro que me sustento do único jeito que posso, mas essa profissão os alimenta e veste, e amo meus filhos como qualquer outra mãe. Acho que é o suficiente.

Ela deu uma olhada nele e não gostou do que viu. Estirado na frente da lareira, segurando a garrafa de uísque, ele estava com o rosto afogueado pelo calor e a bebida. Maggie começou a se perguntar se valeria a pena deixá-lo fazer parte da sua vida. E pensou que Jacob tinha razão: era uma vergonha ela ter ido para a cama com tantos homens. Mas nenhum era tão cruel ou agressivo quanto ele.

De repente, ele se virou para olhá-la e o coração de Maggie quase parou. — Mulher, que diabo você está olhando?

Rápida como um raio, ela respondeu: — Estava pensando como você é bonito.

Ele gostou do elogio. — Sou bom demais para uma mulher como *você*, com certeza.

—Vai passar a noite aqui? — Se fosse, o preço era mais alto e o dinheiro, muito bem-vindo. Quanto a ele ser bem-vindo ou não, já eram outros quinhentos.

Ele desviou o olhar. — Talvez sim. Talvez não. Quando decidir, aviso.

Por um instante, ela sentiu a hostilidade dele e teve medo. Nessas ocasiões, achava melhor não discutir. — Para mim, o que você quiser está bom — disse ela.

— E se eu quisesse que você se livrasse dos pirralhos? O que você diria, hein?

Surpresa, Maggie achou melhor sair por uma tangente. — Por que você ia querer isso? Eles nunca aparecem — disse, nervosa.

— Mande-os para o seu ex, deixe que ele sustente os dois.

—Já disse que não vou fazer isso.

A expressão dele endureceu. —Talvez *tenha* que fazer!

— Ele não tem condições de ficar com as crianças.

— É mesmo?

— É um sujeito ruim, um mau-caráter.

— Meio parecido *comigo*, então? — O olhar dele foi um aviso que ela guardou bem, precavida.

— Não, não foi o que eu quis dizer — mentiu. — Mas ele não presta. E tem um gênio de cão. Dois anos atrás, quando Hannah fez dois anos, dei uma festinha, nada de muito especial, não tínhamos dinheiro. Só umas crianças e um bolo que eu mesma fiz. Quando Hannah deixou cair um pedaço de bolo no tapete, ele ficou uma fera.

— Hum, acho que ele tinha razão.

— Adam me contou depois. Fui levar as outras crianças em casa, na mesma rua, e quando voltei Hannah estava embaixo da cama dela, gritando, e Adam estava afastando o pai. O coitadinho ficou com manchas pretas e roxas no lugar onde foi espancado com o cinto. Acho que se eu não tivesse voltado ele teria matado os dois.

— É, criança obriga a gente a fazer essas coisas.

— Os *meus* filhos não! Na manhã seguinte, esperei que ele saísse para o trabalho, arrumei as nossas malas e nunca mais dei as caras.

— Se fosse *minha* mulher, eu ia buscar você e lhe dava uma merecida surra!

Ela se levantou, juntou os dois pratos vazios e levou para a copa, murmurando: — Ainda bem que *não sou* sua mulher, não é?

— O QUE VOCÊ DISSE?

Maggie enfiou a cabeça pela porta e disse: — Estava pensando, vai ser gostoso ter alguém para dormir juntinho na cama esta noite.

— Bom, esse alguém não vai ser eu, estou indo para minha cama. — Sem se despedir, ele largou um monte de moedas sobre a mesa, enfiou o casaco e foi-se embora.

— Não posso dizer que esteja triste de ver você pelas costas! — Maggie disse a ele pela janela da frente.

Como sempre, foi até o quarto das crianças dar-lhes um beijo de boa-noite. — Mamãe ama você — disse, ao puxar as cobertas de Adam.

— Também amo você, mãe.

Ela olhou os olhos escuros dele e se alegrou. — Boa-noite, amorzinho — disse, e saiu de mansinho do quarto.

Ainda não estava cansada e sentou-se um bom tempo ao lado da lareira quase apagada, segurando um caneco de chá quente até esfriar. — Por que ele quer que eu me livre dos meus filhos? — perguntou a si mesma, alto. — Será que pretende morar comigo?

Ela deu uma risada. — Já estou até vendo nós dois, apertados naqueles quartinhos em cima da peixaria, onde ele mora. Não, muito obrigada, nenhum homem ou mulher no mundo me faz largar meus filhos.

Pensou em Jacob e imaginou-se numa situação mais estável com ele. — Não seria tão ruim, se ao menos eu o convencesse a aceitar as crianças. Ah, seria ótimo não ter todo tipo de homem entrando aqui a qualquer hora. E quando as crianças perceberem o que se passa aqui? — Só de pensar nisso ela tinha calafrios.

— Esse Jacob não presta, mas nunca deixa de pagar pelos meus serviços. — Ela juntou as moedas no bolso. — Ele sabe que, se não pagar, da próxima vez encontra a porta trancada.

Ficou mais um instante pensando em como seria a vida com um homem igual a Jacob. — Talvez eu conseguisse domá-lo com o tempo — refletiu. — E, se aprendesse a ficar de boca fechada, talvez não fosse tão mau assim.

Pensou nisso por algum tempo, depois levantou-se. — Vamos ver. O tempo dirá o que vem por aí — murmurou.

Começando a se sentir cansada, ela colocou a grade da lareira na frente do fogo que definhava, foi à cozinha e fechou a porta do armário de fórmica. Com tudo seguro, apagou as luzes e subiu a escada. — Será que posso confiar nele? — perguntou a si mesma. — Ou será que vou arrumar mais problemas do que posso resolver?

Como ela mesma já dissera, só o tempo diria. Mas, se pudesse saber para onde Jacob se dirigia neste exato instante, não teria pensado nele nem mais um segundo.

***

Depois de conversar com seus amigos no bar, Jacob chegou à Derwent Street às duas da manhã.

Estava tudo em silêncio na rua, exceto pelo miado de gatos no cio e, de vez em quando, o som de uma lata de lixo rolando sob patas em fuga. As casas estavam às escuras, seus moradores tinham ido dormir, só a sala da casa dos pais de Louise estava com as luzes acesas. Lá, Susan andava de um lado para o outro, cada vez mais agitada.

Ela ouviu a batida na janela e, quando puxou a cortina, lá estava ele, sorrindo do outro lado da vidraça. — Desculpe por me atrasar tanto — os lábios dele se moveram. Na verdade, ele havia esquecido o encontro com ela.

Susan pôs um dedo sobre os lábios para que ele se calasse e achou graça quando Jacob fez uma careta. — Vou abrir a porta, mas, pelo amor de Deus, não faça barulho! — ordenou ela, indicando com um gesto para que ele se apaixonasse.

Em silêncio, deixou-o entrar e obrigou-o a andar nas pontas dos pés até o quarto dos fundos. — Mamãe tem sono leve — Susan avisou e, como ele não queria estragar os planos cuidadosamente elaborados, não precisou de outro aviso. Ele precisava manter Susan sempre insegura em relação aos seus sentimentos, pois acreditava que assim convenceria Louise a abandonar Ben. Era apenas uma questão de tempo, disso ele tinha certeza.

Entraram no quarto dos fundos, ela fechou a porta e abriu os braços. — Pensei que você não viesse mais, estava quase indo dormir — reclamou.

Apertando o corpo contra o dela, ele sussurrou no seu ouvido: — Não ia para a cama sem mim, não é?

— Onde você esteve? — Ela não gostava de ser desprezada.

Como sempre, Jacob tinha uma resposta pronta: — Estive conversando com Alan Martin. A fazenda de meu pai vai a leilão depois de amanhã e há coisas que precisam ser acertadas.

— Mentiroso! Está com cheiro de cerveja, uísque e Deus sabe o que mais. — Na verdade, um cheiro muito parecido com perfume de mulher. — Você esteve com uma mulher, não foi? — Ela se enfureceu. — Não vou dividir você com ninguém. Somos um casal ou não somos. Qual das duas você vai querer? É melhor dizer agora!

A terrível verdade era que Susan estava enfeitiçada por ele. Não tinha a intenção de se apaixonar, mas Jacob era um homem diferente e sensual, e ela estava sozinha.

E Jacob sabia que seu plano estava dando certo. Sabia que a irmã de Louise estava na palma de sua mão.

Agora, ao acalmá-la, sentiu que ela estava à mercê dele, o que lhe deu uma maravilhosa sensação de poder. — Você tem razão — disse ele, acariciando o corpo dela dos seios às coxas. — Eu bebi, mas não foi com uma mulher. Estava com Alan Martin e, se não acredita, pergunte ao dono do bar Swan. Ele vai confirmar.

Acariciando seus cabelos, fez com que ela se deitasse no chão. — Por que eu vou querer outra, se tenho você? — Ajoelhado na frente dela, começou a despi-la: tirou os sapatos, o cardigã e desabotoou a blusa, um botão de cada vez. — Amo você, Susan. Você sabe disso. — A voz dele era calma e suave e, como uma idiota, ela acreditava em tudo. Fechou os olhos e deixou que a tocasse.

— *Susan?* — No escuro, a mãe chamava do andar de cima. — Tem alguém aí com você?

Levantando-se estabanadamente, ela correu para o pé da escada e respondeu, tentando parecer calma: — Não, mãe, estava ouvindo rádio, já desliguei. Boa-noite.

Para grande alívio de Susan, ouviram-se os passos de Patsy rumo ao quarto. — Está tudo bem — sussurrou para Jacob. — Ela voltou para a cama.

Quase nu e ajoelhado no chão, Jacob resmungou: — Droga, agora não dá mais. Não vou mais conseguir transar, pelo menos esta noite. — Ele tinha tomado muita cerveja e feito muito sexo com a voraz Maggie.

Ao vê-lo assim, com as calças na altura das coxas e o pênis murcho entre as pernas, Susan não conseguiu conter o riso. — Você está engraçado.

De repente, ouviram os passos de alguém descendo a escada e se assustaram. Correndo pela sala, Susan encostou-se na porta, de braços abertos, como se quisesse manter o intruso longe. Jacob enfiou as roupas, puxou as calças para cima e perguntou, aflito: — Por onde? Pelo amor de Deus, mulher, por onde eu saio?

Susan apontou para a copa. — Passe pelo depósito de carvão. RÁPIDO! — E lá se foi ele, aos trambolhões, enquanto ela tapava a boca para não rir.

Patsy estava quase na porta. — O que está acontecendo aí embaixo?

Rápida, Susan viu que Jacob estava livre. Jogou-se então numa poltrona e esperou a mãe entrar na sala. — Ah, mãe, eu estava tirando um cochilo — mentiu. — Estou tão cansada. É melhor eu ir me deitar.

Patsy não era boba. Olhou desconfiada para a filha, notou a blusa para fora da saia, meio desabotoada. Os sapatos estavam jogados no tapete e o rosto da filha estava afogueado, embora a lareira estivesse apagada há tempos.

— Moça, você não vai a lugar nenhum até me dizer o que estava fazendo aqui. — Deu um passo à frente e parou ao ouvir um ruído. — O que é isso?

Susan endireitou-se na cadeira. — O quê? Não ouvi nada.

Virando-se rápido, Patsy correu para a porta da frente. Pela janela, viu Jacob fugindo, vestindo-se às pressas enquanto corria.

Susan foi atrás da mãe até a porta e viu que estava tudo perdido, mas não esperava o tapa que a mãe lhe deu no rosto. — Você mentiu para mim! Eu sabia que havia alguém com você aqui! Você mentiu! — Patsy estava mortificada.

Susan respondeu no mesmo tom: — Não sou mais criança, mãe! Posso ter o homem que quiser, a qualquer hora do dia ou da noite, e você não pode me impedir!

— Na minha casa, não. — Seu rosto delicado fez um olhar de desgosto. — Veja como você está. — O olhar cheio de desprezo de Patsy passou do cabelo desgrenhado de Susan para as roupas desarrumadas e os pés descalços. — Como pôde fazer isso? Com tantos rapazes, escolher logo Jacob Hunter! Santo Deus, qualquer um seria mil vezes melhor do que ele.

Mesmo ao risco de magoar Susan, ela precisava dar vazão à sua suspeita: — É por causa de nossa Louise, não é? É um erro, mas você acha que, ficando com o irmão de Ben, vai conseguir agarrá-lo.

— Você está enganada, mãe. — Susan tentava se explicar enquanto as lágrimas escorriam por seu rosto. — Está bem, antes eu pensava assim, agora não penso mais. Amo Jacob, mãe. Amo muito.

— Ah, menina. — Patsy sempre percebia quando a filha mentia, e naquele momento sabia que estava dizendo a verdade. — Que confusão você foi arranjar, hein? — Enlaçando a cintura da filha com força, disse: — Não pode mais vê-lo, menina. Prometa que vai se livrar dele.

— Não posso, mãe. Nem vou! — Subiu as escadas correndo e entrou no quarto.

Sozinha, Patsy ficou pensando no futuro. — Meu Deus, será que ela não vê o perigo? Se se envolver com ele, só Deus sabe o que pode acontecer.

Conhecendo Susan, ela pouco podia fazer, exceto amarrá-la na cama e prendê-la com um cadeado, mas isso seria como enjaular um animal selvagem.

— Não, menina. Você se meteu nisso e só você pode sair — suspirou Patsy.

Capítulo Nove

O INSPETOR LAWSON LEVANTOU-SE para ir embora. — Portanto, pelo que sabe, o sr. Jackson não tinha inimigos?

Ben não conseguia se lembrar de nenhum. — Barry era um homem que sempre dizia o que pensava e ninguém jamais venceu uma discussão com ele, mas não sei de ninguém que quisesse *matá-lo*. — Deu um sorrisinho irônico. — As pessoas podiam não concordar com tudo o que ele dizia, mas era respeitado por sua franqueza.

— E Eric Forester? Sabe se têm inimigos?

Ben não precisou pensar duas vezes para responder. — Nunca! Todos os fazendeiros com quem trabalhou por aqui e seu antigo patrão, Arnold Jones, vão confirmar. Eric Forester é um cavalheiro, cuida da própria vida e trabalha duro, da manhã à noite. Pelo que sei, não tem um só inimigo no mundo.

— Portanto, você não faz idéia de quem o atacou?

Ben balançou a cabeça. — Nenhuma. — Ele levara o maior susto de sua vida ao encontrar Eric caído no chão, todo machucado. — Graças a Deus está bem, só com um corte fundo no pescoço e algumas escoriações, mas inteiro. Pelo menos, está vivo.

Aquela história não saía da cabeça de Ben. — Não entendo como alguém pode ter feito uma coisa dessas. — Virou-se e ficou ao lado da grade da lareira, com os punhos fechados apoiados na cornija. — Sinceramente, se eu pudesse pegar o desgraçado que fez isso, teria muito prazer em acabar com a raça dele!

Sentada, quieta, ouvindo os dois homens, Louise tinha uma pergunta para o inspetor: — Acha que Eric foi atacado pelo mesmo homem que matou Barry?

O policial pensou por um instante antes de admitir: — A essa altura da investigação, não podemos ter certeza, mas acreditamos que o ataque foi perpetrado por mais de uma pessoa. Sabemos que foram pelo menos duas, se não mais.

— A família do sr. Jackson foi avisada? — perguntou Louise, baixo. Ela se solidarizava com os parentes de Jackson. — Pelo que ele me disse uma vez, vivem na Irlanda.

O inspetor assentiu. — Já os avisamos. Achamos o endereço deles nos documentos encontrados na casa — informou.

O inspetor agradeceu a ajuda deles e foi acompanhado até a porta por Ben, a quem se dirigiu em voz baixa para que Louise não ouvisse: — É melhor ficar atento, sr. Hunter. Com um homem ferido e outro morto, deve se cuidar, entende o que quero dizer?

Ben entendeu. — Obrigado, vou lembrar do que me disse. — Depois que o inspetor foi embora, voltou para a sala e disse a Louise: — Meu bem, não quero você andando sozinha pelo campo. Não é mais seguro.

Ela prometeu que não faria isso. — O que está havendo, Ben? — perguntou, preocupada. — Por que alguém iria querer matar logo Barry? E por que atacar Eric desse jeito? Não seriam ladrões?

— Não, menina. Perguntei a mesma coisa ao inspetor antes de você chegar. Ele disse que nada foi levado e não havia sinal de arrombamento. Eric foi atacado no campo e estava com a carteira no bolso. Barry foi encontrado pelo leiteiro, na escada de casa. Nada foi levado.

— Então *por que* foram atacados?

Ben também estava intrigado com os fatos e, como a mulher, não encontrava uma resposta satisfatória. Deu de ombros. — Também estou no escuro, menina.

— Na semana passada, havia ciganos lá no alto.

— Não foram eles. Segundo o inspetor, a polícia revistou-os. Parece que estavam a quilômetros de onde se deram os ataques.

Louise ainda achava difícil acreditar que homens como Barry e Eric tivessem sido vítimas de ataques tão brutais. — Então, quem iria querer fazer mal a dois homens de bem?

Uma voz no corredor pôs fim à conversa: — Não sinto cheiro de café no fogo! — A porta se abriu e entrou Sally, ainda bocejando, com a cara mais amassada do mundo. — Por que vocês não me acordaram? — Olhou para o relógio que ficava na cornija da lareira e soltou um gemido. — Meu Deus, nove e meia da manhã. — Esfregou os olhos e sentou-se pesadamente na poltrona ao lado da lareira vazia. — Estou tão cansada que seria capaz de dormir até a hora do jantar.

Ben entrou na sala. — Bom-dia, mãe.

Ela levantou o rosto para receber um beijo do filho. — Bom-dia. Ouvi você falando com um homem.

— Era um policial.

Ela baixou os olhos. — Ah.

Louise sabia como Sally andava triste e como tentava evitar que as coisas a deprimissem. Por isso, aproximou-se por trás da sogra, abraçou-a e disse, carinhosa: — Ouvi você durante a noite andando de um lado para o outro. Não conseguiu dormir?

Sally deu um tapinha nas mãos de Louise e apertou-as mais em volta do seu pescoço. — Ah, menina, desculpe, não queria acordar você. O problema é que tem acontecido uma coisa atrás da outra. Primeiro, meu Ronnie; depois, a fazenda, que vai ser vendida amanhã, e agora esse louco que ataca as pessoas. O que virá a seguir?

Ben interveio, em tom alegre e otimista: — A seguir, mãe, vamos nos mudar para aquela linda casinha na Derwent Street. Já fomos lá para vê-la e não é tão má assim... precisa de uma ou outra reforma, mas, depois que as dívidas forem pagas, entrará algum dinheiro da venda da fazenda e logo ela estará um brinco, você vai ver.

— E fica na mesma rua da minha mãe — lembrou Louise. — Você e ela se dão bem, não é, Sally?

Sally concordou: — Patsy é um amor de pessoa. Tal mãe, tal filha! — Deu um sorriso para Louise.

Sem graça com o elogio, a moça revirou os olhos, brincando. — Está vendo? Você vai poder fazer compras e pegar o ônibus para Blackpool, se tiver vontade. Não vai ficar isolada como vive aqui.

Sally sabia que estavam querendo amenizar o golpe e sentia-se grata por isso. Mas seu coração estava naquela fazenda e sempre estaria. Por outro lado, ela não podia fazer a maldade de solapar todas as esperanças que eles nutriam em relação a ela. — Tudo isso parece ótimo. Além do mais, não temos escolha, não é? Depois que a fazenda for vendida, acabou-se.

— Escute, mãe. — Preocupado, Ben ajoelhou-se diante dela, segurou os braços da poltrona e lançou um olhar suplicante para Sally. — Sei que não vai ser fácil. Essa fazenda é a sua vida, como tem sido a nossa. Mas não podemos mudar as coisas. Quem dera que pudéssemos! Não vai ser tão ruim. Arrumamos a casa e o dinheiro que sobrar podemos depositar no banco, para algum imprevisto. Vou arranjar um emprego — quem sabe comprar uma caminhonete para fazer entregas nas fazendas, ou algo assim. Prometo que não vamos ficar sem dinheiro.

Sally segurou o rosto dele nas mãos. — Sei que você vai fazer tudo que puder — admitiu ela. — E sei que vai tomar conta de nós. — Seus olhos lacrimejaram. — Seu pai sabia disso, que Deus o tenha — disse, com a voz embargada. — Se tivesse conseguido pagar todo o dinheiro do empréstimo, nada disso teria acontecido. Mas não pôde e não vamos culpá-lo. Então, por causa dele, vamos fazer as coisas darem certo, não?

— Claro que vamos. — Ben conseguiu engolir as lágrimas. Era um homem e homens não choram, mesmo quando enfrentam a dor de uma mãe e perdem a própria casa.

Mas teve de se afastar daquele rostinho triste e olhar pela janela, ou teria dado vazão às emoções que tentava conter com tanto esforço.

Louise viu os ombros dele caídos e percebeu a dor que estava sentindo. Naqueles dias, as emoções estavam à flor da pele. — Vou preparar o café da manhã — avisou, embora a pergunta de Sally continuasse sem resposta.

— O que a polícia queria?

— Saber se conhecíamos alguém que tivesse alguma coisa contra Eric e Barry.

— Que história horrível. Conheço os dois há tantos anos que já até perdi a conta. Ronnie trabalhou muito tempo com Barry, e Eric estava sempre por perto quando precisava dele. — Como se não bastasse o que acontecia, as últimas notícias tinham sido um golpe duro.

Louise percebeu como Sal estava nervosa e mudou de assunto: — Muito bem, Sal, o que você quer para o café? Ovos, bacon, tomates?

—Vocês já tomaram o café da manhã? — quis saber Sal.

—Ainda não. Já ia preparar, quando o inspetor bateu na porta.

— Bom, então podemos tomar juntos.

— O que você vai comer? — Sal não estava com muita fome.

— Ovos e bacon, com bastante molho de tomate e duas torradas. — Louise lambeu os lábios. Nem sempre ela tomava o café da manhã, mas, naquele dia, estava esfomeada.

Sal disse: — Quero só uma torrada, alguns tomates fritos e um caneco de chá.

— É pouco. — Louise ficou preocupada.

— Isso basta, menina. — Sal levantou-se da poltrona e disse para Louise: — Vou fazer o chá e as torradas, e não se fala mais nisso!

Enquanto Sal punha a chaleira no fogo e as fatias de pão na torradeira, Louise se encarregava de fritar o bacon, e dali a pouco o cheiro das torradas quentes e do bacon chiando na frigideira se espalhava pela casa.

—Vamos lá. —Vendo o bacon se enroscar na frigideira, o estômago de Sal começou a roncar. — Pode colocar uma fatia desse bacon no meu prato, se quiser.

Dali a pouco, os três estavam sentados à mesa, contentes pela companhia, mas cada um imerso em seus pensamentos. — Acha que a fazenda vai atingir um preço alto? — perguntou Louise. Embora detestasse falar naquele assunto, estava ansiosa para fazer planos.

— Não faço a menor idéia. — Ben ficou remexendo a comida e acabou empurrando o prato. Mas não perdia as esperanças. — Pode ser que ainda consigamos um acordo com Alan Martin.

Louise era mais realista. — Isso não vai acontecer, amor. Você já discutiu com o advogado. A fazenda foi seqüestrada para o pagamento da dívida e será vendida em hasta pública. — Ela sabia a angústia do marido e precisava ser forte por ele. — Tem que encarar a verdade, Ben. Amanhã, a fazenda será vendida. Se sobrar dinheiro depois que as dívidas forem quitadas, será seu. Mas, a menos que ocorra um milagre e tenhamos dinheiro para pagar Alan Martin hoje, a fazenda vai ser de outra pessoa.

Depois de ouvir a tudo calada, Sal segurou o braço do filho. Muito lhe custaria dizer aquilo, mas precisava ser dito: — Desculpe, meu filho, mas Louise tem razão, e, por mais duro que seja, temos de enfrentar a realidade.

Ben levantou os olhos e mostrou estar tão atormentado que as duas mulheres ficaram profundamente comovidas. — Eu sei — murmurou ele. — Eu sei e não posso fazer nada. — Tentara de todas as maneiras salvar a fazenda, mas não conseguira. Sabia o que ia acontecer e mal conseguia pensar nisso. — Não posso acreditar que um estranho vá se apossar deste lugar. Não é certo!

Empurrando sua cadeira para trás, ficou um instante olhando da mãe para a mulher, sua linda Louise que sempre estivera ao seu lado e sua frágil e velha mãe, de coração partido, mas sem demonstrar. E ele, um adulto que devia saber como agir, mas não conseguia enfrentar a situação.

Ficou muito envergonhado. — Não mereço vocês — murmurou. Apertou a mão da mãe e sorriu para ela, depois deu um beijo na cabeça de Louise e se afastou. — Vou dar uma volta. Sou capaz de dar um pulo na casa do Eric para ver como ele está.

— Boa idéia — aprovou Louise. — Diga a ele que, se estiver tendo dificuldade para cozinhar, que venha fazer as refeições conosco sempre que quiser, mesmo quando estiver em cima da hora.

Sal também concordou: — Sempre temos comida para os amigos. Ainda não estamos na miséria.

Ben concordou e saiu.

— O coração e a cabeça dele estão neste lugar — observou Sal. — Vai ser difícil para ele morar numa rua de casas geminadas. Está acostumado a ter espaço em volta, entende? E a olhar para infinitos campos verdes. —

Louise sabia bem disso e ponderou: —Vai ser difícil para todos nós, Sal. Espero que ele vá ver Eric. Eric saberá o que dizer, e Ben o escutará. — Sorriu ao pensar em Eric, com seu sorriso torto e seu jeito todo especial de deixar as pessoas à vontade. — Eric é um bom amigo.

De longe, Eric viu Ben chegando. — Droga! É ele!

Virando-se, pediu ao homem que estava a seu lado: — Espero que o senhor não se importe, mas acho melhor que saia agora. Se Ben o encontrar aqui, vai saber que alguma coisa está acontecendo, e eu não minto para ele. Se perguntar, terei de dizer a verdade.

— Por que não dizer e acabar logo com isso? —Arnold Jones tinha ido à casa de Eric para discutir os termos finais do empréstimo. — Afinal, não estamos cometendo nenhum crime. Você está emprestando dinheiro para comprar a fazenda. Que mal há nisso? A fazenda está à venda, não?

— Sim, mas...

— E você tem tanto direito a fazer um lance quanto qualquer um, não?

— É verdade. Mas prefiro contar para ele uma outra hora, se o senhor não se incomodar.

Eric tinha pensado muito em se abrir com Ben, mas concluiu que não devia provocar um atrito entre os dois sem estar seguro de sua situação. — O lance pode ser muito alto para mim, de modo que, se eu disser a ele que estou querendo a fazenda e depois não puder cobrir um lance, vou perder o amigo por nada.

— Eric, eu já disse que posso emprestar a quantia de que você precisar. Sei que é capaz de cuidar da fazenda dos Hunter e não duvido que conseguirá um ótimo lucro. Meta pelo menos isso na sua cabeça. Não vou fixar um limite para seu empréstimo amanhã. O cheque é em branco, para qualquer quantia. — O homem foi até a porta dos fundos e concluiu: — Você decide.

Eric estava irredutível. — Eu mesmo já fixei um limite, que foi aquele que discutimos. Não vou aceitar um centavo além disso.

— Como queira. — Jonesey saiu e, virando-se para Eric, pediu desculpas, o que não era a primeira vez que fazia. — Lamento muito por tudo isso. Durante muitos anos você foi a espinha dorsal da propriedade, e agora deixei você numa situação difícil. Se não a tivesse vendido, você não teria que se mudar agora. Assim, qualquer lance que você faça no leilão conta com meu apoio. Tenho certeza de que terei o dinheiro de volta, mais cedo ou mais tarde. Os documentos já estão prontos, conforme nosso acordo. Como sabe, deixei claro que, considerando a má situação da família Hunter, você está bem protegido no acordo.

— Obrigado. — Um ruído do lado de fora chamou a atenção de Eric. — Rápido, ele está entrando no jardim.

Quando se ouviu uma batida e Ben enfiou a cabeça pela porta da frente, a visita de Eric já havia saído pelos fundos e seguia pelo campo. Jonesey parecia um fazendeiro com suas botas de cano longo e roupas de *tweed*: Era um bom homem e Eric estava agradecido pela ajuda.

— Que bom ver você, Ben. — Eric atravessou a sala mancando, com o olhar fora da casa. — Está sozinho, não? — Esperava que Louise também viesse.

— Precisava ficar sozinho — confessou Ben. — Fiquei andando um pouco, um quilômetro ou dois até o rio, depois vim para cá pelo campo. — Deu um suspiro, estremecendo. — Puxa, aqui é tudo tão calmo! Não deve haver um lugar como esse no mundo inteiro.

Vendo que o suor escorria pelas têmporas de Ben e que seu fôlego estava curto, Eric imaginou que o amigo devia estar profundamente perturbado para se esfalfar daquela maneira. Preocupado com aquele homem honesto a quem estava prestes a trair, Eric pôs a mão, amistoso, no ombro largo de Ben. — Você parece exausto, companheiro.

— Agora estou bem. Tinha de pensar em algumas coisas e respirar um pouco de ar fresco — disse Ben, com um sorriso triste. — Mas vou lhe dizer uma coisa: estou com tanta sede que daria a vida por uma bebida gelada. A sra. Jones ainda traz para você de vez em quando uma jarra daquele suco de salsaparrilha que ela faz?

Eric ficou mortificado. — Meu Deus! Que falta de educação a minha! Entre, Ben! Fique à vontade, vou ver o que tem para beber.

Em vez de sentar-se, Ben foi atrás do amigo até a cozinha. — Que bom, você está andando melhor. — Sabia que Eric tinha levado uma pancada feia no joelho durante o ataque. — Como está se sentindo? De ânimo, quero dizer. — Olhando com mais atenção o rosto de Eric, viu muitos cortes e hematomas; o pior era um corte vermelho e fundo que ia da testa ao maxilar, chegando até o pescoço.

— Estou bem. — Os machucados faziam com que se curvasse, enquanto revirava todos os armários. — Juro pela minha vida que não sei quem pode ter me dado essa surra — disse Eric, pensando que, um dia, o próprio Ben podia querer dar uma surra nele.

— Malditos covardes, sejam lá quem forem. — A raiva de Ben era flagrante. — Se tinham alguma coisa contra você, por que não vieram de frente e de dia, em vez de rastejarem no escuro como animais selvagens?

— Tenho quebrado a cabeça pensando nisso e não me ocorre nenhum nome. — Eric parou um instante e perguntou: — E o pobre Barry, hein? O capataz me contou. Jesus, Maria, José! Barry nunca teve papas na língua e às vezes falava mais do que devia, mas não acredito que alguém mate um homem por dizer o que pensa. Nesse caso, por que o mataram? O que pode ter acontecido?

Ben balançou a cabeça, pensando em tudo o que ocorrera. — Nem desconfio — respondeu, pensativo. — Só tenho certeza de uma coisa: há um louco sanguinário à solta. Quanto antes a polícia o pegar e prender, melhor para todos nós.

Gemendo pelo esforço de ficar muito tempo encurvado, Eric voltou a procurar a bebida nos armários. — Tenho certeza de que vi uma garrafa de salsaparrilha por aqui.

— Deixe eu dar uma olhada. — Ben procurou outra vez e sua mão bateu num objeto no fundo. — É isso? — perguntou, tirando uma grande jarra de cerâmica.

— Isso mesmo. — Eric pegou os copos e Ben desarrolhou a jarra. Voltando para a sala, Eric explicou: — A mulher do patrão ainda me manda muita coisa, tortas de ruibarbo, cestas de legumes e montanhas de maçãs, quando está na época. — Calou-se, depois disse: — Vou sentir falta de tudo isso quando eles se forem.

—Tenho certeza de que vai. — Ben lastimava o destino do amigo, mas, na verdade, lastimava ainda mais o seu próprio. Afinal, ele tinha uma família para cuidar, enquanto Eric só era responsável por si mesmo. — Já encontrou algum trabalho?

Eric quase engasgou com a bebida. — Bom, não, ainda não. — Tossiu e respirou fundo. — Olhe, Ben, tem uma coisa que preciso...

Ia confessar que pretendia fazer lances no leilão da fazenda quando se ouviu uma batida na porta, que se abriu, entrando Louise. — Olá, gente. Posso entrar ou a conversa é só para homens?

— Você é sempre bem-vinda, sabe disso. — Eric saltou da cadeira, assustado. — Aceita um copo de salsaparrilha?

Achando que ela deveria estar com sede após a longa caminhada, ele foi até a cozinha. — Se prefere, posso fazer um chá — sugeriu, enrubescendo até a raiz dos cabelos e gaguejando. Toda vez que ela o olhava, ele se sentia como um menino apaixonado.

Louise foi até a cozinha e encostou-se na soleira da porta. — Não, obrigada. — Distraída, puxou para trás os cabelos que a brisa de verão tinha soprado em seu rosto. — Não vou demorar. Vim porque fiquei preocupada com Ben, que estava demorando. Depois, lembrei que ele disse que vinha ver você. — Deu de ombros. — Assim, pensei em caminhar ao sol.

Eric foi até ela, apoiando uma das mãos na parede. — Tem certeza de que não vai ficar?

— Tenho. — Os dois foram para a sala, onde Ben tinha tomado todo o copo de bebida e estava pronto para ir. — Você está bem mesmo? — perguntou Ben, e Eric garantiu que sim.

— Venha jantar conosco amanhã — convidou Louise. Ela achava que, depois que o leilão tivesse terminado, Ben podia precisar de um amigo para conversar.

Sabendo o que sabia e sentindo-se envergonhado, Eric agradeceu, baixo. — Vou ver se dá. — Não pôde deixar de imaginar se ele e Ben não estariam se esganando na noite seguinte.

— Ah, faça uma forcinha para ir. Vai ser gostoso, nós quatro jantando juntos. — Segurando-o pelas lapelas, Louise sorriu, os olhos travessos. — Vou fazer carne assada e torta de rim com batatas e cenourinhas colhidas hoje de manhã.

— Parece delicioso. — Quando ela sorria para ele daquele jeito, era difícil afastar o olhar.

Rindo, Ben aproximou-se. — Vamos, sua diabinha. — Segurou a esposa pela cintura e girou-a, e, para surpresa dela, com certa agressividade. — Você está deixando o pobre sujeito sem graça.

A verdade foi que, no momento em que ela sorrira para Eric, Ben sentira uma pontada de ciúme, mesmo sabendo que ela o fizera sem nenhuma maldade.

Louise insistiu, só que mais suavemente: — Desculpe, não queria constrangê-lo, mas é que você parece estar precisando de amigos por perto — disse para Eric.

Antes que ele pudesse responder, Ben interrompeu outra vez: — Deixe, Louise. O pobre sujeito já passou por tanta coisa e você ainda fica insistindo. — Dirigindo-se para Eric, disse: — De qualquer maneira, o convite está feito.

— Agradeço aos dois. — Eric também percebeu a agressividade de Ben e estava, como Louise, surpreso.

— Muito bem, vamos. — Empurrando Louise, disse para Eric: — Que bom ver você de pé e com boa disposição. Mas, se precisar de nós, sabe onde nos encontrar.

Devagar, Eric fechou a porta. Foi até a janela e olhou os dois: Ben, com o braço em torno de Louise, e ela andando ao lado. "Eles formam um casal perfeito", pensou.

— Com ou sem fazenda, você é um sujeito de sorte, Ben Hunter — Eric murmurou. — Amanhã, você pode até perder uma de suas posses mais valiosas, que ainda assim permanecerá com a mais valiosa de todas. — Novamente se sentiu culpado. — Eu quase contei tudo a você — sussurrou. — Se a sua Louise não tivesse chegado naquele momento, você teria ficado sabendo que grande canalha eu sou!

Mas estava decidido. A situação não fora criada por ele e, se perdesse a oportunidade de ficar lá onde era feliz, outra pessoa compraria Maple Farm. Para Ben, não faria diferença quem a comprasse. O próprio Ben devia compreender isso.

Eric sentou-se na poltrona e ficou se martirizando com a decisão que tomara. — Se aquela mulher fosse minha, eu moraria em qualquer lugar.

Viveria feliz numa barca, se ela estivesse comigo. Mas ela é sua mulher, Ben, não minha. Então, se é para ficar sozinho, prefiro esse lugar aqui, em meio a coisas que conheço e não no corre-corre da cidade, numa rua cheia de estranhos.

Pensou no que aconteceria na manhã seguinte.

— Não me agrada a idéia de ir a esse leilão, mas, se a fazenda estiver ao meu alcance, vou ser muito burro se não a comprar. Então, espero que se eu fizer um lance por sua fazenda e sua casa, você me perdoe. Afinal, somos adultos e sensatos.

Não era só a reação de Ben que o preocupava. — E Louise, o que vai achar? — perguntou a si mesmo.

Seu coração se confrangeu. — Acho que eu não suportaria se ela ficasse contra mim.

❦

No alto da colina, Louise parou para tomar fôlego. Tinha percebido como Ben ficara quando ela falara com Eric. E, desde que saíram da casa, Ben não abrira a boca. Estava sério e pensativo.

Caminhava na frente; Louise chamou-o e perguntou, zangada: — Por que segurou no meu braço daquele jeito, na casa de Eric? O que deu em você?

Dando as costas para ela, Ben resmungou: — Você gosta dele, não gosta? E ficou com pena porque ele levou uma surra, não é?

Louise não conseguiu acreditar no que ouvira. — Não diga bobagens! — E correu até alcançá-lo, puxando a manga de sua camisa. — Eric é um amigo. Achava que era seu amigo também, não?

— Humpf! Do jeito que você olhava para ele, Eric deve ter achado que é *mais* do que um amigo.

Apertando o braço dele, Louise fez com que parasse de andar. — É isso que você pensa? — perguntou, incrédula. — Pelo amor de Deus, Ben! Estamos falando de *Eric*! Eu nunca veria nele mais do que um irmão.

Ela foi tão sincera que Ben se envergonhou. Virou-se para encará-la e viu dois olhos perplexos e a verdade estampada em seu rosto, o que fez com que quase rebentasse de amor por ela. Tomou-a nos braços e se desculpou:

— Perdão, menina. Às vezes, não sei o que digo. É por causa do leilão amanhã. Isso está acabando com os meus nervos.

Louise puxou-o para mais perto. — Eu sei, mas não quero que pense coisas assim. — Sorriu para ele, um sorriso espontâneo e convidativo. — Você sabe que para mim só existe um homem — murmurou.

Com o coração batendo apressado, ele a puxou para o chão e disse, baixo: — Então prove.

E lá, sob o céu de verão, com o calor do sol no rosto, deitada na grama fresca, ela se entregou.

Depois, alegres, continuaram a caminhada, falando sobre o dia seguinte e como, nas palavras de Louise, "iam lutar, a despeito do que acontecesse".

Mas, no fundo do coração, ela temia as conseqüências.

Naqueles últimos dias, ela aprendera coisas sobre Ben que nunca soubera. Coisas que a surpreenderam, como o afastamento dele da família quando precisavam se juntar e aquela desconfiança horrível, imaginando coisas entre ela e Eric.

Por causa disso e sem querer, Louise ficou perplexa ao ver que começava a ver Eric de outra forma.

De todas as surpresas que ela tivera nos últimos tempos, nenhuma foi mais fascinante do que essa.

Capítulo Dez

SUSAN NÃO CONSEGUIA tirar os olhos dele. — Que bom que reatamos. Eu não ia agüentar uma separação definitiva — sussurrou. Jacob tinha passado a significar mais para ela do que jamais achara possível. Quando não estava com ele, ficava louca, imaginando-o nos braços de outra.

Susan estava totalmente apaixonada pelo homem que seduzira para provocar ciúme em Ben e Louise. E percebia a ironia da situação.

Passando o braço pelo dele, ela suspirou. — Eu te amo, Jacob. Não quero que a gente brigue mais.

— Pelo amor de Deus, cale a boca! — sibilou ele, dando-lhe uma cotovelada violenta. — Estou tentando ver a droga do filme! — Toda vez que olhava para ela, ficava mais irritado. Mesmo quando tinha a esperança de que esse namoro o aproximasse de Louise, era difícil suportar a companhia de Susan.

— O cinema está muito quente. — No passado, Susan só fazia as coisas do jeito dela e ainda não tinha se acostumado a obedecer a Jacob. — Por favor, Jacob — pediu, com uma vozinha suplicante. — Eu preferia mil vezes ir dançar. — Sem perceber que ele estava se irritando, abraçou-o e sugeriu: — Vamos ao Palais, no Centro. Lá tem um ótimo conjunto se apresentando.

Jacob empurrou-a e disse, agressivo: — Não estou querendo companhia. Por que acha que eu a trouxe ao cinema? Pensei que pudéssemos ficar quietos, vendo o filme. — Olhou bem para ela. — Eu já devia saber que você não consegue ficar cinco minutos parada!

Pensando que ele estava cedendo, ela lhe deu uma sacudidela carinhosa. — Ah, amor, vamos sair daqui.

— Pssiu, vocês! — reclamaram as pessoas da fileira de trás. — Não podem ficar em silêncio? Ninguém ouve nada com vocês dois falando. Se não querem ver o filme, por que não saem daqui?

— Isso mesmo! — outra voz concordou. — Vocês aí, vão brigar lá fora, certo?

Irritado com Susan por interromper sua diversão e furioso com os insultos das filas de trás, Jacob levantou-se. — Com quem vocês pensam que estão falando? — gritou, mostrando os punhos. — Paguei a entrada como vocês e, se não estão gostando, saiam. Eu não vou sair. — Endireitou os ombros em sinal de desafio. — Quem acha que pode me enfrentar, que venha.

Houve nova onda de desaforos; ele subiu na poltrona com os punhos cerrados numa pose de lutador de boxe e um olhar de louco. — Quem vai querer? Vamos, apareça!

Nesse momento, avisado por um espectador irritado e ouvindo a confusão, o gerente seguiu para a fila C da platéia. Como dois soldadinhos, os lanterninhas vieram atrás.

— Agora já chega, meu jovem, não pode se comportar assim aqui dentro. — Iluminando Jacob com a lanterna, o gerente disse: — É melhor sair do cinema com sua amiga. — E iluminou Susan, avisando, ríspido: — Não quero problemas, moça. Se ele não obedecer, vou ter de chamar a polícia.

— O gerente sabia, por experiência, que era sempre mais sensato avisar as mulheres, que pareciam ter mais medo de autoridade do que os homens.

— Vamos, Jacob, não vai ter graça nenhuma, se prenderem você — pediu ela.

— Seus idiotas! — Jacob continuava irritado, pronto para a briga.

— Você é o idiota. — A voz era grossa e ameaçadora. — Obedeça à sua mulher e guarde seu soco antes que a gente resolva lhe dar uma lição.

— Deixe, Jacob, não dê recibo. — Susan queria levá-lo para longe, antes que a situação piorasse e não pudessem enfrentá-la. — Estão só provocando você.

— Se eu fosse você, aceitaria o conselho da sua amiga — sugeriu o gerente. — Nenhum de nós quer a polícia aqui, não é?

Mas as palavras do gerente não tiveram efeito. — Ninguém fala comigo desse jeito. — Descendo da poltrona, Jacob quis enfrentar os que reclamaram, principalmente o último, que lhe fizera uma ameaça direta. — Levante, seu covarde! Vamos ver se os seus punhos são tão grandes como a sua boca! — gritou.

Um homem alto e corpulento levantou-se duas filas adiante. Jacob pensou duas vezes: o homem parecia um tanque de guerra e lentamente socava um punho no outro. Foi o bastante para ele se amedrontar. — Melhor você se cuidar, agora eu conheço a sua cara — ameaçou Jacob, hesitante.

O comentário covarde fez a platéia do cinema rir e ele viu que estava perdido. Empurrando braços e pernas das pessoas sentadas, ele saiu da fila, fazendo cara feia para todos.

Fora do cinema, no crepúsculo, caiu na pele de Susan: — A culpa é sua! — gritou ele. — Não podia ficar com a maldita boca fechada? — E deu um soco no rosto dela. Ela cambaleou para trás com um grito; ele agarrou-a pelos ombros e sacudiu-a como se fosse uma boneca de pano. — Agora vou pensar duas vezes antes de convidar você para ir ao cinema.

Susan passou a mão no rosto e olhou para ele com lágrimas nos olhos. — Desculpe.

Ele lhe deu um empurrão. — É bom mesmo se desculpar — disse, seguindo em frente e sabendo que ela viria atrás. Era exatamente o que queria.

Quando chegaram ao canal na Penny Street, ele já estava mais calmo. Susan vinha atrás, a uma distância segura, e ele esperou num beco entre dois prédios. O lugar era perfeito, escuro e sombrio, onde um homem podia ver sem ser visto.

Esperou-a chegar, fumando um cigarro e sorrindo irônico quando ouviu o som dos seus saltos no chão. — Cretina! — disse ele, com um risinho. — Se eu me jogar nesse canal, tenho certeza de que ela se joga também.

Susan se aproximou, pensando que ele a havia abandonado outra vez. — Jacob? — Quase um sussurro, a voz dela ecoou na rua vazia.

Desolada e assustada, arregalou os olhos em volta; não era um lugar onde ela iria sozinha à noite. — Jacob, onde você está? — O medo fazia sua voz tremer.

De repente, ele surgiu e segurou-a por trás. O grito foi abafado pela mão sobre a boca de Susan. — Psssiu!!

Girando-a, ele viu o pavor nos olhos dela, que passou a alívio e depois raiva. — Por que não me respondeu? Quase morri de susto!

Ele deu uma risadinha cruel. — O susto vai lhe fazer bem. — Jogou a guimba de cigarro na água e puxou-a para si. — Assustada, você fica menos arrogante.

— Eu? Arrogante como você, é isso que quer dizer? — Às vezes, ela achava que podia enfrentá-lo; outras, ele a fazia tremer. Mas o mau humor tinha passado e ele parecia mais acessível.

— Venha cá!

Enrolando uma mecha do cabelo dela no pulso, puxou-a para o beco escuro, onde, rápido, abriu a sua blusa. Pôs a mão nas costas dela, soltou o fecho do sutiã e passou a mão sobre a curva dos seus seios, sentindo enorme prazer ao tocar sua pele nua. — Você está tremendo — murmurou. — É porque a estou excitando?

— Não, é porque estou morrendo de frio. — O dia havia sido quente, mas a noite estava fria e ela se sentia segura outra vez, o suficiente para brincar com ele. — Mas estou sempre pronta para um pouco de excitação. — Para provar, escorregou a mão até a braguilha dele, desabotoou-a e enfiou a mão nela. — *Ele* deve estar gelado — disse, com uma risadinha —, pois está duro como ferro!

— Gosta dele, não? — O que Jacob mais sabia era agradar as mulheres.

— Você sabe que sim.

Jacob não precisou de nenhum incentivo. Ali mesmo, naquele beco escuro, com pedestres passando de vez em quando e ouvindo gemidos e suspiros, eles tiveram um prazer total.

Sem qualquer pudor ou recato, as roupas ficaram em volta espalhadas até eles se vestirem de qualquer jeito e irem andando, braços dados, de volta para a Derwent Street.

Quando passaram pela casa número 12, Jacob parou, curioso, examinando seu péssimo estado de conservação, desde a madeira podre dos peitoris das janelas até as grades enferrujadas que separavam a calçada da escadinha para o porão. — É essa a casa onde sua irmã e meu irmão vão morar? — perguntou.

Era por isso que ele continuava com Susan: para descobrir tudo o que pudesse da vida da cunhada. Até aquele momento, exceto por algumas discussões violentas com Susan, o ardil tinha valido a pena. Através dela, sabia de tudo o que se passava na casa do irmão. Sabia que a polícia ainda não tinha conseguido encontrar quem espancara Eric Forester e quem matara o vizinho dele, sem contar os outros que foram embora, temendo por suas vidas.

Mais que isso, Jacob sabia como Louise estava reagindo aos fatos. Susan lhe contara que Louise tinha visitado a família na noite anterior, quando dissera à mãe que estava passando um mau pedaço com Ben, pois ele não conseguia aceitar a situação. Pelo que Jacob pudera depreender, o irmão andara tentando de todas as formas salvar a fazenda, e só agora percebera que não havia saída.

Toda vez que saía com Susan, ficava sabendo algo mais. Valia a pena agüentar a companhia dela só para ter notícias de Louise. E, quanto mais sabia, mais acreditava que ela podia ficar com ele, quando fosse o proprietário legal da fazenda. Com sua arrogância, Jacob não tinha dúvidas de que Louise ia preferir ficar com ele na fazenda a morar com o seu irmão mais moço numa casa arruinada na Derwent Street.

Contrariada, Susan cutucou-o. — Estou falando com você.

Por um instante, ele afastou Louise do pensamento e respondeu, carinhoso: — Ah, desculpe, meu bem. O que você disse?

Susan desconfiava de que ele estava pensando em outra mulher. — Você estava longe. Pensava no quê?

Ele não gostava de ser interrogado. — Não é da sua conta — respondeu.

— Perguntar não ofende. Não precisa falar comigo assim, precisa? — Mais contrariada ainda, foi andando. — Quer entrar na minha casa um instante? A essa hora, meus pais já estão dormindo. — Eram mais de onze horas da noite.

Ele deu uma piscadela, malicioso. — Não me diga que você quer *mais*! Não sei se consigo transar outra vez — brincou.

— Podemos tentar. — Susan não queria que ele fosse se satisfazer com outra mulher.

— Ah, hoje não. Não posso, vou jogar pôquer no Swan. Estão dando uma festa lá e reservaram um lugar para mim. Além disso, estou com um pressentimento de que hoje vou me dar bem. Nos últimos tempos, tenho ganhado uma nota preta no pôquer. — Com efeito, ele tinha se tornado um bom jogador. — Vejo você amanhã, certo?

Decepcionada, ela ficou vendo Jacob se afastar. — Não vai me dar o bolo, vai? — perguntou, mas ele não estava ouvindo. Seus pensamentos estavam outra vez em Louise. Tudo o que fazia era pensando nela.

Susan virou-se para entrar em casa e deu de frente com a mãe.

— Onde esteve até essa hora da noite? — perguntou Patsy.

— Fui ao cinema, embora não seja da sua conta.

— Naturalmente, com Jacob Hunter. — Patsy achou melhor não tomar conhecimento do comentário petulante que Susan fizera.

— Sou adulta, posso sair com quem quiser — reclamou Susan. Dito o que, empurrou a mãe e, correndo para a cozinha, foi até a pia. — Já vou subir para o quarto, mãe. Volte para a cama — disse. Tinha de limpar o rosto e cobrir com os cabelos a marca do soco que Jacob lhe dera.

Tarde demais. Patsy já tinha percebido quando Susan passara sob a luz do corredor. — Foi *ele* quem fez isso, não, menina? — Estava na porta da cozinha, olhando triste para a filha rebelde.

— Foi ele que fez o quê? — Susan manteve o rosto de lado e continuou pondo água na chaleira.

Patsy se aproximou, segurou a filha pelo queixo e virou o rosto dela devagar, até ver bem o machucado. Balançou a cabeça, desesperada. — O que tem esse homem para você deixar que faça uma coisa dessas?

Susan afastou o rosto e rebateu, zangada: — Foi um acidente!

Patsy sabia que, naquela noite, conversar com a filha não adiantaria nada. — Se você vai defendê-lo, então seu pai e eu não podemos fazer nada — disse, cansada. — Você é rebelde, sempre foi, mas não a ponto de ter de agüentar *isso*.

Susan colocou a chaleira no fogão, acendeu o gás e, de costas para Patsy, ordenou, impaciente. — Vá dormir, mãe.

Patsy ficou. — Pense bem no que está fazendo, menina. — Com carinho, colocou a mão no ombro da filha. — Sei que você acha que estou me metendo na sua vida, mas é porque tenho medo do que possa lhe acontecer — completou, calma.

— Bom, não precisa se preocupar. Sei cuidar de mim. — Na verdade, às vezes, quando estava com Jacob, ela mesma tinha medo. Mas jamais admitiria isso para ninguém.

— Boa-noite, querida. — No dia seguinte, Patsy voltaria a falar com a filha.

Depois que a mãe saiu da cozinha e a casa ficou silenciosa outra vez, Susan encostou-se na parede e soluçou até achar que seu coração iria se partir ao meio. — Bem feito para você, Susan Holsden — desabafou, com uma risada. — Achou que podia usá-lo, ele virou o jogo e agora você não vive sem ele. — Uma triste situação. *E pela qual pagaria bem caro.*

Na mesma rua, Jacob parou na frente da casa número 12. Olhou para as janelas no alto, colocou a mão na maçaneta da porta e ficou lá por um longo tempo, hipnotizado por aquela casa onde, dentro de pouco tempo, Louise estaria morando. Pensou no calor humano e na animação dela que dariam vida à casa e lastimou amargamente que fosse ser o irmão Ben quem a desfrutaria com ela, enquanto Jacob daria o braço direito para ser seu marido.

Mas ele não perdia a esperança. Naquele exato instante, aquilo parecia impossível, mas não pretendia desistir. O dia seguinte lhe traria a fazenda. Depois, não levaria muito tempo para ter Louise também. Seguiu, assobiando. Valia a pena esperar.

Apertando o passo, encaminhou-se para o bar Swan e o importante jogo de pôquer.

Estavam à espera dele: quatro homens mal-encarados com carteiras estufadas de dinheiro e uma enorme experiência no jogo.

O homem com cara de doninha, sentado do outro lado da mesa, sorriu quando Jacob chegou. — Esperávamos por você — disse ele, com voz débil. Indicou uma cadeira em frente e convidou: — Sente-se, Jacob, e vamos ver a cor do seu dinheiro.

Jacob pegou um maço de notas e brandiu-as no nariz deles. — Chega, não? — Sentiu-se seguro, páreo para qualquer um deles.

Os quatro sorriram, os olhos turvos de cobiça. Consideravam Jacob presa fácil e, ao contrário dele, estavam bem preparados para o jogo.

Já passava da meia-noite quando Jacob saiu do bar. A noite não tinha sido tão proveitosa quanto esperara. "Ganha-se e perde-se", pensou ele. Queria vingança, mas não tinha os meios.

Pegou as poucas notas que sobraram em seu bolso e disse para si mesmo: — Ainda bem que parei na hora, senão estaria limpo.

Tendo se dado mal num terreno, resolveu se dar bem em outro. — Podia arrumar uma mulher. Susan não, por hoje chega dela.

Só havia uma mulher que lhe dava o que queria e pouco exigia em troca, e essa mulher era Maggie. E tinha mais um motivo para querer vê-la.

— Maggie! — chamou, revirando os olhos para o alto. — Não é a mulher mais inteligente nem a mais bonita do mundo, mas serve. — Naquele momento, ele estava precisando.

Maggie dormia profundamente quando ouviu o barulho de pedrinhas batendo na janela do quarto. Acordou, esfregou os olhos e viu o relógio de cabeceira, surpresa por ser quase uma da manhã. — Quem será? — Bocejando, saiu da cama e levou um susto quando seus pés tocaram no frio do linóleo.

Cautelosa, puxou a cortina de renda, abriu a janela e olhou. Não ficou muito satisfeita ao ver Jacob Hunter na rua.

— Me deixe entrar, quero conversar — ele pediu.

— É muito tarde — disse ela em voz baixa, sacudindo a cabeça. — Volte amanhã.

Inconformado com a negativa, Jacob deu um passo à frente. — Por favor, Maggie, me deixe entrar. Estou precisando muito conversar.

Depois de fazer um gesto indicando que ia descer, fechou a janela e a cortina, tremendo de frio. — Precisando muito conversar... pois sim! Aposto que o que esse mentiroso realmente está precisando é de um corpo quente para se aconchegar.

Gelada, calçou os chinelos e vestiu o robe — uma peça cor-de-rosa num tecido vaporoso que ela ganhara de um cliente agradecido. Ned era um jovem grumete da marinha mercante que ela trouxera do bar. Não foram para a cama, como ela pretendera. Mas ele passou duas horas falando da mulher e dos filhos e da falta que sentia deles.

Com pena, Maggie preparou-lhe um farto jantar, deu-lhe afeto e mandou-o embora mais feliz.

Uma semana depois, recebeu o robe pelo correio, cheio de lindos laços e com uma carta dizendo que jamais a esqueceria.

— Pelo amor de Deus, mulher, você demorou, hein? — Jacob estava irritado por ter sido deixado esperando na rua.

Maggie também estava irritada por ter sido arrancada da cama quente. Abriu a porta e afastou-se para ele entrar. — O que você quer?

Desacostumado a ser tratado assim por uma mulher, Jacob achou graça. — Quando você quer, é bem rabugenta, não? — Olhou-a de alto a baixo e gostou do que viu. — Me tratando mal quando venho visitar você. É assim que recebe um amigo que lhe trouxe um presente?

— Que presente? — Ele não tinha nada nas mãos.

De baixo do suéter, tirou uma garrafa de gim. — Para você. Que tal tomarmos um drinque juntos?

Maggie fechou a porta. — Pelo cheiro, você já tomou vários. — Passando por ele, foi para a sala. — É melhor entrar. E sem fazer barulho!

— Não se preocupe. Não vou acordar as crianças, vou ficar quieto como um ratinho.

— Não estava me referindo às crianças — tornou ela. — Elas foram para a casa da avó, no fim da Montague Street. De vez em quando, passam a noite com ela, quando o pai, aquele inútil, está aqui na cidade, o que não é sempre.

— Você não tem medo de que seu ex-marido fuja com elas?

— Que nada! — Maggie fez uma careta. — Ele jamais faria isso, é muito egoísta para assumi-las. E ele não é meu ex-marido, é só um homem com quem fiz sexo quando era jovem e burra. Mas não precisa se preocupar. Ele tem bastante juízo para dar as caras por aqui.

— Então, se as crianças não estão aqui, por que não posso fazer barulho?

— Eu estava pensando nos vizinhos. Não quero que amanhã reclamem que os tirei da cama.

— Já disse que vou ficar quieto como um ratinho. Então, quer tomar um drinque comigo? — Para o plano funcionar, precisava da companhia dela. Naquela noite, ele havia tido uma decepção, perdera dinheiro e o jogo não saíra como esperava. Maggie ainda não sabia disso, mas podia vir a ser a salvação dele.

Desconfiada, Maggie perguntou: — O que você está tramando?

— Como assim? — Ele se aborreceu. — Por que eu estaria tramando alguma coisa?

— Não sei, mas é estranho você aparecer a essa hora. Nunca fez isso, quanto mais com uma garrafa de gim e precisando conversar. — Ela inclinou a cabeça para olhá-lo de outro ângulo, como se quisesse pegá-lo de surpresa. — Em geral, você abre a porta, sobe a escada e tira a roupa. Nunca tem tempo para conversas.

— Escute, querida, se você quiser, vou embora — mentiu ele, esperando que ela se arrependesse por não tê-lo recebido bem. — Não queria vir bater na sua casa tão tarde da noite, mas amanhã vai ser um dia muito importante para mim. Estou precisando mesmo conversar com alguém.

Viu que ela começava a prestar atenção.— É só dizer e eu vou embora — adulou-a. — Não sou homem de ficar onde não me querem.

Maggie teve de rir. — Mentiroso!

— Bom, você venceu! — Ele riu também.—Você me conhece melhor do que eu pensava.

— Muito bem, o que vai ser? — De pé diante dele, atrevida, ela abriu o robe. —Vai me querer vestida ou nua?

— Nossa, Maggie, justiça seja feita, você é fogosa. É por isso que os homens gostam de você e, pelo que sei, não são rejeitados — disse, devorando-a com os olhos.

Deixou que ela acreditasse que a admirava, quando na verdade achava-a uma puta da pior espécie, embora gostasse de usá-la sempre que lhe aprouvesse.

— Gostaria de rejeitar esses homens, mas preciso do dinheiro — disse ela, em voz baixa. — Você esquece que tenho dois filhos que precisam da mãe. Não vou viver sempre assim. Quero minha casa com móveis que não sejam de segunda mão. E, quando estiver instalada, gostaria de trabalhar numa confeitaria ou numa fábrica e ser uma das funcionárias, de cabeça erguida.

Os olhos dela se vidraram como se fosse chorar. — Quero que as crianças freqüentem uma boa escola, num bairro bom, e quero isso *antes* que saibam o que a mãe delas faz para sobreviver.

Respirou fundo e deu um sorriso orgulhoso. —Vou realizar meu sonho logo — confidenciou. — Consegui economizar a metade do que recebi nos últimos anos. É para as crianças, entende? Para dar a elas uma vida melhor, uma mãe com tempo para levá-las à escola e ouvir o que têm para contar quando chegam em casa.

Animado com o que ouvia, Jacob sabia que tinha de ser cuidadoso ao expor seu plano.

Maggie sorriu, confiante. — Quero ter uma bicicleta para ir trabalhar. Vai estar sempre polida e brilhante como se tivesse saído da fábrica.

Jacob jogou-se numa cadeira. — Caramba, mulher. Você não quer nada, hein?

Maggie fechou o robe e retrucou: —Vou conseguir a bicicleta também. Mais um ano e vou estar longe daqui.

A cabeça de Jacob funcionava sem parar. — Não brinque! Quer dizer que dentro de um ano você acha que terá dinheiro para mudar de vida?

— Isso mesmo. Mas trabalhei à beça para isso. Às vezes, quando estou odiando o que faço, lembro do meu sonho e fica mais fácil suportar tudo. É verdade, logo vou ter dinheiro, mas ninguém pode dizer que o ganhei de mão beijada.

— Acho que você já me disse tudo isso, mas na hora não prestei atenção.
— Mas ele lembrava, por isso estava lá, nessa noite. — Então é verdade, hein? E onde guardou seu pezinho-de-meia? Deve estar embaixo do colchão.

Maggie balançou o dedo para ele. — Isso só eu sei. Posso ser uma mulher fácil e barata, mas não sou burra — avisou ela.

Jacob percebeu que estava despertando desconfiança ao demonstrar muito interesse no assunto. Resolveu então ser mais esperto. — Tem razão. Só você tem que saber. Mas acho que devemos comemorar o fato de, daqui a pouco, estar largando essa vida.

Maggie não ficou muito convicta e sugeriu: — Tenho uma idéia melhor: comemorar com um caneco de chocolate ou uma xícara de chá, só com uma dose de gim para aquecer. Depois, peço para você ir embora e volto para minha cama quentinha. — Ela piscou, maliciosa. — A menos, claro, que você tenha algumas moedas e esteja a fim de gastá-las. Como disse, ninguém jamais soube que eu rejeitasse ninguém.

— Combinado — disse ele, fazendo as moedas tilintarem no bolso. — Mas sem pressa, já que as crianças estão com a avó? Além do mais, se vale a pena ter uma coisa, vale a pena esperar por ela. — Ele deu uma risadinha, seguro de que tinha chegado aonde queria. — Primeiro, comemoramos. Depois, subimos a escada, o que acha?

— Não. Primeiro, você me mostra o dinheiro. — Jacob não seria o primeiro homem a tirar vantagem dela e sair sem pagar.

Ele fingiu indignar-se. — Algum dia fui embora sem pagar?

Ela sentiu uma ponta de culpa. — Não, nunca, mas já houve quem fizesse isso.

Para consertar aquela observação infeliz, ela foi, rápido, até a cozinha e voltou na mesma rapidez com dois copos. —Vamos esquecer o chá, certo? — sugeriu ela. — Acho que uma ou duas doses de gim não nos farão mal.

Jacob esperou que ela sentasse e, quando estava bem instalada numa poltrona, encheu o copo, sem dar ouvidos aos protestos dela, não muito enfáticos. — Saúde — brindou ele, e encostaram os copos. Ela tocou no copo com os lábios, enquanto ele dava um grande gole e, lambendo a boca, suspirou de satisfação. — Puxa, era disso mesmo que eu precisava!

Seguindo o exemplo dele, Maggie deu um gole e, tossindo, riu. —Você não vale nada, Jacob Hunter. Vai me embebedar, tenho certeza.

— Bobagem! — Mas ela estava certa. Embebedá-la era exatamente o que ele queria. — Passe seu copo para cá — disse, enchendo o copo dela e dando uma piscada. — Só mais uma dose, depois vou cobrar o que o meu dinheiro vale, se é que você me entende.

Mas não era o corpo dela que Jacob queria. Era o dinheiro economizado durante anos e que estava guardado em algum lugar. Poderia ter usado de violência para obrigá-la a dizer onde estava o dinheiro e levá-lo. Mas, se conseguisse que ela se unisse a ele, melhor.

Dali a pouco, ela já estava rindo à toa e, quando a primeira garrafa de gim acabou, ele tirou outra do bolso. — Ué, de *onde* apareceu essa? — perguntou, sorrindo.

Maggie estava relaxada. — Você é um demônio — disse, mas era também a única companhia que tinha e naquele momento se sentia menos só, depois de muito, muito tempo.

A essa altura, Jacob achava que ela estava bastante bêbada para ouvir os seus planos. — Sabe de uma coisa? Nós dois podemos ganhar um dinheirinho, se você estiver interessada, claro.

Fingindo não ter ouvido, Maggie esvaziou o copo e esticou o braço para receber mais. Deu uma piscadela insolente. — Engraçado. — Seus olhos embaçados pela bebida mal conseguiam enxergá-lo e ela riu alto. — Você nunca foi o que eu chamaria de bonitão, mas vou dizer uma coisa...

Fazendo o jogo dela, ele se inclinou para a frente. — O que é?

— Não quero ofender, mas... — Rompendo num frouxo de riso, ela se sacudia tanto que a bebida que ele acabara de lhe servir começou a se derramar do copo. — ...você parece muito mais bonito agora, depois que bebi um pouco. É verdade! Quanto mais bebo, mais bonito você fica! — Balançando-se para a frente e para trás, ela não conseguia se conter.

Jacob engoliu a raiva, pois sabia que ela estava disposta a ouvir o que tinha a dizer. — Pensei que você nunca mais ia me ofender — disse ele, fingindo estar profundamente magoado. — Sempre achei que era mais um amigo do que um cliente.

— E é. — Ela se conteve um pouco, depois do que ouviu, mas continuou chorando de rir, as lágrimas escorrendo pelo rosto. — Ah, é só uma brincadeira, não precisa ficar tão zangado. — Enxugou as lágrimas e, de repente, lembrou-se. — Epa, o que você acabou de dizer? Que podemos ganhar um dinheirinho?

— Ah, deixa pra lá. — Jacob era mestre em astúcia. — Foi só uma idéia que me passou pela cabeça. De mais a mais, acho que você não se interessaria.

Inclinando-se para a frente na poltrona, ela o olhou bem. — Se você não disser, nunca vamos saber, não é?

Tendo bebido o bastante para se sentir menos no controle da situação do que de costume, ele quebrava a cabeça atrás de uma maneira de enredá-la em seu plano — ou, pelo menos, de convencê-la a se desfazer de seu tão suado pé-de-meia. Sabia que não era boba. Se ele queria que participasse do esquema, teria de saber tudo, senão ia achar que ele estava escondendo alguma coisa e se recusaria a colaborar.

— Estou esperando você falar, Jacob. Se posso ganhar dinheiro, conte comigo.

— E se for um negócio, digamos, meio escuso?

Ela riu. — Negócio escuso é comigo mesmo.

— Está bem. Mas é melhor você saber logo que não estou falando em roubar umas notas do bolso de um homem quando ele não estiver olhando.

— Nunca fiz isso na minha vida!

— Nem estou dizendo que fez. Estou dizendo que, bom, meu plano depende de sua participação.

— Se pegarem a gente, seremos presos?

— Não. — Ele não queria que ela se assustasse logo de saída. — Muitas pessoas moveriam mundos e fundos para nos inocentar, pois, se nos incriminassem, também seriam incriminadas. Na verdade, elas é que seriam castigadas, pois são autoridades e delas a Lei não aceita esse tipo de coisa.

— Anda, desembucha. — Curiosa, ela colocou seu copo sobre a lareira. —Vamos ver o que você tem a dizer. Depois, resolvo se entro nisso ou não. — De repente, ela soltou um arroto quilométrico. — Opa! — Bateu nos joelhos e deu uma risadinha. — É melhor ir dando o serviço de uma vez, Jacob, seja lá qual for, porque estou ficando chumbada e, quando chego a esse ponto, não consigo tomar nenhuma decisão.

—Você não pode contar uma palavra do que vou lhe dizer, nem agora nem nunca.

— Não se preocupe com isso, amor. Sei ficar de boca fechada — garantiu ela, com uma piscadela cúmplice. — Sei coisas de meus clientes que deixariam você de cabelo em pé, mas não estou no mercado para fazer mexericos, se é que você me entende.

— Certo. — Ele confiava nela e lhe contou tudo desde o início, mas sem fazer qualquer menção a Louise.

Enquanto Maggie ouvia, de olhos arregalados e chocada, Jacob narrou como ele e um conhecido homem de negócios tinham alterado os números do empréstimo feito ao pai dele. Em vez de mostrar que a dívida havia sido totalmente quitada, os registros mostravam que uma quantia razoável, mais de dois terços, ainda devia ser paga, tendo a fazenda como garantia.

— O que isso quer dizer?

— Quer dizer que a fazenda está como garantia do empréstimo e, se não for pago, ela vale como pagamento. — Jacob explicou então que, como Ben e a mãe não tinham conseguido dinheiro para saldar a dívida, a fazenda estava à venda pela melhor oferta. — A dívida será paga e o dinheiro restante, se houver, será devolvido. Isso quer dizer que ficará com Ben porque meu pai, em sua grande sabedoria, deixou a fazenda para ele. Deus permita que ambos apodreçam. — A expressão sombria de Jacob traía seu ódio profundo.

A bebida fazia com que ele perdesse qualquer inibição e ficasse imprudente, confessando então que tinha roubado a maior parte dos recibos que o pai escondera num lugar secreto. — Só eu e Alan Martin sabemos disso — contou ele.

— E agora *eu*. — Maggie estava impressionada e com um pouco de medo por ele ter dividido o segredo com ela.

Jacob colocou o dedo indicador sobre os lábios dela. — Ah, sim, mas *você* sabe ficar de boca fechada, lembra? — Embora ele estivesse sorrindo, havia um toque de ameaça na sua voz.

— Não sei o que você está querendo. — Maggie costumava raciocinar rápido, mas, como Jacob, tinha bebido demais. — Se está dizendo que podemos ganhar dinheiro com isso, não vejo como. Alguém vai comprar a fazenda e Ben jamais a terá, nem você. Já basta para você afastar seu irmão dela, não? É esse seu plano? Ficou magoado porque seu pai deixou a fazenda para Ben, não para você, e então fez tudo para tirá-la dele.

— É mais ou menos isso. Mas espero ganhar um bom dinheiro também.

— Como eu já disse, não vejo de que jeito!

— Preste atenção, Maggie. A dívida que levou a fazenda a leilão *não existe*. Foi totalmente quitada por meu pai. Pelo amor de Deus, mulher, não ouviu uma palavra do que eu disse?

Então, ela finalmente começou a entender. — Quer dizer que, quando a fazenda for vendida, esse tal Martin vai ficar com o que é devido e dividir com você?

— Muito bem! — Jacob bateu palmas. — Eu sabia que dentro da sua cabeça tinha um cérebro.

Maggie ainda estava intrigada. — Mas e se a venda não cobrir a dívida?

—Ah, mas vai cobrir.

—Você não pode ter certeza do preço que ela alcançará.

— O preço que eu quiser.

— O que quer dizer?

— Pretendo comprar a fazenda por apenas um pouco mais do que vale, e assim Ben não vai receber quase nada.

—Você é um calhorda, Jacob Hunter.

Ele achou graça. — Portanto, não só vou ficar com a fazenda, mas com a metade da venda também, quando a suposta dívida for paga.

Gostava tanto da idéia que levantou da cadeira e gritou: — Haverá *justiça*! Como devia ter havido, desde o começo. — De um só golpe, ele ficaria com a fazenda e, com o tempo, teria Louise ao seu lado, lugar que pertencia a ela.

Parecia tão simples que ele ficou assombrado.

Maggie tinha só mais uma pergunta: — E se alguém estiver disposto a cobrir o seu lance no leilão?

— Ninguém vai fazer isso.

— Como você sabe?

— Porque... — Agitado demais para ser cauteloso, explicou que eliminara todos os que demonstraram interesse pela fazenda. — Quanto menos compradores houver lá, melhor para mim.

Maggie pensou algo horrível. — Não foi você que matou aquele pobre fazendeiro, foi?

Jacob viu como ela ficara horrorizada e conteve-se rapidamente, percebendo que tinha de ser cuidadoso. — Jamais matei ninguém — garantiu. — Ora, Maggie, por favor! Tenho lá cara de assassino?

A mulher ficou visivelmente aliviada. — Não, claro que não — respondeu logo. — Você é um mau-caráter e às vezes precisa ser ensinado a se comportar, mas acho que não mataria ninguém.

— Então é isso, amor. A fazenda será posta à venda amanhã e pretendo comprá-la.

— Parece que o carteado rendeu, já que você vive dizendo que não tem dinheiro.

— Bom, não é bem isso, Maggie, pois esta noite a sorte não me sorriu. É aqui que *você* entra. Como sócia.

Ela foi inflexível: — Ah, não, não quero tomar parte nisso.

— Claro que quer! Você pode ganhar dinheiro. Além do mais, assim que tiver a escritura da fazenda, posso vendê-la pela melhor oferta. Vou cuidar de você, querida, sabe disso. Você vai receber seu dinheiro de volta em dobro. Pense nisso!

Apesar da sua reação inicial, a cabeça de Maggie estava funcionando rápido. Puxa, se pudesse duplicar o dinheiro de uma só vez, ela e as crianças jamais teriam de pensar no passado!

Jacob estava desesperado. — Ouviu o que eu disse, Maggie? Você vai dobrar seu dinheiro. Tem que ficar comigo nessa história.

— É, mas não posso me arriscar a perder o que já tenho.

Ele resolveu pegar mais leve. — Você decide, amor. Muita gente agarraria essa oportunidade com unhas e dentes, mas vim procurar você primeiro. Essa é a proposta, e está na cara que você não tem nada a perder e tudo a ganhar.

Maggie pensou um pouco e propôs: — Você quer vender a fazenda depois que tiver a escritura?

— É esse o plano.

— Se eu emprestar o dinheiro, quero tudo bem acertado. Vou ter o meu advogado.

— Para mim está ótimo, menina. Da minha parte, seria um empréstimo garantido.

— Se vou dar todas as minhas economias, tenho minhas condições.

— Estou ouvindo.

— Quero que você fique com a fazenda.

— O quê? — Jacob parecia confuso. — Por que, diabos, quer isso?

— É uma das minhas condições. Se não concorda, então não empresto o dinheiro. Muito simples.

— Hum! — Pela primeira vez, Jacob não perdeu a cabeça. Estava curioso, mas também encurralado. — Acho melhor ouvir as outras condições.

— Eu, você e as crianças moraríamos na fazenda. Ah, não estou pedindo para casar comigo. Até eu teria de pensar duas vezes antes de assumir *esse* tipo de compromisso, mas pelo menos seríamos uma família.

Jacob riu alto. — Você ficou doida?

Maggie balançou a cabeça. — Estou falando sério, Jacob. Você precisa do meu dinheiro e eu preciso de uma vida familiar estável para meus filhos. Além do mais, você poderia continuar levando sua vida de solteiro. Não estou pedindo que se prenda a nós. Como a fazenda será comprada em parte com meu dinheiro, vou querer ter meus direitos sobre ela. Você fica com todo o dinheiro que ganhar com a venda e eu não peço que devolva o meu.

— O quê? Mesmo que eu concordasse com as suas exigências, você não espera receber seus homens lá, não é?

— Não, você não entendeu nada. Essa vida vai ficar no passado. É por isso que estou fazendo essas exigências: para que as crianças possam ter uma vida digna.

Jacob estava ficando ansioso e deu um grande gole na garrafa de gim. — E como você espera ganhar a vida, sua burra? Não pense que vou sustentá-la.

— Posso trabalhar na fazenda.

— Você agora está falando besteira. O que entende de fazendas?

Maggie deu um sorriso lento e satisfeito. — Fui criada numa — contou.

— Onde?

— Lá nas colinas de Yorkshire. Meu pai fazia criação de carneiros e porcos, mais umas duzentas galinhas. Minha mãe plantava legumes e eu ajudava. Todo sábado íamos ao mercado com uma carroça cheia de produtos. Não era muito, mas nos sustentava. Depois, papai teve artrite e mamãe não conseguiu fazer frente às dificuldades. Venderam tudo e nos mudamos.

Ela ficou quieta, as lembranças aflorando. — Eles já morreram, mas eu poderia me sustentar criando galinhas, por exemplo, e você poderia fazer o que quisesse. Se quiser, o dinheiro é seu, Jacob. Mas só se pudermos morar lá como uma família.

— É pedir muito, talvez até demais — respondeu Jacob.

Maggie não disse nada. Jacob levantou-se e ficou dando voltas pela sala; depois, andou de um lado para outro.

Maggie sentou-se de cabeça baixa, rezando para que ele aceitasse. Se não o fizesse, ela teria de agüentar aquela vida horrível ainda por muitos anos e, a cada ano que passasse, as crianças estariam maiores e mais conscientes... Não, ela não queria pensar no futuro.

Jacob também tinha o que pensar. Queria o dinheiro e queria a fazenda. O que não queria era Maggie e seus pirralhos de nariz escorrendo. Mas ela era esperta. Não mudaria de idéia, maldita fosse!

De repente, os pensamentos dele mudaram de direção: e se aceitasse tudo o que ela pedira? Se pegasse o dinheiro dela, comprasse a fazenda e depois se recusasse a permitir que ela morasse lá? *E se a estrangulasse na cama?* Como iriam saber se o assassino não fora um dos seus inúmeros clientes?

Voltou a andar de um lado para outro, pensando e planejando, certo de que encontraria uma saída. Afinal de contas, Maggie era apenas uma mulher. Podia enganá-la, se preciso.

Continuou andando para lá e para cá, enquanto Maggie não ousava falar nada, nem sequer se mexer. Ela estava se imaginando na fazenda, dando milho para as galinhas e colhendo legumes, com as crianças correndo soltas pelo campo e subindo nas árvores. — Ah, por favor, Jacob, diga que sim — rezava ela, em silêncio.

Por um tempo que pareceu infinito, o silêncio naquela sala foi insuportável.

Até que, de repente, Jacob puxou-a da cadeira e disse: — Combinado. — Mas não disse que pretendia tirar o corpo fora na primeira oportunidade.

Maggie gritou de alegria e os dois beberam mais um golinho de gim para comemorar. — Quero que o acordo seja assinado e selado — lembrou ela.

— Amanhã mesmo — prometeu Jacob. — Por ora, vamos subir e levar o resto do gim lá para cima. — Já havia falado demais. De repente, precisava dela.

Subiram a escada rindo, animados. Mas, quando ele tentou fazer amor, não conseguiu. — Essa droga não quer levantar. É por causa da bebida.

Maggie bufou. — A bebida brocha! — gritou ela, e os dois riram.

Beberam mais um pouco e caíram na cama, enquanto a garrafa pingava no linóleo e o gim escorria pelo chão.

Eles não perceberam. Nus e bêbados, mal encobertos pelo lençol, estavam enlaçados e fora deste mundo.

Cada um perdido no seu próprio sonho.

Capítulo Onze

DA JANELA, BEN OBSERVAVA o leiloeiro montar o seu palanque. — Abutres — resmungou. — Não passam de abutres.

Sally o afastou da janela. — Venha, filho — disse, compadecida. — Não vai fazer nenhum bem a você assistir ao leilão lance por lance.

Virando-se, ele pousou a mão no ombro dela. — Tem razão, mãe. — Olhou em volta. — Onde está Louise?

— Lá no alto da colina. Foi levar o cachorro para passear. Pelo menos foi isso que ela disse, mas desconfio que deve estar lá sentada, pensando, pois o que queria mesmo era tomar o máximo de distância possível daqui.

— Não sei como é que eu não pensei nisso. — Ben se sentiu morto de vergonha. — Não sou o único por aqui que está se sentindo mal. — Puxando Sally para o peito, abraçou-a com força. — Ah, mamãe, me perdoe. Imagino como *você* deve estar se sentindo.

Ela levantou os olhos para ele, sorrindo. — Vou lhe contar um segredinho, filho.

Quando ele a afastou de si e a olhou no fundo dos olhos, ela o surpreendeu com a sua confissão: — Não vou sentir nenhuma falta da fazenda. Sinto falta de seu pai, assim como vou sentir dos campos, mas não da fazenda. Fui feliz aqui, mas apenas porque tinha minha família comigo. — Seus olhos ficaram úmidos. — Aonde quer que vamos, ficarei contente, porque sei que tenho você e Louise.

Ben ficou extremamente emocionado. — Você é uma mulher fora de série, mãe.

—Vá procurar sua mulher agora — pediu ela. —Traga-a de volta para cá.

— Não vou demorar. — Deu um beijo no rosto da mãe e saiu a passos largos da fazenda, pondo-se a caminho na estrada.

Sentindo-se extremamente infeliz pelo filho e o apuro em que se encontrava, Sally observou-o a se afastar. Durante algum tempo, continuou parada à janela, olhando para os poucos moradores da região já reunidos na fazenda. — Ben tem razão — murmurou. — Eles são mesmo uns abutres.

⚜

Ansioso para encontrar Louise, Ben continuava a caminhar. Por mais que evitasse pensar na hipótese, perguntava-se se ela fora à casa de Eric. Não gostava nada da idéia, nem do sentimento de mal-estar que lhe provocava.

Ao longo da estrada, encontrou uma aglomeração de pessoas, todas se dirigindo para Maple Farm. — Como vai, Ben? — perguntou seu velho conhecido Johnny, um expert em tratores.

— Bem, obrigado, mas poderia estar ainda melhor.

— É, dá para notar. — disse Johnny, compreensivo. — É um dia triste para você e sua família. — Depois de mandar um abraço para Sal e Louise, seguiu caminho, calado.

Um quilômetro e meio adiante, Ben perdeu vários minutos conversando com o casal que fora proprietário do antigo bar da cidadezinha, fechado havia dez anos. — Esperamos que não se importe, mas queremos ver quem vai comprar a fazenda — disseram-lhe.

— Bem, uma coisa é certa: eu é que não sou! — Ben não conseguia entender a mentalidade do povo. — Estão encarando o leilão como se fosse uma porcaria de piquenique — murmurou, seguindo caminho. — E talvez, para eles, seja mesmo.

Encontrou Louise exatamente como Sal previra. Avistou-a como um pontinho a distância, sentada no toco de árvore onde sempre se acomodava quando soltava o vira-latas Bóris da trela para correr livremente. Perdida em seus pensamentos, ela não o viu subir a colina, mas o cachorro sim, descendo-a aos pinotes para recebê-lo.

Percebendo que a esposa não o vira se aproximar, Ben fez uma festinha no cachorro, e, quando Bóris se afastou, seguiu-o até o lugar onde Louise ainda se sentava, profundamente absorta. Por um momento, Ben imaginou se ela estaria pensando em Eric, mas logo se repreendeu. — Por que ela estaria pensando nele, seu idiota? Você está criando mais um problema para si, alimentando esse tipo de fantasia.

Só na última hora, quando o cachorro deu um salto e lambeu seu rosto, foi que Louise se virou e o viu. — Ben! Que é que você está fazendo aqui? Pensei que estivesse esperando o leilão começar.

Sentando numa pedra ao lado dela, ele deu de ombros, sentindo-se inexplicavelmente nervoso em sua presença. — Mamãe disse que eu encontraria você aqui.

— Eu precisava me afastar de lá um pouco. Não ia demorar a voltar.

— Por que não me disse que ia sair? — indagou ele. — Fiquei preocupado com você.

— Não precisava.

— Que foi, meu amor? — Ultimamente era difícil arrancar a verdade de Louise.

Ela sacudiu a cabeça. — Nada... pelo menos, nada além do leilão da fazenda. — Estava mentindo. Ainda o amava, mas algo de precioso desaparecera do relacionamento dos dois... uma espécie de confiança. Ele não apenas a magoara profundamente com aquele comentário sobre ela e Eric, como também fizera com que ela começasse a pensar no assunto, e agora se via assaltada pelas mais variadas emoções, algumas das quais jamais sentira e não sabia como enfrentar.

— Lou? — Inseguro, ele tomou a mão dela.

— O quê? — Ela sorriu para ele, mas foi um sorriso tranqüilo, sem nenhuma vivacidade. — O que é, Ben?

—Você está feliz... comigo?

Intuindo a ansiedade dele, ela sorriu mais ainda. —Você *sabe* que sim. —A despeito de tudo, isso não era mentira.

— Eu te amo muito, querida.

— Eu também te amo.

Ele se levantou da pedra e se pôs a andar de um lado para outro, passando as mãos pelos cabelos, como sempre fazia quando estava agitado. — Eu sei que o futuro é incerto, e não posso prometer a você que no fim vai ficar tudo bem, porque nem eu mesmo tenho certeza disso.

— Eu sei, meu amor, mas você não pode se esquecer de que não tem a menor culpa pelo que está acontecendo. — Com exceção da cruel suspeita em relação a ela e Eric.

Como se tivesse lido os pensamentos de Louise, Ben não conseguiu olhar para ela. — Depois da perda do nosso lar... e de tudo mais que aconteceu... qualquer outra mulher no seu lugar teria ido embora.

No momento seguinte ela estava ao seu lado, de braço dado com ele, exibindo um sorriso malicioso para alegrá-lo. — Bom, eu não sou nenhuma outra mulher, sou? — perguntou, com ar atrevido.

— Não, graças a Deus. — Arrebatando-a do chão, ele rodopiou com ela. — Porque não existe outra mulher na face da Terra que eu preferiria ter àquela que já tenho. — O longo e apaixonado beijo que lhe deu confirmou suas palavras.

Quando o cachorro começou a correr ao redor deles, latindo, Ben riu. — Acho melhor pôr você no chão, antes que ele crave os dentes na minha bunda!

Com os pés novamente plantados no chão, Louise alisou suas roupas. — Sal está bem? — perguntou, preocupada. — Ela estava um pouco calada hoje de manhã... sem vontade de conversar. Pensei em vir dar um passeio para deixá-la mais à vontade. — Embora não tivesse sido exatamente essa a razão, pensou Louise.

— Ela está bem — ele a tranquilizou. — Mas, mesmo assim, é melhor eu voltar. É meu dever estar presente, mas *você* não é obrigada a vir comigo, a menos que queira. Pode ficar aqui até o leilão acabar, se preferir.

— Não, Ben. — Já estava ele de novo falando como se alguma vez ela tivesse dado as costas a ele, pensou Louise, ressentida. O lugar dela era ao lado de sua família. Ele sabia disso. — Quero estar presente também.

— Tudo bem, então. É melhor irmos indo.

Com o cachorro correndo à sua frente, eles se apressaram em voltar para casa.

⁂

Quando viraram a curva e entraram no quintal da fazenda, encontraram Alan Martin, além do leiloeiro e mais um terceiro homem, que Ben supôs se tratar do oficial de justiça. Os três estavam profundamente enfronhados numa conversa.

— Olha lá! — Louise apontou para a meia dúzia de pessoas reunidas diante do palanque do leiloeiro. — Não tem muita gente aqui — observou. — Pensei que ia ter muito mais do que isso.

— Tem razão. — Ben também imaginara que haveria uma multidão ansiosa para fazer lances pela fazenda, que, apesar de pequena, era boa. — Vá para casa dar uma força para mamãe — disse a Louise. — Volto assim que descobrir o que está acontecendo.

Louise foi para um lado e Ben para outro.

Quando ele se aproximou dos homens, todos os olhares se voltaram em sua direção. — Algum problema? — Ele deu uma olhada no relógio de bolso. — Pensei que o leilão estava prestes a começar. — Teria dado o braço direito para que não estivesse, mas, como Louise observara mais de uma vez, ele devia aprender a aceitar o fato, se não quisesse enlouquecer.

— Não, não há nenhum problema, sr. Hunter — respondeu o leiloeiro. Ben já o conhecia, pois ele estivera na fazenda catalogando todos os objetos que estavam à venda. — Estávamos resolvendo os detalhes legais de praxe, mas já vamos começar.

Não revelou que ele e os outros dois homens haviam se desentendido. Enquanto ele fora a favor de adiar o leilão, ou pelo menos de esperar mais uma hora, para ver se chegavam compradores mais prováveis, os outros dois insistiram que o leilão devia se realizar imediatamente, na hora combinada.

Ben deu uma olhada nas pessoas já reunidas para o leilão. — O senhor não acha que devia esperar mais uma hora? Até onde sei, pelo menos metade desse grupo não vai fazer nenhum lance. Alguns estão aqui por curiosidade mórbida, e os outros porque não têm nada melhor para fazer. — Os que realmente se preocupavam com o destino de Maple Farm e de seus ocupantes haviam tido a consideração de não comparecer.

— Nós não vamos conseguir uma cifra razoável dessas pessoas. — Ben estava começando a se desesperar. Contara em receber uma boa sobra depois de quitada a dívida, mas agora via seu pagamento em dinheiro vivo sair voando pela janela.

— Sinto muito, senhor. Não existe nenhuma regra que determine que deva haver um grupo maior antes de começarmos — observou o oficial de justiça. — Além do mais, vou sair daqui direto para outro leilão em Bolton, de modo que não tenho tempo para esperar. Não, senhor, lamento muito, mas devemos levar o leilão adiante conforme planejado.

— Mas isso não está certo! O senhor pode ver com os seus próprios olhos que eu tenho razão!

Nesse momento, Alan Martin interveio: — Quem pode garantir que, se esperarmos mais quatro horas, mais pessoas aparecerão? Concordo plenamente com o oficial: o leilão deve prosseguir conforme anunciado no edital.

— E se você não conseguir todo o dinheiro que lhe é devido? — Ben agora estava agitado e profundamente preocupado. — Se a quantia não cobrir a dívida, não perca seu tempo me procurando, porque não tenho um tostão. E isso graças a *você*, seu canalha!

Compreendendo que poderia sair uma briga, o oficial se interpôs entre eles. — Isso não vai acontecer. Seu pai ofereceu a fazenda como garantia do empréstimo, e, se ela não for vendida por uma soma que cubra a dívida, a mesma será considerada quitada. O ônus não recairá sobre o senhor, isso eu posso lhe garantir.

Ben ainda não estava satisfeito. — Sim, mas e as minhas chances? E se *eu* acabar sem nada?

— Lamento, mas nenhum de nós pode impedir que tal coisa aconteça, senhor. Se o sr. Martin sair perdendo, o mesmo acontecerá com o senhor.

— É melhor darem início ao leilão de uma vez, antes que as pessoas que *estão* aqui comecem a ir embora — apressou-os Martin. Sua consciência pesava e ele queria acabar com aquilo o mais rápido possível.

Não somente, como morria de medo por ter se comprometido com Jacob Hunter, ainda mais agora, que suspeitava que ele tivesse assassinado aquele pobre fazendeiro. Bastara-lhe ver o número reduzido de pessoas presentes para que tudo começasse a fazer sentido. Hunter afugentara todos os que poderiam ter se interessado por Maple Farm. Estava na cara que ele próprio pretendia comprar a fazenda *e* ficar com metade do valor apurado. Mas, que o diabo o levasse, *onde* é que ele estava?

— Eu exijo que o senhor comece *agora*! — disse ao leiloeiro, com a voz trêmula.

Se as autoridades descobrissem que ele urdira um golpe ilícito para despojar Ben Hunter de sua herança legítima, tirariam a conclusão errada. Toda a verdade viria à tona. Jacob seria enforcado como assassino e ele como cúmplice!

Só de pensar nisso ficava totalmente apavorado. Tanto é que pouco se importava que a fazenda fosse vendida por uma ninharia, contanto que fosse vendida e Hunter pago de uma vez.

Vencido, Ben foi à forra: — Vocês são todos farinha do mesmo saco! Protegem aqueles que têm dinheiro para dar as cartas e pisam nos que não têm. São uns canalhas, todos vocês! — Dito isso, deu as costas. Tinha uma mulher e uma mãe para cuidar. Do jeito que as coisas estavam indo, não queria que elas vissem a fazenda ser vendida ao bater do martelo.

Ao caminhar a passadas furiosas para a fazenda, ouviu o leiloeiro dar início ao leilão. Quando chegou à porta, os lances já haviam chegado a seiscentas libras. — Ainda falta muito — murmurou. — Que Deus nos ajude!

Dentro da casa, as duas mulheres se sentavam em silêncio ao lado da lareira vazia. — Ah, Sal, como eu queria que já estivesse tudo terminado! — Agora que sabia que não tinham a menor chance de permanecer ali, Louise contava os minutos para ir embora.

Sal a compreendia, pois se sentia do mesmo modo.

Quando Ben atravessou a soleira da porta, o clima mudou na mesma hora. — Aqueles porcos imundos! — Jogando-se numa poltrona, gemeu como um homem cheio de dor. — Estão pouco se importando, todos eles!

Durante algum tempo, permaneceram em silêncio, cada qual incapaz de dividir seus sentimentos com os demais, por medo de fazê-los sofrer.

O silêncio era pesado. O relógio tiquetaqueava alto na cornija da lareira, e ouvia-se uma torneira pingando na cozinha. Sentindo que algo estava errado, o cachorro começou a passar por entre as pernas deles. Como não lhe dessem atenção, ele logo se deitou aos seus pés, olhando para seus rostos com uma expressão decepcionada.

Passado algum tempo, Louise sugeriu que tomassem uma xícara de chá, "para acalmar os nervos".

Mas nem Ben nem Sal queriam chá, de modo que ela ficou onde estava. O silêncio se adensava no pequeno aposento. Ao fundo, ouvia-se o tom de voz lento e ritmado do leiloeiro, embora fosse impossível saber que cifra atingira até agora.

Um segundo depois, Ben não conseguiu mais se conter. — Vou sair — anunciou, e, antes que as duas pudessem reagir, ele já atravessara a porta e se pusera a caminho.

Ao descer a trilha em direção ao campo, ouviu com nitidez a voz do leiloeiro. — Vendida para o homem aqui à minha direita... dou-lhe uma, dou-lhe duas, dou-lhe três. Vendida pela quantia de mil e duzentas libras.

O som do martelo batido no banco de madeira foi o golpe final para Ben. Sentiu um abatimento mortal. — Isso não cobre a dívida. Meu Deus, mal chega perto dela.

Desolado, dobrou a curva... e não pôde acreditar nos próprios olhos. Pois quem estendia o cartão numerado para o leiloeiro era ninguém menos do que *Eric Forester*!

A visão de seu velho amigo assinando os documentos fez com que Ben se detivesse. — Não, não pode ser! — Mas era. E Ben sentiu vontade de matá-lo.

Avançando, Ben agarrou Eric pelo pescoço. — Pensei que você fosse meu amigo! Mas você é um traidor, isso sim, um maldito traidor! — Suas mãos apertavam com tanta força o pescoço de Eric que foram precisos três homens para afastá-lo.

— Está acabado, sr. Hunter — disse o oficial de justiça. — O leilão foi conduzido com toda a correção e esse cavalheiro fez o lance mais alto.

Virou-se e olhou para Eric, que alguns homens ajudavam a se levantar. — Aliás, devo dizer que, se esse homem não tivesse chegado na última hora, eu teria tido que vender a fazenda por menos de mil libras. Foi a determinação do sr. Forester que fez com que o preço subisse.

Embora compreendesse a lógica disso, Ben pouco consolo extraiu da informação. — Que diferença faz para mim que seja vendida por mil ou por mil e duzentas libras? — rosnou. — Só significa que *ele*... — apontou para Alan Martin, que se mantivera bastante afastado do grupo — ... *ele* vai receber uma parte do que lhe é devido, e eu não vou receber nada!

A voz mansa de Eric se fez ouvir: — Pense nisso, Ben. O fato de eu ter comprado a fazenda não teve nenhuma influência sobre o resultado. Sei o quanto você ama este lugar e lamento que as coisas tenham tomado este rumo.

Eric andara refletindo seriamente sobre o assunto. — Eu queria que nós dois formássemos uma espécie de sociedade... trabalhando juntos na terra. Desse jeito, você ganharia o seu sustento e ainda teria uma boa terra debaixo dos seus pés. Assim, a única coisa que mudaria seria o fato de estar vivendo em outro lugar.

— Como é que é? — Ben riu na cara dele. — Você só pode estar louco de pensar que eu concordaria com uma coisa dessas.

— É o melhor que tenho a lhe oferecer, Ben — uma sociedade. Pense no assunto, pelo menos.

— Esta terra é *minha*, seu calhorda traiçoeiro! E quero que você saia dela... AGORA!

Tornou a investir contra Eric, sendo novamente impedido por vários homens, alguns deles amigos de seu pai. — Deixe disso, meu filho — aconselharam-no. — Você não pode culpar Eric pelo que aconteceu.

Afastados e com vários homens entre eles, Eric e Ben se encararam — Eric lívido e infeliz, Ben com o ódio estampado no rosto, as veias do pescoço salientes como trilhos de linha de bonde. — Não vou me esquecer disso — murmurou ele. — Não vou me esquecer do que você fez aqui hoje.

A dizer a verdade, a revolta de Ben tinha menos a ver com a compra da fazenda do que com Louise. No íntimo, sabia que não havia nada entre ela e Eric, mas as sementes do ciúme haviam sido lançadas, e, com ou sem razão, ele nunca mais poderia ver Eric como um amigo.

Naquele momento, alertada pelos gritos e a confusão, Louise chegou correndo. Compreendendo rapidamente a situação, dirigiu-se para Ben, os olhos atraídos para o lugar onde Eric se postava. — Eric? — Não queria acreditar no que seus olhos viam. — Foi *você*? — Mesmo ao ver seu rosto e se inteirar da verdade, ela ainda não conseguia acreditar. — Eric? Foi você que comprou a fazenda?

— Me perdoe, Louise. Eu queria lhe contar, mas não surgiu a oportunidade. — Conflituado ao ver a expressão dela, deu um passo à frente. — Ainda sou amigo de você e de Ben, a despeito do que você possa pensar. Recebi ordem de despejo, e precisava de um lugar para morar. A fazenda ia ser leiloada, e comprá-la me parecia a solução lógica para o meu problema. Que diferença faz que tenha sido eu a comprá-la? — O olhar dele era suplicante. — Você compreende, não é, menina?

— *Deixe-a fora disso!* — Quer pelo jeito como Eric olhava para ela, quer por se sentir traído por alguém que considerava seu amigo, o fato é que Ben subitamente perdeu a cabeça.

Com um grito ensurdecedor, desvencilhou-se e, arremetendo contra Eric, empurrou-o de costas para uma árvore a uma velocidade impressionante. Segurando-o pelos cabelos, bateu com o rosto dele tão violentamente no tronco que ele soltou um grito. Numa explosão vermelha, o sangue jorrou de seu nariz, cobrindo a camisa de Ben do colarinho à cintura.

— PAREM COM ISSO! — Não era a primeira vez que Louise se via obrigada a tentar parar uma luta em que o marido se comportava como um louco furioso. Segurou o paletó de Ben com todas as forças, mas seu puxão foi como um fósforo num vendaval diante de sua força de homem possesso.

Furioso e humilhado, Eric foi à forra. Os dois homens estavam convictos de ter razão e determinados a defender os seus direitos. Os socos foram certeiros e o sangue jorrou, sem que nenhum dos presentes conseguisse separá-los, por mais que tentasse.

Em meio ao caos, a voz nítida e zangada de Sal varou o ar: — *Já chega!*

Tão inesperada foi sua intrusão que os dois homens pararam, a fim de olhar para a frágil e idosa mulher — a mulher com uma têmpera extraordinária, seu jeito calmo e contido impondo respeito a todos os presentes.

— Mãe! — Ben se empertigou, limpando o suor do rosto. — Volte para casa, mãe. *Por favor!*

Sal se adiantou, o rosto pálido e decidido. — Não, não vou voltar — respondeu. — Estou envergonhada de você!

Olhou para Eric com os olhos brilhantes de lágrimas. — Quanto a você, Eric Forester, será que perdeu completamente a dignidade?

Morto de vergonha, ele baixou os olhos.

Em seguida, virou-se para o filho. — Como pôde fazer uma coisa dessas? — Sua voz estava embargada de emoção. — Seu pai mal baixou à sepultura, perdemos o nosso teto, e a única coisa em que você consegue pensar é em lutar com o homem que comprou a fazenda?

— Ele nos enganou, mãe! — O argumento ainda estava vivo dentro dele. — Fingindo ser nosso amigo, quando o tempo todo estava planejando nos deixar ao relento!

— Não, filho. — Sal esboçou um sorriso cansado. — Não foi Eric que fez isso conosco. Foi o seu pai, que Deus o tenha. Ele fez o que qualquer pai teria feito nas mesmas circunstâncias: entrou numa situação de risco para ajudar o filho. E errou. Mas não podemos culpá-lo por isso.

Olhou para Eric. — Nem você pode culpar Eric por querer um teto no lugar em que vive e trabalha há tantos anos.

Parecendo espicaçado pela defesa que a mãe fizera de Eric, Ben se virou, com a intenção de dizer alguma coisa virulenta. Mas, de cabeça baixa e ombros descaídos, Eric já se afastava, a vergonha e o arrependimento estampados em seu rosto triste.

Um momento depois, todos haviam ido embora, com exceção de Ben, Louise e Sal; e, a uma certa distância, o oficial de justiça, que esperava para finalizar o negócio.

Com a raiva ainda fervendo dentro de si, Ben secou o rosto mais uma vez, enfiou a camisa para dentro da calça e, caminhando até Louise, pediu: — Leve mamãe para casa, menina. Vou estar lá em um minuto. — Olhou para Sal e sentiu uma mágoa enorme. — Eu confiava nele — disse, com a voz embargada. — E o tempo todo ele era indigno de confiança.

Deprimida pelo que acabara de testemunhar, Sal permitiu que Louise a conduzisse dali. — Ainda bem que o pai dele não está mais aqui para ver uma coisa dessas. — Secou uma lágrima, e Louise sentiu seu amor por ela aumentar mais ainda.

— Ele vai fazer as pazes com Eric, tenho certeza — garantiu a Sal. Mas já começava a se perguntar se ele algum dia faria mesmo isso. Aquele episódio confirmara algo de que ela já desconfiava: desde a morte do pai, Ben havia mudado — e não fora para melhor.

Tendo as mulheres ido embora, o oficial de justiça se aproximou de Ben e avisou: — Em breve o senhor receberá uma notificação participando-lhe a data em que deve desocupar o imóvel.

Ele ainda tinha outros assuntos legais para discutir, mas Ben já se distanciava, deixando-o plantado como um dois de paus. — Deixa estar! — resmungou o oficial, aborrecido. Já vira aquele filme antes. No fim, todos eles eram obrigados a abaixar a crista. Levantando a voz, dirigiu-se a Ben: — A lei está do lado do sr. Forester. Está tudo acabado, só falta assinar os papéis. SR. HUNTER...!

Frustrado, correu atrás dele, detendo-se abruptamente quando Ben se virou e lhe lançou um olhar feroz. — Sinto muito, sr. Hunter — disse, nervoso —, mas não adianta fazer ouvidos de pescador.

— Escute aqui, moço — disse Ben, com a voz baixa e rascante, a cabeça bem erguida, os pés afastados e um terrível olhar de desafio. — Se pensa que eu vou entregar esta fazenda de mão beijada, está redondamente enganado!

Diante dessa ameaça, o oficial o advertiu: — Experimente fazer qualquer coisa e acabará na cadeia. Não seja idiota, rapaz. Pense na sua mulher e na sua mãe.

Em resposta, Ben apanhou o forcado e, empunhando-o, perseguiu o oficial de justiça até a estrada, o homenzinho correndo sem olhar para trás. — Covarde! — Ben soltou um suspiro de alívio ao vê-lo pelas costas. Mas sabia que não era o fim. Mais cedo ou mais tarde, eles voltariam.

— Podem fazer o que quiserem! — desafiou. — Estou pronto para vocês!

Resmungando e suando, voltou para casa. — Vocês não vão me obrigar a dar esta fazenda para nenhum homem. Prefiro mil vezes tocar fogo nela.

Em casa, Louise e Sal discutiam os terríveis acontecimentos. — Não consigo acreditar que Eric tenha comprado a fazenda — disse Louise. — Eu jurava que Jacob iria dar um jeito de pôr as mãos nela.

— Ah, tenho certeza de que ele pretendia ir ao leilão, e sem dúvida alguma teria aparecido por lá com os bolsos estufados de dinheiro ganho em alguma trapaça.

— Nesse caso, por que não fez isso? — perguntou Louise, embora tivesse ficado extremamente aliviada com a sua ausência.

Sal deu um sorriso sereno e sarcástico. — Por causa de algum jogo de pôquer ou de alguma briga num beco escuro — especulou, em tom de lástima. — Ou talvez por causa de alguma mulher.

Deu um gole no seu chá, em seguida aninhando a xícara e o pires no colo como teria feito com uma criança. — Deve ser isso — disse, irônica. — É público e notório que Jacob Hunter jamais resistiu a um rabo-de-saia.

Quando Louise se recostou na poltrona e fechou os olhos, permitindo que a exaustão finalmente tomasse conta de seu corpo, Sal lhe deu um olhar preocupado. Se havia alguém que conhecesse a fraqueza de Jacob pelo sexo oposto, esse alguém devia ser Louise; afinal, ele não estava de olho na mulher do irmão? —Você é uma boa mulher — murmurou Sal. —Tem juízo demais para se deixar engrupir pelas palavras levianas e promessas falsas dele.

Perturbada, Louise se empertigou. — Desculpe, Sal, eu estava quase pegando no sono. Não sei o que é que há comigo.

— É a tensão. Tem sido uma época muito desgastante para todos nós — relembrou Sal. —Vá dormir, se quiser. Não vou acordar você.

— Obrigada, mas prefiro ir ver onde Ben está. Ele tem andado muito estranho ultimamente, e estou preocupada com ele.

— Ele vai ficar bem — prometeu Sal. —Assim que nos mudarmos para a Derwent Street, vamos todos começar uma nova vida. Pelo menos, é o que espero.

— Está bem, então. Não vou dormir muito. — Louise bocejou, ainda se sentindo exausta. —Talvez fosse uma boa idéia se nos sentássemos e discutíssemos o assunto, para tentar convencê-lo — disse, cansada. — Goste ou não, Ben tem que começar a pensar em se mudar daqui.

Recordando o momento em que Sal a arrancara de seu torpor, perguntou: — O que você estava dizendo agora há pouco, quando eu quase cochilei?

Sal sacudiu a cabeça. — Não deve ter sido nada de importante, menina, porque não estou me lembrando — mentiu.

Quando Louise saiu da casa, Sal se levantou da poltrona e foi para a janela. Observou Louise avançando pela trilha, seus cabelos esvoaçando no vento como os de uma menina. — Você não sabe o quanto é bonita, querida, mas Jacob sabe, que Deus nos ajude — murmurou. — Se ele pudesse separar você e Ben, faria isso sem pensar duas vezes.

Havia mais uma coisa. — Vi a maneira como Eric olhou para você, e Ben também viu. Embora seja um homem bom e decente, Eric Forester é como qualquer outro homem diante de uma mulher bonita.

Todos os tipos de medos a assaltavam. — Meu Ben é como um tigre adormecido, satisfeito com o que tem até se sentir ameaçado. Aí, ele age como uma fera furiosa.

Pouco depois, viu Louise voltar con Ben ao lado. — Cuidado, menina — murmurou Sal. — Três homens... e todos querendo você.

Isso não acontécia por culpa de Louise, mas, ainda assim, acontecia — e Sal se sentia horrorizada. Mal se atrevia a pensar nisso, mas, naquele exato momento, qualquer tipo de felicidade era totalmente impossível para eles.

— Eu temo por você, minha querida menina — sussurrou. — Temo por todos nós.

Por um momento, a vista de Ben e Louise avançando juntos pela trilha foi agradável ao seu velho coração. Ben passara o braço pela cintura de Louise, que olhava para ele com a luz do amor brilhando nos olhos.

Mesmo assim, ao analisá-la mais atentamente, Sal percebeu uma coisa que fez com que seu sorriso murchasse.

Não pôde deixar de recordar que, no passado, sempre que eles caminhavam juntos, era Louise que passava o braço pela cintura de Ben, conversando animadamente com ele. Mas não agora. Agora, não tinha nada a dizer, e, ao caminhar ao lado dele, trazia os braços pendurados ao longo do corpo. Mesmo no brilho feliz de seus olhos parecia haver uma minúscula centelha de dúvida.

Foi o que Sal viu, e sentiu um abatimento profundo.

—Três homens, todos querendo a mesma mulher — sussurrou, temerosa. — Que Deus nos ajude se algum dia você for obrigada a fazer uma escolha.

⁂

Já era meio-dia quando Jacob acordou, sobressaltado. Ainda grogue da bebedeira na véspera, levou as mãos à cabeça. — Será que alguém quer atender a porcaria da campainha, antes que eu enlouqueça? — As pancadas insistentes na porta da rua reboavam como martelos gigantes no interior da sua cabeça.

Despertando ao seu lado, Maggie desceu da cama. — Já vou — disse, bocejando. — É melhor você se vestir.

— Que horas são?

Com a cara amassada de sono, ela franziu os olhos para o relógio, mas, como estava de ressaca, não conseguiu distinguir os números. — Ainda é cedo — arriscou. — Vou ver quem é e depois trago uma bebidinha para rebater. — Rindo, atirou-se nos braços dele. — Está a fim de se divertir um pouquinho, não?

— Sai daí, mulher. — Ele a empurrou quando as pancadas na porta recomeçaram, dessa vez fortes o bastante para derrubá-la. — Quem será?

Gemendo, deitou-se na beira da cama. — Vá atender essa porta de uma vez! — Deu um empurrão violento em Maggie, que se estatelou no chão. — Ande, mexe-se, antes que a casa caia na cabeça da gente!

Vestindo estabanadamente as calças, ouviu-a ao longe abrir a porta e saudar as crianças. Quase imediatamente, começou uma altercação furiosa. Depois, a porta foi batida, seguida do que pareceu um soco na madeira. Ele ainda ouviu a voz de um homem se dirigir a alguém aos gritos e, em seguida, fez-se silêncio.

Por fim, a voz de Maggie se fez ouvir, mais alta do que os passos das crianças pela sala.

— Que será que está havendo? — Depois de puxar o zíper, Jacob afivelou o cinto e enfiou a camisa para dentro das calças. Ao se curvar para amarrar os cadarços dos sapatos, viu de relance o relógio na mesa-de-cabeceira de Maggie. *Já passava do meio-dia.*

Apavorado, saiu correndo do quarto e desceu a escada. — Desgraçada! — Levou Maggie para um canto e lhe ordenou: — Pegue o dinheiro. Se eu correr, ainda chego lá a tempo. — Como ela hesitasse, ele a sacudiu pelos ombros e a empurrou para o lado, indo ao lugar onde achava tê-la visto escondendo alguma coisa. Mas não havia nada lá.

— Muito bem, onde é que está? — rosnou, segurando-a.

De trás dele veio a voz de uma criança: — Deixa a nossa mãe em paz!

Temendo pelos filhos, Maggie se desvencilhou de Jacob, levou-os para uma saleta e disse aos dois, severa: — Fiquem aqui. Volto em um minuto.

Quando fechou a porta, Jacob a agarrou pelo cabelo. — Onde foi que você pôs o dinheiro?

Maggie foi inflexível: — Pode me bater, pode até me matar, se quiser, que não vai ver a cor daquele dinheiro. Não até ter posto a sua assinatura num documento. — A vida inteira ela fora usada pelos homens, de todas as maneiras possíveis. Se o deixasse se apoderar do que economizara durante anos, não restaria nada para ela e as crianças. — Estou falando sério, Jacob.

Durante um longo e angustiante momento, ele a manteve segura, seu rosto com a barba por fazer próximo ao dela, seu hálito ainda cheirando a bebida, suas mãos apertando cada vez mais a gola de seu robe. Subitamente, empurrou-a de lado. — Não tenho tempo para brigar com você agora — disse, ríspido. — Preciso ir ao leilão.

Sua mente trabalhou rápido. — Não devo precisar do dinheiro imediatamente. Além do mais, se precisar, tenho algumas libras no bolso do meu paletó.

Maggie ficou aliviada. — Eu já disse que lhe emprestaria o dinheiro, e vou emprestar — confirmou. — Mas o acordo tem que ser lavrado em cartório.

Empurrando-a longe, ele se dirigiu à sala para apanhar seu paletó, que vestiu rapidamente, enquanto apalpava os bolsos para se certificar de que sua mesquinha soma de dinheiro ainda estava segura.

— Quem foi que tocou a campainha? — Ele quase a derrubou no chão ao disparar para o corredor.

— O pai das crianças. — Ela desviou os olhos. — Ninguém com quem você precise se preocupar.

— Humpf! — Grunhindo como o porco que era, ele passou por ela com um tranco e, um minuto depois, estava na rua, correndo a toda a velocidade. Sujo e desarrumado, seu aspecto era de um vagabundo em fuga.

Em casa, Maggie abriu a porta da saleta onde estavam os filhos. — O pai de vocês não os machucou, machucou? — Tinha havido um confronto desagradável na porta quando ele os trouxera para casa.

A pequena Hannah levantou os olhos grandes e assustados. — Ele estava zangado e gritando — contou.

— Por quê? — Maggie detestava quando as crianças visitavam o pai. Um nômade nato, com uma natureza imprevisível, ela nunca sabia como ele ia se comportar com elas.

Adam passou o braço pelo ombro da irmã, protetor. — Papai estava de mau humor.

— Mas ele não machucou vocês, machucou? — insistiu Maggie.

— Não.

Ela embaralhou seus cabelos escuros e cheios. — Vovó alimentou vocês direitinho agora de manhã?

Os dois assentiram. — Ela e papai tiveram uma briga. Vovó disse que ele era um "zero à esquerda".

Maggie riu. Então, vendo que as crianças ainda estavam com medo, sorriu carinhosamente para elas. — Pois é, a avó de vocês é obrigada a aturar poucas e boas. — Deu os braços aos dois. — Mas vamos deixar isso para lá. Vocês agora estão em casa — declarou, com um largo sorriso. — Que tal se eu me vestir para nós irmos ao Parque Municipal dar comida aos patos?

Sua sugestão foi saudada por saltos e gritinhos de alegria, e, pouco depois, já estavam saindo. — Acho bom Jacob se habituar à idéia de que os meus filhos vêm em primeiro lugar — murmurou, fechando a porta atrás de si. — Eles já têm preocupações demais com aquele pai maluco deles!

Sal estava na cozinha quando Jacob irrompeu pela porta adentro. — Ainda não acabou, acabou? — Ofegante e corado, postou-se diante da soleira com as pernas bem abertas.

Afastando-se da pia onde estivera lavando a louça do café da manhã, Sal enxugou as mãos num pano de prato. Olhou para ele por um momento, perguntando-se como pudera ter dado à luz um homem que era mais um estranho do que um filho para ela. — Se está falando do leilão, já acabou há horas.

— Isso é mentira sua!

— Não me chame de mentirosa. O leilão já acabou há muito tempo. A fazenda já foi vendida. Não alcançou uma cifra alta o bastante para quitar a dívida, de modo que não sobrou nada para Ben — disse, olhando para ele com firmeza. — Mas, graças a Deus, você também não vai receber nada, vai? — Era um pequeno consolo para ela.

Jacob ficou fora de si. Urrando de ódio, atravessou o aposento a passos largos. — Me conte! — Fitou Sally nos olhos, a voz perturbadoramente ameaçadora. — Quem foi que comprou a fazenda?

— Eric Forester. — Diante da expressão de incredulidade dele, os lábios de Sal se curvaram num esboço de sorriso. — Está surpreso, não está? Pensou que ele não fosse participar do leilão, não pensou? E agora, o que é que...

Sem responder, ele saiu ventando pela porta, deixando-a lá, parada, a boca entreaberta, a frase inacabada: — ... você vai fazer, seu infeliz?

Terminar de pronunciar a frase lhe proporcionou uma certa satisfação, mas mesclada com ansiedade, porque ela desconfiava que ele fora procurar Eric Forester — embora, a julgar pelo desempenho da manhã, aquele jovem não fosse aceitar ser pressionado, nem por Jacob nem por qualquer outro.

Estando a cena encerrada, ela voltou à sua louça. — Ainda bem que Louise e Ben estão no pomar — murmurou, aliviada. — Se Ben soubesse que Jacob esteve aqui me bombardeando de perguntas, teria posto o irmão pela porta afora, e talvez tivesse saído outra briga de foice.

Ela deixou cair um prato e levou um susto brutal quando ouviu o som da porcelana se estilhaçando aos seus pés. — Meu Deus! Meus nervos sempre ficam à flor da pele quando ele está aqui. — Indo apanhar uma pá e uma vassoura, recolheu os cacos do prato um por um. Isso a ajudou a se acalmar.

⁂

Como Sal, Eric também não gostou nada de ver Jacob. — Que é que *você* quer? — Abriu a porta e ficou parado na soleira, sem fazer menção de convidar o indesejado visitante a entrar.

Jacob se postou ao lado dele. — Era para eu ter ido ao leilão, mas me atrasei, entende?

— E daí? Que é que eu tenho a ver com isso?

— Me disseram que foi você quem comprou a fazenda. É verdade?

Eric assentiu. — É verdade, sim.

Observando os novos cortes e equimoses no rosto de Eric, Jacob sorriu, esperto. — Estou vendo que alguém lhe deu uma boa surra. Foi Ben, não foi? Você tomou a fazenda do meu irmão bem debaixo do nariz dele, não é?

— Olhe aqui, por que é que não me diz logo de uma vez o que quer, ou então vai embora? Tenho mais o que fazer do que ficar parado aqui na porta perdendo meu tempo com você.

— Eu quero comprar a fazenda.

— Não está à venda.

— Posso oferecer uma quantia muito tentadora por ela... alta o bastante para você ter um lucro enorme com a venda.

— Como eu já disse, não está à venda... por *nenhum* preço!

— Seria uma grande besteira da sua parte recusar a minha oferta.

— Ah, é? Que pena. Porque é exatamente o que vou fazer. — Empurrou Jacob para fora. — Não quero saber de suas ofertas e nem de você na minha casa de novo, de modo que não venha mais me incomodar, porque vai perder seu tempo.

Jacob lançou um olhar feroz para Eric, com ganas de agarrá-lo pelo pescoço, mas o cérebro lhe disse que não era esse o jeito de fazer as coisas. — Eu vou voltar — advertiu. — Pode escrever o que estou lhe dizendo.

Eric não era nenhum bobo. — Se está querendo dizer que vai mandar aqueles brutamontes aqui de novo, eu não faria isso se fosse você. Porque eu poderia contar à polícia que vi dois homens rondando a casa de Barry, pouco antes de ele ser assassinado. — Na realidade ele não vira ninguém, mas Jacob não podia saber disso.

— E o mais engraçado, Jacob, é que tenho certeza de ter visto *você* em companhia daqueles mesmos homens. Bom, é isso que eu contaria à polícia... que eles eram amigos de Jacob Hunter.

—Você ficou completamente louco, Forester!

— Ah, é? — Eric sorriu para Jacob com o mesmo sorriso de esperteza que Jacob lhe dera. — Não é assim que vejo a coisa — provocou-o. — O jeito como vejo a coisa é esse: a polícia ainda não encontrou os homens que assassinaram o pobre Barry Jackson. O que eu disser a eles pode colocá-los no seu encalço. Portanto, se você tiver uma gota de juízo, vai ficar bem longe de mim.

Coçou o queixo. — Aliás, não seria má idéia se eu escrevesse um bilhete e o desse para algum amigo de confiança guardar. É, sou bem capaz de fazer isso ainda hoje... ou talvez *já* tenha feito.

Mesmo sabendo que fora derrotado, Jacob não podia perder a pose. — Você vai me pagar por isso.

— Acho que não. — Avançando a passos largos, Eric o agarrou pela nuca e o atirou pela trilha do jardim, por onde Jacob saiu catando cavaco. — Caia fora daqui e me deixe em paz!

Continuou na soleira da porta até Jacob desaparecer de vista. Então, tornou a entrar, acendeu seu cachimbo e sentou na poltrona, pensando em Louise.

Dia e noite, ela ocupava a sua mente.

Capítulo Doze

LOUISE NÃO VIA por que devia considerar Eric como um inimigo. — Por que você não vai à casa dele? — perguntou para Ben. — Os dois já tiveram bastante tempo para lamber suas feridas e pensar melhor. Vocês se conhecem há muito tempo, essa amizade não pode acabar assim.

Sal levantou os olhos da costura e disse: — A menina tem razão. — Ela ouvira a conversa e tentara não se intrometer, mas por fim teve de dizer o que achava: — Eric não fez nada de errado. Como ele disse, precisava de uma casa e a fazenda estava à venda. Se não a comprasse, outro a compraria, talvez alguém menos simpático, e aí, como vocês se sentiriam?

Ben não estava disposto a perdoá-lo. — Não era isso que eu esperava de um companheiro. E não venha me dizer que ele precisava de uma casa para morar. Na verdade, eu preferia que a fazenda tivesse sido comprada por outra pessoa. Seria mais fácil de aceitar, mas agora nunca saberemos, não é?

Louise levantou-se da poltrona, olhou Ben com raiva e sentiu o coração pesado, embora não soubesse bem por quê. Uma coisa era certa: seu marido estava, sem dúvida, sendo rabugento sem necessidade. — Pelo amor de Deus, Ben, será que você não consegue raciocinar com um mínimo de lucidez? — Irritada, queria que ele visse a situação do ângulo do amigo. — Eric deve estar em casa agora, sentindo-se tão mal quanto você. Vá lá conversar com ele, por favor.

— Deixe, Lou. Já falamos o bastante — disse Sal. Ben continuava carrancudo.

Louise levantou as mãos para o alto, num gesto de resignação. — Não vou dizer mais nada sobre isso — prometeu, embora tivesse muitas coisas para pensar e nenhuma fosse boa.

Mas Sal não tinha terminado de falar: — Não é bom sair dessa casa depois de transformar um amigo em inimigo. — Olhando bem para o filho, ela deixou no colo a costura. — Sei como você deve estar se sentindo, rapaz, mas essa não é a melhor forma de enfrentar a situação. — Inclinando-se para a frente, falou com uma voz suave, de mãe: — Eric foi mais irmão do que Jacob, você mesmo disse isso, várias vezes — acrescentou, com um sorriso triste.

Ben pensou, mas o que Eric fizera ainda era difícil de aceitar. — Os dois são iguais, Eric e Jacob.

—Você é teimoso como uma mula, isso sim. — Louise estava prestes a perder a paciência com ele.

Sal fez um sinal com a mão para que ela não dissesse mais nada.

Aquele aviso sutil foi suficiente para Louise ir para a cozinha. — Vou colocar água na chaleira.

Com Louise fora da sala, Sal apelou mais uma vez para a sensatez do filho: — Não entendo você, pois Eric até lhe ofereceu uma sociedade, os dois trabalhando juntos no campo como você fazia com seu pai. Assim, em vez de ficar enfiado numa fábrica escura e barulhenta, onde só se vê a luz do dia pela janela, você estaria aqui, na terra que ama, com os vales e colinas em volta.

Ela sabia que aquilo não era grande compensação, mas melhor do que a alternativa. — Pelo menos pense, querido. Trabalhar aqui todos os dias, como você sempre fez. Isso não vale nada?

— Não é a mesma coisa e jamais poderia ser! — Ben estava irredutível. — Sócio ou não, eu teria de obedecer a Eric. Por Deus! Eu me sentiria um pedinte na minha própria terra!

Foi sua última palavra sobre o assunto. — Vou para o bar. — Pegando o boné e o casaco atrás da porta, onde ficavam dependurados, viu o olhar preocupado da mulher, que acabava de entrar na sala. — Não me espere, volto tarde — disse, ríspido.

Triste porque os dois brigaram, Louise foi até a janela e seu olhar angustiado acompanhou a longa e irritada caminhada do marido pelo campo. — O que está acontecendo conosco? — desabafou.

Sal se encarregou de responder: — Ben costuma ser sensato, mas às vezes é teimoso. Podemos gastar nosso latim durante horas a fio, mas ele não vai ouvir nenhuma de nós duas. Se quer mesmo saber, é melhor deixá-lo sozinho. Tenho certeza de que ele vai cair em si, mais cedo ou mais tarde.

— Não gosto de pensar que ele e Eric agora são inimigos.

— Nem eu, mas não podemos fazer nada, menina. Quanto mais insistirmos, mais Ben vai bater o pé.

Louise teve de concordar: — Você tem razão. Não vou dizer mais nada.

— Isso mesmo, menina. — Sal voltou à costura. — Preciso de mais linha — disse ela, mudando de assunto. Cortou a linha com os pequenos e afiados dentes, acrescentando: — Quando você for a Blackburn, passe na Nan Draper's e compre um carretel cinza e outro preto, sim? Não precisa comprar mais meias, essas ainda estão boas. — Enfiou a meia na mão fechada e cerziu o puído.

Louise sorriu. — Você deve ser a única mulher do mundo que ainda cirze meias de homem.

Sal deu uma risadinha. — Ah, você não sabe de nada, menina. Nós, mulheres, somos pão-duras notórias, e as mais velhas, então, nunca esquecem como se faz um pão render para três pessoas.

Louise não ouvia, pois tinha outras coisas na cabeça. — A que horas você acha que ele volta?

Apertando os lábios como sempre fazia quando ponderava sobre alguma coisa, Sal respondeu, pensativa: — Você sabe como eles são. Quando começam a conversar e jogar cartas, não param mais. Eu não me surpreenderia se ele só aparecesse lá pela meia-noite.

Durante mais uma hora, as duas conversaram sobre o futuro. Às nove, Sal largou a costura. — Estou cansada, menina. — A tensão das últimas semanas estava estampada no rosto dela. — Vou me deitar. — Levantou-se e gemeu, estremecendo. — Ah, meus pobres ossos já não são mais os mesmos. Estou parecendo o trator vermelho de Ronnie, preciso trocar o óleo.

Louise achou graça. — Deixe disso, você vai viver mais que todos nós, pode ter certeza — brincou.

— Tranque a porta antes de subir, sim, menina? — Sal sempre temia intrusos, embora em todos aqueles anos em que morara lá nunca tivesse levado nenhum susto. — Ben tem a chave dele.

Louise prometeu trancar a porta. — Boa-noite e que Deus a abençoe — disse, dando um beijo afetuoso na velha senhora.

— Boa-noite, menina. — Sal saiu da sala e subiu a escada. — Não esqueça de trancar a porta! — repetiu e, de novo, Louise prometeu.

Depois que Sal foi dormir, Louise se sentiu muito só. — Droga, Ben, eu só estava tentando fazer com que você caísse em si. — Embora o amasse profundamente, havia ocasiões em que o marido a deixava no limite da sua paciência. — O orgulho de Ben ainda vai acabar por arruiná-lo — disse, com um suspiro.

Louise levantou-se e ficou andando pela sala, pensando cada vez mais em Eric. De repente, teve certeza do que deveria fazer. — Muito bem, seu teimoso bobo. Se *você* não pode acertar as coisas, eu acerto!

Ao pé da escada, Louise ouviu Sal se deitando na velha cama que rangia. — Durma bem, querida — sussurrou. — Tenho uma missão a cumprir, antes que Ben volte. Não demoro mais de uma hora.

Minutos depois, certa de que a velha senhora dormia profundamente, Louise vestiu o casaco, colocou a boina e foi até a porta dos fundos, conferir se estava bem trancada. Para o caso de Sal acordar e precisar ir lá fora por algum motivo, deixou a chave dependurada, à vista.

Com cuidado, saiu pela porta da frente e levou a chave. Se Sally quisesse sair por lá, não precisaria de chave, pois a porta abria por dentro. — Alguém pode achar que vou passar vários dias fora, mas eu já volto — disse, brincando, para si mesma.

Ela só precisava dar uma palavra com Eric e, se não fosse enquanto Ben estava afogando as mágoas, podia nunca mais ter outra chance.

Louise foi caminhando como uma sombra pelos campos, uma hora correndo, depois mais devagar, encantada com a beleza do mundo a sua volta, a magnífica silhueta das árvores e do campanário da igreja contra o céu escuro; num canto, o som de algum animal noturno e, bem acima dela, o som inconfundível das asas de uma coruja-de-igreja levantando vôo.

Ela amava aquilo tudo. E, como Ben, sentiria falta do lugar. Mas, ao contrário dele, aprendera a ser realista. Seu maior desejo na vida era ter um filho, mas parecia que não ia conseguir. Nos últimos anos, chegara à conclusão de que desejar algo inatingível só aumentava o sofrimento. Ben não conseguia pensar assim, por isso sofria muito e ela pouco podia ajudar. Mesmo assim, tentava. Era esse o único motivo pelo qual ia visitar Eric naquela noite.

De repente, a brisa ficou mais forte e a noite esfriou. Tremendo, ela continuou andando, querendo terminar logo a conversa e voltar para Sal. Não gostava de deixá-la sozinha à noite, embora a velha senhora fosse dizer para não ser tão boba, se soubesse da preocupação da nora. Sal era muito independente.

A casa de Eric já estava perto. Logo após o alto da colina, bastava descer na direção do vale e chegaria. — Espero que ele esteja lá. Vai ser bem feito para mim se estiver no bar com os outros.

Mas talvez Eric ainda se ressentisse da agressão, e, neste caso, o mais provável era que preferisse viajar quilômetros a beber no mesmo bar que Ben Hunter.

No alto da colina, ela ficou indecisa. — E se Ben descobrir que estou pedindo um favor a Eric? — pensou alto. — Ele jamais me perdoaria, e, em sã consciência, eu não poderia tirar a sua razão.

De lá, ela podia avistar a casa de Eric, um lugarzinho lindo, com seu gracioso telhado de colmo, as pequenas janelas com barras de ferro se entrecruzando em losangos, as pencas de rosas avançando pela varanda adentro. A casa era dele havia tanto tempo que Louise jamais a vira diferente disso.

— Bom, é melhor eu continuar. — Naquele momento, quando estava tão perto, a coragem começou a abandoná-la. — Se ele não estiver, perco a viagem. E não volto, pois não conseguirei vir sem que Ben saiba. — No fundo, ela esperava que Eric não estivesse.

Mas *estava*, pois havia luz na janela da frente da cozinha e, dali onde estava, ela via a sombra dele andando de um lado para outro ao lado da janela, parecendo agitado.

Antes que pudesse mudar de idéia e fugir de volta para Sal e o aconche-go da casa, ela correu como o vento pela colina e ao lado do bosque. Minutos depois, seu punho estava batendo na porta, e seu coração com mais força ainda.

Eric abriu a porta e levou um minuto para entender quem era; no lusco-fusco, ele não podia ter certeza até abrir mais a porta. Quando a luz suave do corredor caiu sobre ela, Eric deu um grito de alegria: — Louise! — Um minuto antes, pensava nela, e eis que agora estava lá.

Louise estava muito constrangida por causa do motivo de sua ida. — Espero que você não se incomode por eu aparecer a essa hora da noite — disse ela, insegura. — É que preciso lhe pedir uma coisa.

O sorriso de Eric aqueceu o coração dela. — É um grande prazer vê-la, menina. — Afastou-se para ela entrar, os olhos ternos a observando passar para a pequena sala de estar. — Não devia ter vindo pelo campo no escuro — comentou ele, fechando a porta. Em seguida, perguntou: — Ben nem suspeita que você veio aqui, suspeita?

Ela balançou a cabeça, firme. — Não, nem gostaria de saber que vim para pedir um favor.

Mostrando uma cadeira, ele sugeriu: — Sente-se. — Quando ela se aco-modou, Eric ofereceu: — Aceita tomar alguma coisa, um chá? — Sorriu e ela ficou à vontade. — Ou prefere alguma coisa que ajude a espantar o frio da noite?

— Não preciso beber, preciso falar — ela respondeu, grata.

Vendo a determinação de seu olhar, Eric sentou-se na cadeira em fren-te, de onde poderia ver a cor dos olhos dela e a atraente curva de seus lábios carnudos. — Estou ouvindo — disse.

Louise observou-o discretamente. Viu os hematomas que ainda tinha no rosto e no pescoço e o corte vermelho no braço, que estava com a manga da camisa dobrada até o cotovelo. — Lamento que Ben tenha bati-do em você, foi uma covardia — disse ela.

Só agora percebendo que ela notara os hematomas, ele desdobrou a manga da camisa para escondê-los. — O que passou, passou. — Recostou-se na cadeira, desejando que seus machucados não fossem tão evidentes. — Então, menina, por que veio aqui? Você falou num favor.

— É por causa de Ben.

— Eu já imaginava. O que tem ele? — Uma ruga vincou o bonito rosto dele.

Ela engoliu em seco. Ele ainda estava ressentido, como Ben. — Vocês precisam ficar com ódio um do outro? — Louise não pretendia perguntar isso, mas o olhar intenso que ele lhe dirigia fez com que a pergunta parecesse natural.

— É o que ele quer.

— Não, Eric, não é.

— Não acredito.

— E a fazenda? — Era inútil ficar evitando aquele assunto.

— O que tem ela? — A voz dele mostrava um certo cuidado.

— Você pretende morar lá?

— Bom, menina, foi por isso que a comprei.

Ela concordou, mas precisava fazer a pergunta que martelava em sua cabeça, mesmo com medo. — Lamento que tenham pedido para você sair daqui.

— Eu também. — Ele se inclinou para a frente, fitando-a com intensidade. — Daqui a pouco não vou ter onde morar. Não provoquei os fatos que forçaram a venda da fazenda, mas precisava de uma casa e, quando surgiu a oportunidade, aproveitei-a. Era a chance de ficar aqui, onde me sinto vivo e não enfiado em algum beco onde mal posso respirar. — Olhava-a, desesperado. — Você entende, não, menina? Jamais quis que tudo isso acontecesse.

— Eu sei.

— Não gosto da situação que se criou entre Ben e eu.

— Ele é igual a você, Eric. Fica apavorado de pensar em morar na cidade, numa fileira de casas geminadas.

— Eu sei. — Ele se levantou e olhou para ela. — Por que veio aqui?

Louise deu um longo suspiro. — Para perguntar se você pode deixar Ben, Sal e eu ficarmos onde estamos. Isto é, na casa.

Ele olhou-a, incrédulo. — Não acabei de dizer que daqui a pouco estarei sem casa para morar?

Ela concordou. — Mas se você e Ben fizessem as pazes e você fizesse de conta que a sugestão foi *sua*, poderíamos morar todos na mesma casa, quer dizer, durante algum tempo, até Ben encontrar trabalho numa fazenda e uma casa.

Eric sorriu com aquela idéia tão ingênua. — Não, não daria certo.

Desanimada, Louise não teve opção senão se desculpar. — Não devia ter feito esse pedido, desculpe. — Levantou-se e foi até a porta. — Tenho de voltar antes que ele chegue em casa.

Virando-se rápido, deu um encontrão nele, que dera um passo à frente. O toque das mãos quentes nos ombros dela, impedindo que perdesse o equilíbrio, causou um delicioso choque que vibrou no fundo de sua alma. — Não conte para ele que vim falar com você, sim? — A voz dela tremia. — Ficaria furioso se soubesse que vim aqui escondido.

Eric balançou a cabeça. — Essa sua idéia jamais daria certo. Você sabe disso, não, menina?

A verdade a atingiu como um soco no estômago. — O quê? Você e eu na mesma casa? — Ele a amava, Louise via nos olhos dele. — Acho melhor eu ir embora.

Mas ele não deixaria, não naquele momento. Como podia deixar? — Eu te amo, menina, sempre te amei.

De certa forma, Louise não se surpreendeu nem se chocou com aquela declaração. Desde o dia em que Ben desconfiara de algo, ela vira Eric de uma forma diferente, mas aquele sentimento era errado, incrível e maravilhosamente errado. A lembrança do marido a atormentava. — Preciso ir.

Não havia nenhuma convicção em sua voz, e em seus olhos Eric viu um reflexo dos sentimentos que tinha por ela. — Não vá ainda, por favor.

Louise hesitou. Ele segurou-a gentilmente pelos ombros e puxou-a. Não disse nada, nem ela, porque, no instante em que se olharam, algo inexplicável aconteceu entre eles, uma carência, um encontro de duas almas solitárias ou talvez alguma atração mais profunda que Ben percebera e eles, não.

Qualquer que fosse a emoção existente entre os dois naquele momento, Louise e Eric ficaram em silêncio. Com delicadeza, ele segurou a mão dela, conduziu-a até a escada, pegou-a no colo e levou-a para o quarto.

Não foi planejado e mais tarde os dois se arrependeriam. Mas, naquele instante, nada mais parecia importar, não havia mais ninguém no mundo além dos dois.

Quando se despiram, ficaram deitados um ao lado do outro. Ele a beijou várias vezes no pescoço e no rosto, depois seus lábios abertos seguiram a curva de seu seio. Jamais desejara uma mulher tanto quanto desejava Louise. O desejo era como um fogo abrasador dentro dele.

Enquanto a tocava com a ternura do amor, Louise se abraçava a ele. Um instante depois, ele a penetrou, com certo nervosismo no começo e depois com sofreguidão, e ela se manteve colada a ele, entregando-se livremente, de corpo e alma.

Quando terminaram e ele ficou deitado, exausto, ao lado dela, ela passou a mão sobre os pêlos finos e longos do peito dele e depois beijou-o carinhosamente na boca.

Ele ficou de frente para ela, admirando sua beleza. — Não fique com raiva de mim, jamais tive a intenção...

— Pssiu! — Segurando o rosto dele nas mãos, disse: — Jamais poderia ter raiva de você. — Quis tocar o rosto dela, mas Louise balançou lentamente a cabeça. — Não, agora tenho de ir. Nunca mais posso voltar aqui.

Louise vestiu-se e ele ficou sentado na beira da cama, a cabeça entre as mãos. De repente, sentiu o toque suave dos lábios dela no seu pescoço e virou-se, ansioso... apenas para vê-la saindo do quarto e da sua vida para sempre.

Eric foi até a janela, olhou o escuro e lá estava ela, como se fizesse parte das sombras, correndo pelo campo, rumo à floresta. — Vou te amar para sempre — murmurou, mas não conseguia tirar as palavras dela de sua mente torturada. "Nunca mais posso voltar aqui", ela havia dito. E ele sabia que era verdade.

Sentia-se arrasado. Tinha chegado ao céu, e, num instante, ele lhe fora arrancado.

Mas, apesar disso, seu amor por Louise era mais forte do que nunca.

Sal tinha ouvido Louise sair de casa e, naquele momento, ouvia-a retornar. Quando a jovem subiu devagar a escada e entrou no quarto, Sal sentiu que as coisas não estavam bem. — Fale comigo, filha. Um problema compartilhado é um problema minorado — murmurou.

Como Louise, ela também tinha sentido a mudança no comportamento de Ben e, como Louise, estava achando difícil lidar com o problema.

Ouviu Louise andando no quarto e lamentou profundamente a sua situação. Com os anos de convívio, aprendera a conhecer e amar a moça como se fosse uma filha. — Você vai conseguir resolver isso, menina, vai achar um jeito — sussurrou.

Cansada, virou-se para o outro lado e dormiu.

Mas Louise não conseguiu dormir. Cheia de culpa pelo que ela e Eric tinham feito, ficou na janela, sem trocar de roupa, esperando Ben voltar, querendo remediar a situação e com raiva de si mesma por tê-lo traído.

Olhou várias vezes para o relógio em sua mesa-de-cabeceira. — Onde ele está? — perguntava-se, cada vez mais ansiosa. Os minutos passavam, as horas passavam, já eram duas da manhã e ele não chegava.

Andou mais um pouco pelo quarto, deitou-se e, sem perceber, seus olhos se fecharam e sua cabeça cheia de problemas foi tomada pelo sono de que tanto precisava.

***

Eram quase quatro horas da manhã quando Ben finalmente chegou em casa.

Subiu cada degrau da escada com muito cuidado e entrou no quarto. Não estranhou ao ver o abajur da cabeceira ainda aceso, mas ficou triste por Louise estar dormindo sobre a colcha, com a mesma roupa que usara durante o dia.

De pé ao lado da cama, olhou para aquela boa e adorável mulher, que o vira na pior crise de sua vida. Sem reclamar e sempre o apoiando, ela ficara ao lado dele sempre, quando qualquer mulher menos forte teria ido embora.

As lágrimas escorriam pelo rosto dele, que não conseguia tirar os olhos de Louise. — Desculpe, menina. — De joelhos no chão, maravilhava-se com a tranqüila doçura e o caráter forte e bondoso dela. Parecia inocente como uma criança, com o longo cabelo castanho, um braço sobre o travesseiro e o outro sobre o rosto como se quisesse se esconder dos perigos do mundo.

Sem qualquer ruído e o mais rápido que conseguiu, ele tirou a roupa, deitou na cama e cobriu-a com a colcha.

Ela se mexeu e Ben colocou o braço sobre ela. — Vou recompensar você por tudo que fiz de errado — prometeu. Ainda abraçado a ela, Ben caiu num sono agitado.

A noite estava terminando e o dia começava a surgir quando ele acordou. Não foi despertado pela luz matutina entrando no quarto, mas pelo som inconfundível de alguém soluçando.

Assustado, sentou-se na cama, os olhos aos poucos se acostumando com a luz da manhã. Quando enxergou Louise, inclinada na janela, inconsolável, correu para abraçá-la. — Desculpe — sussurrou, uma vez atrás da outra. — Ah, meu amor, será que você pode me perdoar?

Ela se encostou no largo peito dele, enquanto Ben dava vazão ao seu sentimento de culpa por tê-la magoado. — Não queria que você se preocupasse. Fui conversar com o proprietário, sabe? Ele me mostrou que isso que estou passando não é o fim do mundo. Tenho você e mamãe, saúde e força. Sair daqui não vai ser tão ruim assim, e vou encontrar trabalho no campo... — Nesse ponto, sua voz endureceu: — ... sem ter de bajular aquele filho-da-puta, o Forester.

Ben sentiu que Louise se retesou e arrependeu-se do que falara. — Escute, querida, mesmo que eu seja obrigado a trabalhar numa fábrica, não terá importância, pois tenho você.

Segurou o queixo dela e disse, cheio de amor: — Você não imagina o quanto te amo. — Levantou o rosto dela e beijou-a na boca. — Apesar de tudo, nós dois temos um futuro pela frente. Me dê uma oportunidade e vai ver. Vou fazer o possível para compensar tudo o que fiz de errado. A casa na Derwent Street não é tão ruim. Depois que estivermos morando lá, vou esquecer logo essa vida no campo.

Mas, no fundo, ele sabia que jamais moraria em outro lugar senão ali.

Quieta com seus pensamentos, Louise abraçou-o. Ouviu as promessas e a declaração de amor, consciente de que eram sinceras.

— Amanhã, vamos ver de novo a casinha na Derwent Street, tomar as medidas de alguns cômodos — continuou ele, tentando agradá-la, fazer com que tudo fosse bom para ela. — Lá é mais perto do Centro, você não vai ter que tomar o bonde toda vez que for às compras, e vai ser fácil para eu encontrar trabalho. Além do mais, você vai ficar pertinho da sua mãe.

Louise ouviu-o dizer que tudo ia dar certo. Ele a vira chorando e pensara que estivesse nervosa porque ele estava dificultando a vida dela. — Eu não a magoaria por nada desse mundo — disse ele. — Vamos, menina, volte para a cama. Vou pôr você para dormir.

Pegou-a pela mão e levou-a para a cama e, sob as cobertas, abraçou-a até adormecer outra vez. Cheia de culpa, Louise não tinha sono. Estava atormentada, algo havia mudado e a relação com Ben jamais seria a mesma.

Pois, mesmo quando ele a apertava como todo homem pode apertar sua mulher, ela pensava em outro.

Ela se sentia totalmente esmagada pela verdade. Não amava mais Ben. Era Eric que ela queria.

Mas era tarde. Tarde demais.

Capítulo Treze

FORA UMA SEMANA OCUPADA, mas agora as malas estavam feitas, e eles, prontos para partir.

— Ufa! Nunca mais quero ser obrigada a fazer uma mudança às pressas, menina. — Sal estava sentada em cima de uma mala, seus pés mal alcançando o chão. — Não sabia que nós tínhamos juntado tantos badulaques.

— É, deu uma trabalheira danada. — Louise dobrou a última cortina e veio se sentar ao lado dela. — Bem que eu gostaria de tomar um chazinho. E você?

Sal demorou um momento para responder. Levantando a cabeça, olhou para a nora, cujo rosto era o retrato da desolação. As feições miúdas e feiosas de Sal se contraíram. — Não consigo acreditar que estamos indo embora desse lugar — disse, com a voz embargada, para logo em seguida romper num pranto convulso.

— Está tudo bem, Sal. Chore o quanto quiser, querida.

Louise abraçou a velhinha que soluçava sentidamente, perplexa por ver como Sal fora capaz de conter sua dor por tanto tempo.

Saindo da cozinha, onde ajudara a encaixotar os últimos pratos, Patsy Holsden olhou para Louise, que sacudiu a cabeça.

Patsy voltou para a cozinha. — É um dia ruim para todos nós — declarou, sacudindo a cabeça. — Esperemos em Deus que a pobre senhora seja feliz na Derwent Street.

Afinal, ela própria morava lá havia muitos anos. Não era o pior lugar do mundo. Mas, por outro lado, também não era o melhor — ainda mais para alguém que carregava a cruz de ter uma filha como Susan!

No outro cômodo, Louise esperava que a velha senhora desse vazão às sua mágoas.

Do lugar onde pusera a mala em que estava sentada, Louise podia olhar pela janela, e logo viu Ben encostado numa árvore do pomar, perdido na contemplação das colinas e vales de Salmesbury. Era um triste espetáculo a visão daquele homem sozinho e amargurado.

E, por causa do que fizera com ele, Louise se comoveu com seu estado. Não inspirada pelo tipo de amor que um dia sentira, mas por carinho e pena, além da determinação de fazer o possível para torná-lo o homem mais feliz do mundo em sua nova vida.

Depois de tudo que eles haviam passado juntos, ela lhe devia isso.

<hr/>

Às três e meia da tarde, Mike Ellis, o leiteiro, chegou em sua carroça. — Está tudo pronto para a viagem? — Pitando seu velho cachimbo, caminhou no passo lento e rebolado de sempre até a porta da casa, onde a família inteira já esperava por ele. — Desculpem o atraso — pediu. — É que eu tive uns probleminhas. — Com ar desconcertado, disse a Ben: — Houve uma pequena mudança de planos... como você pode ver.

Ben já havia notado e não ficara nada satisfeito. — Se bem me lembro, você prometeu fazer a nossa mudança num caminhão — acusou-o, ríspido. — E agora me dá as caras com essa carroça e esse cavalo imundo, como se eu não tivesse deixado tudo muito claro. A última coisa que eu queria era que nós chegássemos à Derwent Street parecendo uma horda de ciganos saídos do mato.

— Alto lá, jovem Hunter! — Mike ficou profundamente ofendido. — Em primeiro lugar, meu cavalo pode ser velho, mas não é imundo, muito pelo contrário, vivo lavando e escovando o pêlo dele, e até mandei aparar seus cascos em homenagem ao dia de hoje. — Observando o animal de alto a baixo, declarou: — Tenho todos os motivos do mundo para me orgulhar desse pestinha, e não teria nenhuma vergonha dele, aonde quer que fosse.

— Está muito bem. Mas que diabo você acha que nossos novos vizinhos vão pensar de nós quando aparecermos na traseira de uma carroça? A maioria das pessoas faz sua mudança num caminhão, e foi por isso que pedi a você para arranjar um. Que foi que aconteceu?

— Fiz o possível e o impossível, meu rapaz, juro por Deus. Mas o caminhão já estava prometido. Até fui falar pessoalmente com Sam Benton, que trabalha na Companhia de Carvão. Minha intenção era pedir emprestado seu caminhão e lhe dar uma boa faxina. Mas, pelo visto, está todo mundo armazenando carvão para o inverno, porque puseram Sam para fazer hora extra, de modo que ele não pôde me emprestar o caminhão.

Após uma profunda tragada, ele bateu com o cachimbo na parede da varanda para apagá-lo. — É isso, meu filho. Não tenho outra coisa para lhe oferecer senão a carroça, portanto, é pegar ou largar. Não tenho outra solução. — Em seguida, dirigiu-se a Sal, que, como Louise, estava se divertindo muito com esse bate-boca entre o filho e o encantador velhinho. — Peço-lhe mil perdões pelo transtorno, madame.

— Não tem problema — tornou ela. — Somos gente simples, não vamos nos envergonhar por sermos vistos seguindo a sua carroça pela Derwent Street. — Voltou-se para Louise: — O que você acha, querida?

Louise concordou totalmente com ela: — O que eles vão ver é a mais pura verdade. — Deu uma risadinha. — Acho que isso vai dar a eles algo de que falar.

Compreendendo que era voto vencido, Ben entregou os pontos: — Vamos lá, então — disse ao velho, irritado. — Eu e você colocamos os móveis na carroça, enquanto as mulheres levam os objetos mais leves. É melhor andarmos logo com isso, se quisermos nos instalar antes do anoitecer. — Na sua opinião, já haviam perdido tempo demais.

Não havia muita coisa para transportar, já que a maior parte dos móveis da fazenda fora incluída no leilão: dois dormitórios compostos por cama, cômoda e guarda-roupa; um sofá e duas poltronas; uma pequena cantoneira e uma mesa, mais alguns eletrodomésticos, como o fogão, e a miuçalha, como a roupa de cama e os objetos de uso pessoal.

Tendo todos colaborado, em pouco tempo estavam prontos para partir.

— Tem certeza de que não esqueceu nada? — Mike se orgulhava de ser um homem meticuloso. — A viagem até Blackburn é muito longa — relembrou a eles. — E, além do mais, meu velho cavalo já está de pé há muito tempo.

— Quer parar de se preocupar? — censurou-o Louise. — Estamos indo embora para nunca mais voltar. — Pensou em Eric e sentiu um aperto no coração. — Não vai restar nada aqui que justifique uma volta — disse, cheia de tristeza.

Ben, que acabara de colocar na carroça seu último instrumento, percebeu a tristeza na voz dela e, mais uma vez, deturpou a razão e foi abraçá-la.

— Não fique triste, meu bem — murmurou, carinhoso. — Talvez sejamos mais felizes na Derwent Street do que jamais fomos aqui.

Louise olhou para ele, que exibia um falso sorriso de conforto, e sentiu a mágoa em seu coração. — Talvez — concordou, e, por um longo e pungente momento, mantiveram-se imóveis nos braços um do outro.

Naquele momento, Louise levantou os olhos e viu, a distância, a figura orgulhosa e solitária de Eric encostada na cerca da terra que agora lhe pertencia. Os olhos dos dois se encontraram, e eles leram os pensamentos um do outro.

Louise tratou rapidamente de desviar os olhos. — É melhor irmos andando — apressou-se a dizer. — Eu e Sal queremos pendurar as cortinas antes de anoitecer.

Da porta, Sal vira Louise e o filho se abraçando. *E também testemunhara o longo e melancólico olhar trocado entre Louise e Eric, que a deixara profundamente abalada.*

— Vamos lá, mãe. Estamos cansados de esperar. — Ben já dera a partida no carro.

Alguns momentos depois, puseram-se a caminho.

Seguindo a carroça do leiteiro, Ben manobrou seu pequeno carro preto pela estrada de terra batida que saía da fazenda. Não olhou para trás, e nem Louise, embora por outro motivo.

Mas Sal fez isso. Fez e viu Eric, seu olhar comovente seguindo o carro que partia. Uma discreta espiada no rosto abaixado da nora despertou mil suspeitas na mente da velha senhora. Mas não haveria de condená-la levianamente. Não, não: ela se limitaria a observá-la, em silêncio, esperando que Louise se abrisse com ela, como certamente faria.

Sal conhecia Louise há anos, e ela sempre fora uma boa esposa e uma nora maravilhosa. Sempre que se sentira insegura ou perturbada, contara com o apoio de Sal. Isso era algo que não mudara, e jamais mudaria.

Dessa vez, porém, parecia estar envolvida em uma situação extremamente complexa — uma situação que, ao fim, traria conseqüências para todos eles!

—Você está bem, Sal? — Louise se preocupou com a sogra.

— Estou, menina. Não se preocupe comigo.

Do banco da frente, Ben relanceou as duas mulheres pelo espelho retrovisor. Sentiu uma grande vontade de tranqüilizá-las, mas não foi capaz de pronunciar nenhuma palavra de conforto. E isso porque, no fundo do coração, sentia-se como se estivessem indo para as galés.

Louise se recostou no banco traseiro, fechou os olhos e trouxe à mente o rosto de Eric. Vê-lo na fazenda daquele jeito, com seu olhar fixo e sofrido, fora algo que a deixara extremamente transtornada. Se em algum momento chegara a duvidar do amor que nascera em si por ele, já não tinha mais nenhuma dúvida. As mulheres sabem essas coisas. *Ela* sabia. Era algo estranho, perturbador. Ainda amava Ben, mas todo o encanto e a magia haviam morrido.

Fez a si mesma a pergunta que já fizera incontáveis vezes durante as últimas vinte e quatro horas: o que *realmente* sentia por Ben? E a resposta foi: amor. Mas que *tipo* de amor? Tudo que sabia era que jamais fora do tipo que sentia por Eric — aquela necessidade imperiosa, avassaladora, que virava seu coração e sua alma ao avesso.

Agora experimentava uma grande tristeza, uma sensação de vazio com a qual teria de aprender a conviver. Porque, amando-o ou não, não podia causar mais nenhum sofrimento a Ben. Ele não tinha nenhuma culpa pelo que acontecera com ela, como tampouco ela própria. Ironicamente, se ele nunca tivesse pensado mal dela e de Eric, talvez aquilo jamais houvesse acontecido. Mas acontecera, e agora não havia mais volta.

Quanto mais pensava nisso, mais sofria.

O toque delicado da pequena mão de Sal arrancou Louise bruscamente de seus pensamentos, e ela se empertigou, o sentimento de culpa estampado no rosto.

Sal se inclinou em sua direção, a voz baixa e suave: — Quer conversar sobre isso, menina?

Louise respirou fundo, tentando recuperar o fôlego. — Conversar sobre o quê?

— Sobre o que está afligindo você.

— Não há nada me afligindo. — Como podia mentir daquele jeito, e justamente para Sal? Sentiu-se morta de vergonha.

Sal alisou carinhosamente a sua mão. — Tudo bem, querida. Mas você sabe que pode contar comigo sempre que precisar, não sabe?

Louise apertou a mão dela. — Sei, sim. — Olhou no fundo dos olhos mansos da velha senhora e compreendeu que Sal percebera a sua agitação. Era óbvio que desconfiava de alguma coisa — mas não da terrível verdade, esperou Louise.

— Obrigada, Sal — murmurou. — Estou um pouco nervosa, mas acho que é por causa da mudança e de tudo que vem acontecendo.

— Estamos quase chegando! — anunciou Patsy, totalmente alheia à discreta conversa das duas mulheres, pois passara a maior parte do percurso de trela com Ben. — Em mais cinco minutinhos vamos estar na Derwent Street.

Sal sorriu para Louise. — Vai dar tudo certo — sussurrou. — Você vai ver.

Louise retribuiu seu sorriso. — Vou fazer tudo que estiver ao meu alcance para isso — respondeu. Essa era sua intenção.

❧

Susan esperava por eles na porta da casa. — Depressa, pai, eles chegaram! — Excitada como uma criança de dois anos, disparou pela rua afora ao encontro deles. — A gente pensou que vocês nunca mais fossem chegar — gritou, correndo ao lado do carro. — Por que demoraram tanto?

— Deixe-os. — Steve não estava muito atrás dela. — Devem ter ficado ocupados demais para se preocuparem com as horas. — Como Susan, estava feliz por eles virem morar na Derwent Street. Ele e Patsy esperavam que a presença de Louise fosse uma influência benéfica para a rebelde Susan.

Mike Ellis, que preferia os animais às pessoas, fazia confidências para seu velho cavalo. — Não sei para que todo esse escarcéu! — resmungou, com um sorrisinho. — Desse jeito, até parece que estamos transportando membros da realeza.

Freando a carroça, tratou logo de acalmar o amigo de quatro patas. — Logo, logo vamos estar voltando para casa, meu velho — prometeu. — Vamos esvaziar rapidinho essa carroça.

Cumprindo sua palavra, apressou-se em afastar a coberta de lona que jogara sobre a mobília, para o caso de serem surpreendidos por uma chuvarada.

— Muito bem, meu amigo, como é que nós descarregamos essas tralhas? — Sabendo o quanto o velho podia ser temperamental, Ben achou melhor pedir o seu conselho antes de se intrometer e fazer alguma besteira.

O leiteiro soltou um muxoxo de desaprovação. — Obviamente, *você* nunca fez uma mudança na vida — disse, com um ar levemente indignado.

— Quanto a isso você tem razão — admitiu Ben. — Nunca tive motivos para me mudar, já que passei a minha vida inteira na fazenda.

Mike se arrependeu profundamente de seu comentário. — É claro, rapaz. — Maldisse a sua língua frouxa. — Olhe, tem um macete — participou a Ben, orgulhoso. — Basta começar com os móveis maiores. Suba na carroça aqui pela frente e vá empurrando aquela cômoda com todo o cuidado em direção à traseira — sugeriu. — Depois, desça, e nós dois a levamos para dentro da casa.

Enquanto os dois homens descarregavam a mobília, ajudados por Steve, as três mulheres carregavam os pertences mais leves para dentro da casa.

Susan estava toda orgulhosa do seu trabalho. — Já fiz o que você pediu — disse à mãe. — Pus o pão e o leite na despensa e acendi a lareira, para o caso de a casa estar úmida.

Louise ficou-lhe agradecida. — Obrigada, mana. Foi muito gentil da sua parte.

— E olha ali. — Apontou para um vaso com flores viçosas no peitoril da janela. — Comprei no mercado. Achei que alegrariam você.

Louise olhou para o peitoril, onde havia um lindo buquê de rosas em diversos matizes, dispostas com bom gosto num pequeno jarro. — São lindas. — Profundamente comovida, abraçou a irmã. — E me alegraram muito.

— Sabia que iam alegrar. — Radiante com a gratidão da irmã, Susan abriu um sorriso de orelha a orelha. — Estou feliz por você estar aqui.

— Eu também. — Num certo sentido, era verdade, embora parte de Louise ainda estivesse na fazenda, com Eric.

Enquanto Susan e Patsy voltavam para fora a fim de apanhar mais malas, Louise permaneceu na sala minúscula, olhando em volta. Não era ensolarada, como a fazenda sempre fora. As paredes não tinham vida, e o teto era pintado em um tom triste de cinza. Havia um velho tapete marrom no chão, mas estava limpo e ainda duraria muitos anos. E a casa parecia ter uma atmosfera agradável, acolhedora.

Não era o que Louise imaginara, mas era tudo que, por ora, podiam pagar. — Vamos fazer desta casa um lar — prometeu a si mesma, tranqüila. — Depois, quando o dinheiro começar a entrar, vamos pintar as paredes, comprar um tapete novo e... — Sua empolgação crescente a fez sorrir. — Devagar com o andor — disse a si mesma. — Roma não se fez em um dia.

A lembrança de Eric foi inevitável, e a empolgação diminuiu.

Seria preciso muito mais do que um tapete novo e uma demão de tinta para tirá-lo de seu coração.

SEGUNDA PARTE

AGOSTO, 1952
NOVOS COMEÇOS

Capítulo Catorze

PATSY E STEVE HOLSDEN raramente saíam à noite, mas aquela era uma ocasião especial. — Não recebemos muitos convites — observou Patsy ao colocar seu melhor casaco e chapéu. O primeiro tinha dez anos; o segundo era um lindo adorno comprado no mercado por três xelins. — Seu pai não via Leo Woolward há tantos anos que não o reconheceu quando esbarrou com ele no bonde, outro dia.

— Ah, ele está diferente. Mais gordo e sem a barba de quando o conheci. — Steve deu uma piscadela maliciosa. — Puxa, nós dois nos divertimos muito quando éramos jovens. Não sei como não fomos presos! Lembro uma vez em que saímos do Roxy, na King Street, e vimos aquelas duas garotas de pernas compridas e olhos grandes, do tipo "vamos nessa". — Riu, revirando os olhos. — Pois Leo e eu...

— Já chega. — Patsy deu uma cutucada nele. — Tenho certeza de que nossa Susan não quer ouvir suas aventuras.

Susan riu e colocou de lado a revista que estava lendo. — Quero ouvir, sim. *Você* é que não quer, para não ter ciúme.

Patsy fez uma cara horrorizada. — Eu? Nunca tive ciúmes na vida.

— Desculpe, mãe. — Susan viu que tinha exagerado. — Estava brincando.

— Pois então não brinque. — Virando-se para Steve, Patsy empurrou-o para o corredor. — Se disser mais uma palavra, vai encontrar esse seu velho amigo sozinho — ameaçou.

Steve ficou aborrecido com a reprimenda. — Isso é justo, mulher? — perguntou, amuado. — Eu jamais comentei nada sobre esse seu chapéu velho.

— Ah, acha que é velho? Vai ver que não gosta do meu casaco também.

Susan ouviu a discussão por todo o corredor até a porta da frente bater e tudo sossegar outra vez. — Graças a Deus. — Deu uma risadinha. — Agora posso ler minha revista em paz.

Mas não durou muito.

Assim que ela se sentou e pegou a revista, bateram na porta. — Quem será?

Aborrecida, atravessou o corredor, abriu a porta e ficou surpresa ao ver Jacob.

— Posso entrar? — ele perguntou.

— Não, não pode. — No sábado anterior, depois de não saber dele por vários dias, fora ao Centro com uma amiga e vira Jacob e Maggie de braços dados, saindo do cinema Palais. Ela não podia perdoá-lo. — Pode ir tratando de dar o fora — disse, fria. — Minha mãe não quer você perto dessa casa. Acho bom seguir o meu conselho e se mandar antes que ela ouça a sua voz.

— Tem certeza? — Encostado no batente da porta, ele abriu aquele irresistível sorriso de menino que fazia os joelhos de Susan fraquejarem. — Acho muito improvável que a sua mãe ouça a minha voz, pois acabei de vê-la subindo no bonde com o seu pai.

— Bom, não faz muita diferença, porque *eu* também não quero você aqui — tornou ela.

Fez menção de fechar a porta na cara dele, mas Jacob a impediu, colocando o pé na porta. — Isso não é verdade.

— Outro dia, vi você com aquela prostituta de cabelo preto saindo do Palais. Pois vá atrás dela. Já cansei de ser bandeira dois — disse Susan, irritada.

— Você é uma boba, querida. — Ele era o melhor mentiroso do mundo. — Não quero nada com ela. Preciso morar em algum lugar e ela tem uma casa. Estou bajulando-a. Interesse, só isso. É *você* que eu quero.

— Não acredito no que diz. — Ela já estava fraquejando.

— Me deixe entrar que eu explico.

— Não.

— Temos muita coisa para conversar. Planos a fazer.

Ela relaxou, suspirou e sorriu. — Que tipo de planos?

— Do tipo que você quiser. — Enlaçou-a pela cintura. — Você e eu podemos fazer o que quisermos... — sussurrou, ousado, no ouvido dela — ... depois que eu tiver resolvido meus problemas.

Desmanchando-se nos braços dele, Susan fechou a porta com o pé. — Você é um canalha.

— Talvez. Mas você ainda me quer, não? — Cheio de desejo, passou os olhos pelo corpo dela. — Quanto tempo sua mãe vai demorar?

Susan olhou firme para ele. — O bastante. — Segurou a mão dele e conduziu-o pelo corredor até a escada.

— Eu sabia que você ia cair em si — disse, com malícia. — Essa outra mulher não é nada para mim, nem nunca será.

— Você é mentiroso e enganador. — Susan olhou-o desconfiada. — Mas tem razão, eu te amo. — Calou-se, olhando-o mais um pouco, até ele começar a se sentir pouco à vontade.

Quando ela tornou a falar, ele vislumbrou o lado mais sombrio do seu caráter, que ela nunca havia mostrado, aquele lado secreto, oculto, que só uma mulher sabe esconder. — Vou lhe dar só um aviso: se eu descobrir que você mentiu, não me responsabilizo por meus atos.

Jacob sentiu um lampejo de medo. — O que isso quer dizer?

— Não tem importância — respondeu ela, alisando o rosto dele com a ternura de uma mulher apaixonada. — Digamos que, quanto antes você se livrar *dela* e arrumar um lugar para morar, mais satisfeita eu vou ficar.

Estavam tão ansiosos para fazer amor que não conseguiram esperar até chegar à cama. Rolaram pelo chão, um arrancando as roupas do outro, até que, louco de lascívia, ele a possuiu como um homem sedento.

Susan preferia ser apalpada e acariciada, ter um amor mais terno. Mas nunca era assim com Jacob. E não foi assim naquele momento. Embora, cada um a seu jeito, estivessem saciados.

Menos de uma hora depois de chegar, ele quis ir embora. — Tenho de ir, coisas a fazer, negócios a resolver — justificou.

Irritada, ela perguntou: — Que tipo de negócios são esses que não esperam o dia amanhecer?

Ele brandiu o dedo. — Uma coisa que você deve saber a meu respeito: não discuto meus negócios com *ninguém*.

Susan franziu os olhos, desconfiada. — Nem com *ela*?

Sentindo a raiva dela, Jacob pegou-a nos braços e acalmou-a: — Não, nem mesmo com ela. Não acabei de dizer que ela é apenas dona da casa onde moro? Nunca foi mais que isso, nem será.

— É melhor você não mentir para mim.

Ele voltou a sentir um lampejo de medo, mas seu sorriso era brincalhão. — Lá vem você outra vez me ameaçar!

Despediram-se na porta com um beijo. — Vejo você amanhã? — Susan detestava vê-lo ir embora.

— Claro.

— Onde?

— Eu aviso você.

Com medo de perdê-lo por causa de seu mau gênio, Susan desculpou-se: — Não queria ter irritado você, mas sabe como me sinto, Jacob. Quero tanto que a gente more junto, e até agora tudo que você fez foi arranjar mil desculpas para me afastar.

— Está enganada.

— Espero que sim.

— Tem dinheiro para alugarmos uma casa? — Ele era bem esperto.

— Você sabe que não.

— Muito bem. Nesse caso, não torne a vida mais difícil para mim do que já é.

— Como assim?

— Para alugar uma casa é preciso dinheiro, sem falar no adiantamento de um mês. Então, se você quer mesmo morar comigo, vai ter que confiar em mim.

— Se não confio em você, é por sua própria culpa. Você mentiu para mim e me enganou, e agora não sei mais em que pé as coisas estão entre nós.

— Olhe aqui, querida. — Segurando-a pelos ombros, ele soltou um suspiro longo e cansado. — Estou fazendo tudo que posso, de modo que, pelo amor de Deus, vire esse disco antes que eu comece a me perguntar se vale a pena morar com você.

— Ah, Jacob, desculpe. — Susan segurou-o pelas lapelas e beijou-o na boca. — É que eu quero estar com você o tempo todo, fico aborrecida quando não o vejo — disse, com os olhos marejados.

Jacob empurrou-a para o lado. — Não posso estar em todos os lugares ao mesmo tempo. E, nesse exato momento, preciso ir. Tenho um negócio para resolver. Se der errado, só Deus sabe quando nós dois poderemos ter nosso cantinho.

A menção ao futuro dos dois tranqüilizou Susan, que sorriu e lhe deu um olhar humilde. — Eu te amo, Jacob.

— Eu sei. — Quando ela ficava melosa assim, Jacob lhe tinha nojo. — Eu também te amo — mentiu. — Agora, me deixe ir embora, sua chata — disse, rindo —, senão vou ter de levar você lá para cima outra vez e lhe mostrar quem é que manda.

Susan gostou muito da idéia. — Eu não ia reclamar se você fizesse isso — disse, tímida —, mas é melhor ir. Como você disse, quanto antes fechar o negócio, mais perto estaremos de ficarmos juntos.

— Certo. Não foi o que eu disse? — Segurou as mãos dela, afastando-a do caminho.

Susan ficou na porta, olhando-o descer a Derwent Street e desejando ardentemente ir junto. — Não vou permitir que *ela* tire você de mim — murmurou, com raiva.

Sempre que pensava em Jacob indo para a casa de outra mulher, *tinha instintos homicidas.*

Sabendo que ela o estava olhando, Jacob andou mais rápido. — É melhor eu me cuidar com essa aí. Só fui atrás dela porque achava que chegaria a Louise, mas até agora não adiantou nada — resmungou.

Ele tinha a estranha impressão de que Susan Holsden era diferente do que parecia. — Às vezes acho que ela é doida de pedra! — Mas ainda iria dar para o gasto durante um bom tempo. Só de pensar no apetite sexual voraz dela, começou a caminhar mais animado.

A sensação de euforia durou pouco. Lembrando-se de um problema pendente, apressou-se. — É melhor eu voltar para Maggie, senão ela também vai ficar pegando no meu pé.

Por algum motivo que ignorava, a vida dele estava cada vez mais complicada. Decidiu: — Susan que se dane. Maggie e eu precisamos acertar umas coisas. E tem que ser logo.

Ben estava ouvindo rádio e a sogra fora dormir cedo; assim, Louise ficou na sala, experimentando as novas cortinas nas janelas. Acabara de entreabri-las pela terceira vez, depois de conferir a largura e o comprimento, quando viu Jacob saindo da casa dos pais dela, do outro lado da rua.

Foi um choque desagradável e ela imediatamente pensou em Susan. Insistira muito para que a irmã desistisse de Jacob Hunter, mas, pelo visto, suas palavras tinham sido em vão. Há pouco tempo, Susan tinha dado a entender que Jacob se afastara dela, mas, obviamente, tinha voltado.

Não era a primeira vez que Louise se surpreendia falando sozinha. Era reconfortante, no mínimo porque o som de sua voz era melhor do que o silêncio. Há vários dias Ben parecia ter pouco a dizer e a pobre Sal ficava perdida nos próprios pensamentos.

No cômputo geral, a vida tinha se tornado muito solitária desde a mudança para a Derwent Street, embora fosse bom ficar perto dos pais, e até de Susan, se ela ouvisse os conselhos da irmã em relação àquele homem.

De repente, Jacob parou e olhou para a janela onde Louise estava. O olhar era intenso, penetrante. Louise imediatamente se afastou, com o coração descompassado. Encostou-se na parede da sala e prendeu a respiração, esperando que ele não a tivesse visto.

Um instante depois, ouviu os passos dele se distanciando. — Que vá com Deus! — exclamou ela, dando uma olhada pelo canto da cortina e se certificando de que ele havia ido embora. — Por hoje, chega — resolveu, fechando a cortina. — Amanhã de manhã continuo. — Sentia um medo terrível de que ele voltasse.

Ao trancar a porta da frente, pensou em Susan e em como ela era frágil em relação a Jacob. — Você é uma grande boba, Susan. — No dia seguinte, iria conversar com ela. — Estava louca para mamãe e papai saírem e para deixá-lo entrar em casa, não?

Virando-se, levou um susto quando Ben a segurou. — Falando sozinha? — perguntou ele, sorrindo. — Por menos que isso, eles levam você para o hospício.

— Talvez eu devesse mesmo ser levada — disse ela, passando por Ben e entrando na sala. — Assim, teria alguém com quem conversar, em vez de ficar falando sozinha quase o dia inteiro.

— Acha que não estou lhe dando atenção? — Já fazia algum tempo que ele vinha se irritando à toa.

Louise foi direto para a cozinha e pôs a chaleira com água no fogo. — Foi você quem disse, não eu — respondeu ela.

— Desculpe, Louise, mas é que nesse emprego de motorista fico fechado o dia inteiro numa cabine de caminhão e às vezes acho que vou enlouquecer.

Louise ficou envergonhada. — Desculpe, não tive a intenção de magoar você — desculpou-se. — Sei que a situação é difícil para você, mas para mim também é. Tenho de me adaptar como você e sua mãe, mas nós duas não ficamos em silêncio, pelo contrário, conversamos sobre o assunto e às vezes isso ajuda.

— Não quero falar sobre isso — De cenho franzido, ele se atirou numa poltrona e concluiu: — Conversar não melhoraria droga nenhuma.

Voltando para a sala, Louise continuou: — Todos nós estamos achando difícil, Ben. Pensa que Sal e eu não sentimos falta da fazenda, do ar fresco e do campo? Costumo ficar na janela da frente e olhar a Derwent Street, mas me dá uma enorme tristeza.

— Você nunca me disse isso. — Ele ficou abalado. — Pensei que estivesse muito feliz aqui.

Louise balançou a cabeça. — Às vezes, quando vejo as pessoas indo e voltando do trabalho, me sinto presa numa armadilha. E fico com uma enorme vontade de estar na fazenda, trabalhando no pomar, com o sol no meu rosto e sua mãe lá no varal estendendo os lençóis lavados. — O rosto dela se iluminou de alegria com a lembrança, depois se entristeceu outra vez. — É um outro mundo, amor, e nós o perdemos.

— Acha que eu não sei disso?

— Claro que sabe, como sua mãe e eu sabemos. Mas não adianta desejar o que não se pode ter. Gostando ou não, temos de ficar aqui, porque não
há outra saída.

— E você me culpa por isso, não? — De repente, ele zangou-se e
Louise sabia que era o começo de mais uma briga.

— Claro que não, Ben. A culpa não é de ninguém. Só estou dizendo
que temos de fazer um esforço.

— Falar é fácil!

— Eu estive pensando... — Ela sentou no braço da poltrona dele e suge-
riu: — Por que você não procura trabalho numa das fazendas das redondezas?
Você tem experiência e pode até arrumar um lugar que ofereça moradia. —
Inclinando-se, passou o braço pelos ombros dele. — O que acha?

Afastando-a, ele levantou da poltrona, pegou o casaco atrás da porta e o
vestiu. Com a cara fechada, disse para ela: — Alguma coisa não anda bem,
quando a mulher pensa que sabe mais que o marido.

Louise ficou completamente sem graça. — Não tive a intenção de parecer superior a você, Ben, e você sabe. Estava só tentando ajudar. Fico triste
de ver como você está mal.

— Ah, sei. — Fingindo surpresa, ele ironizou: — Quer dizer que acha
que vou gostar de ir para a fazenda de alguém? Dando duro dia e noite, sete
dias por semana, ajudando outro a cuidar da fazenda dele, quando podia
estar cuidando da minha?

Ele não queria discutir com a mulher, mas, quando ela sugeria alguma
coisa, era como se levasse uma facada nas costas. — Olhe, não quero falar
sobre isso. Vou sair.

— Aonde vai? — Nos últimos tempos, ele nunca ficava em casa. Estava
sempre trabalhando até tarde ou bebendo no bar.

Ignorando a pergunta, ele disse: — Vou voltar tarde, de modo que não
adianta esperar por mim.

— Ben, por favor. Fique aqui, converse comigo. — Ela precisava da
companhia dele.

Por um longo instante, pareceu que ele ia concordar, depois olhou-a
com uma expressão distante. — Como eu disse, não espere por mim. —

Em dois segundos, ele estava no corredor e saindo pela porta da frente. Ela ficou sozinha mais uma vez.

Desanimada, Louise continuou no braço da poltrona por um tempo que pareceu uma eternidade, a cabeça cheia de arrependimento. Como sempre que ficava triste, pensou em Eric e naquela maravilhosa e inesquecível noite.

— Você está bem, menina? — A voz de Sal interrompeu o devaneio.

Assustada com a súbita presença da sogra, Louise levantou-se. — Pensava que você já estivesse no oitavo sono.

— Ah, não tenho sentido muita necessidade de dormir. — O rosto de Sal se enrugou num sorriso inseguro. — Acho que o que se diz é verdade.

— O que é que se diz? — perguntou Louise.

— Que o sono é uma pequena morte, e, para ser sincera, ainda não estou preparada para encontrar o Criador.

Louise também sorriu. — Acho que não.

Sal foi se sentar ao lado da lareira e Louise comentou: — Estou fazendo um chá, você quer?

— Aceito, menina.

Louise foi para a cozinha e Sal observou-a discretamente pela porta aberta. Notou como a nora estava pálida, e como seu belo rosto parecia abatido.

Minutos depois, Louise voltou com dois canecos de chá e um pacote de biscoitos de gengibre. Sal esperou que ela se sentasse para dizer, com a voz mais calma possível: — Ben não quis magoá-la, você sabe.

Louise não se surpreendeu com o comentário. — Eu imaginei que você tivesse ouvido nossa conversa.

— Desculpe, menina, é que eu não estava dormindo. Ultimamente, tenho demorado muito para dormir. É o barulho, entende? O vaivém das pessoas na rua. E os postes acesos... Mesmo com as cortinas fechadas, a luz entra no quarto.

Louise compreendia. — Eu sei.

Sal balançou a cabeça. — Era de esperar que estranhássemos. — Como Louise, ela era realista e sabia que teriam de se acostumar. — Ben é que está achando mais difícil — disse ela, finalmente.

Louise continuou calada. Ela e Ben pareciam estar tomando rumos diferentes e isso a preocupava.

Sal leu os pensamentos de Louise. — Esse meu filho vem lhe dando trabalho desde que nos mudamos para cá. Ninguém poderá culpá-la, muito menos eu... — Ela se interrompeu por um momento, como se as palavras estivessem presas na garganta — ... se você o abandonar, embora eu confie em Deus que isso jamais aconteça.

Louise balançou a cabeça. — Isso não vai acontecer — garantiu.

As duas conversaram um pouco e, quando Sal sentiu sono, desejou boa noite a Louise. — Não espere por ele, meu bem. Pode ter tomado umas cervejas e é impossível conversar com um homem bêbado.

Louise não tinha percebido que Sal vinha observando Ben com tanta atenção. — Você não perde nada do que acontece, não? — observou Louise, sorrindo.

Sal achou graça e respondeu: — Não no que depende de mim.

— Boa-noite, Sal.

— Boa-noite, querida, e não se preocupe. Logo, logo ele vai cair em si.

— Eu sei.

No fundo, Louise não tinha dúvidas de que a felicidade de Ben era apenas uma questão de tempo

Infelizmente, ela estava errada.

Capítulo Quinze

MAGGIE NÃO CONSEGUIA acreditar na sorte que tivera. — O senhor disse que é uma casa de esquina?

O homem grande e careca sentado à mesa concordou: — Sim, senhora. O pobre sujeito faleceu de repente, no mês passado. Desde então, estou tentando passar a casa.

— Por quê? Tem alguma coisa errada com ela?

— Não. Sei que o lugar não está em muito boas condições, mas não é nada que uma camada de tinta e uma boa limpeza não resolvam. — Olhou para os sapatos de salto, o cabelo que parecia uma nuvem escura, as unhas com esmalte rosa cintilante e entendeu com quem lidava. — Tenho certeza de que em dois tempos a senhora porá a casa tinindo — comentou ele, malicioso. — A senhora parece do tipo que encara *qualquer* desafio.

Maggie não gostou do que ouviu. — O que o senhor quer dizer com isso?

— Nada de insultuoso — ele tratou logo de acalmá-la. — É que... bom, algumas pessoas se viram como podem para ganhar a vida, e não há nada de errado nisso. Mas tem gente que é capaz de torcer o nariz à idéia de ter uma vizinha como a senhora, se é que me entende.

— Cuidado com o que fala!

— Calma, não precisa subir nas tamancas. Não quero ofender ninguém. A senhora me parece gente muito boa, mas tenho um nome a zelar, de modo que a senhora não vai se dedicar às *suas atividades* no meu imóvel, entendido? A casa tem que continuar sendo um lugar limpo e de respeito, e não ser usada como bordel. Ao primeiro sinal de movimentação suspeita, eu mesmo vou conferir e ponho a senhora e eles — apontou para as crianças ao lado dela — no olho da rua. Fui claro?

— Seu atrevido! Se eu não estivesse louca para me mudar, mandava você enfiar a sua casa naquele lugar!

— Bom, já chega. A senhora quer a casa ou não?

— Não acabei de dizer que quero?

Brandindo o dedo, ele avisou: — Vá com calma. Não vou admitir que faça cenas aqui dentro.

Maggie riu. — Se o senhor acha que *isso* é uma cena, ainda não viu nada.

Sem tomar conhecimento do que ela dissera, o homem perguntou, de repente: — A senhora trouxe o depósito?

Maggie mostrou a nota de cinco libras que apertava na mão. — Só tenho isso, então é melhor o senhor não tentar nenhum golpe.

— Que golpe?

— Dizer que tem tarifas extras.

— Não há extras — disse ele, arrogante. — Já disse, tenho um nome a zelar. — Ele não estava gostando nada do comportamento dela, mas, ainda assim, admirava a sua coragem. — Saiba que não sou nenhum golpista desclassificado, como os que a senhora costuma receber. Trabalho no setor imobiliário desde menino, seguindo a carreira de meu pai. Somos conhecidos por nossos negócios honestos.

Maggie estava com pressa. — Está muito bem, mas não vim aqui para ter uma aula de História. Quero a chave da casa da esquina e gostaria que o senhor andasse logo, porque os meus pés estão me matando. — Mudando o peso do corpo de um pé para o outro, ela resmungou: — Passei a manhã inteira na rua. Minhas costas estão doendo, estou de saco cheio e as crianças, cansadas. Então, vamos logo com isso, sim?

O homem colocou a chave sobre a mesa e cobriu-a com a mão quando Maggie foi pegá-la. — Calma lá, madame. Primeiro, quero ver a cor do seu dinheiro.

Maggie riu alto. — Tem razão, o senhor conhece mesmo o seu negócio. Parece comigo: primeiro o dinheiro, depois o serviço. — Ela achou graça quando o homem ruborizou até a raiz dos ralos cabelos que tinha na cabeça.

— Cinco libras — lembrou ele.

Sempre precavida, ela ainda segurou o dinheiro por mais um ou dois minutos. — O senhor disse que tem três quartos?

— E mais um quarto de despejo no sótão.

— Com um quintal e um banheiro?

— Claro.

— Muito bem. — Maggie entregou os parcos restos de suas economias, as poucas libras que tinha escondido num lugar onde Jacob não as acharia. Ele há muito já descobrira o tijolo solto no peitoril da janela da cozinha, atrás do qual ela antes escondia a poupança secreta. — Onde eu assino?

— Aqui — disse ele, apontando para a linha pontilhada no formulário.

Maggie pegou a caneta que lhe foi oferecida e assinou. — Não costumo colocar minha assinatura num papel. Espero que não haja nenhuma tramóia aí. Meu marido fica uma fera quando se irrita.

Franzindo o cenho, ele disse, ríspido: — Nem precisa pensar nisso, sra. Pringle.

Maggie deu de ombros. Com um nome a zelar ou não, era bom deixar os patetas saberem que alguém estava de olho neles. — Como eu nem estive lá ainda, o senhor pode me dizer exatamente onde fica? — perguntou.

Ele apontou o endereço: — Craig Street, 14, bem na esquina com a Derwent Street.

— Obrigada.

Ela pagou, recebeu a chave e, quando já saía, ele disse, malicioso: — De vez em quando vou dar uma passada por lá... quando seu marido não estiver em casa, se é que a senhora me entende.

Ela viu o brilho nos olhos dele e compreendeu exatamente o que estava querendo dizer. — Ora, seu porco imundo! — Empurrou as crianças pela porta e olhou para trás, dizendo: — Pode vir me ver a hora que quiser, mas não vai sair de lá caminhando com seus próprios pés, isso eu lhe garanto. É só eu contar para o meu marido o que você está querendo.

Ele engoliu em seco. — A senhora me entendeu mal, eu não quis... — a voz dele sumiu quando ela bateu a porta.

Maggie percorreu a rua sorrindo. — Não vamos vê-lo tão cedo — riu. Apertava a chave na mão, mal cabendo em si de contentamento. — Vocês vão ter um quintal para brincar. E não vão ter de usar o mesmo banheiro — disse para os filhos.

— Onde fica a Craig Street? — perguntou Adam.

— Não tenho idéia, só sei que é na esquina da Derwent Street — Maggie respondeu.

Agora, só o que tinha a fazer era convencer Jacob de que não havia escapatória. Disse aos filhos: — Deixem comigo. Pagamos o depósito e temos a chave. Por enquanto, isso basta.

Depois, não houve mais tempo para conversar, porque tiveram de correr para pegar o bonde.

Jacob não gostou da novidade: — O quê? Se acha que vou me responsabilizar pela casa, pode ir tirando o cavalinho da chuva.

—Agora é tarde — lembrou Maggie. — Paguei cinco libras em dinheiro e você não tem escolha.

—Tenho, sim! Aqui que eu vou enfrentar o inferno de uma mudança para uma casa estranha, ainda por cima pagando aluguel maior só para você ter um quintal! Estamos muito bem instalados aqui.

— Eu não estou. Jamais gostei daqui e você sabe disso.

— Bom, não vamos nos mudar e ponto final!

— Muito bem. Se é o que você quer, ótimo. — Maggie foi, zangada, até a porta dos fundos, onde pegou a boina e o casaco. Chapou a boina na cabeça, vestiu o casaco e manteve a frente bem fechada com a mão, para enfrentar a tarde fria. Passando por ele com um tranco em seu ombro, foi para o corredor da frente. — Não demoro.

—Aonde você vai?

— Sossegue — disse, rígida. — As crianças estão dormindo e não vão incomodar você, se é o que o preocupa.

— Perguntei aonde você vai.

— Tenho um encontro.

— Com quem?

— Se quer mesmo saber, vou falar com seu irmão Ben. Com certeza ele vai gostar de saber que você e aquele seu amigo o enganaram com a herança, falsificando recibos que seu pai já tinha pago.

Ao ouvir isso, Jacob pulou da cadeira onde estava sentado. Agarrando-a com tanta força que a boina dela caiu no chão, obrigou-a a sentar na cadeira. — Quem contou isso para você?

— Você mesmo, mas não lembra porque estava bêbado como um gambá.

— É mentira. Seja lá o que eu disse, não é verdade, eu estava bêbado. Não faz sentido. — Os olhos dele pareciam dois fachos de luz.

— Então, se eu contar para Ben, não vou causar qualquer problema. — Ela havia aprendido a jogar como ele.

Pálido de ódio, Jacob ficou diante de Maggie, olhando bem para ela, a voz trêmula: — Ponha um pé fora de casa e juro que acabo com você!

— Ah, é? — Maggie não tinha mais medo dele. — E o que me diz se eu contar que escrevi uma carta para um velho amigo, pessoa da minha total confiança? A carta é sobre a tramóia dos recibos. Se algo me acontecer, ele saberá o que fazer.

Frente à possibilidade de ruína e, talvez, de prisão, ele mudou rapidamente de tática: — Ah, querida, por que você foi fazer uma coisa dessas?

Sabendo que vencera, Maggie mal conseguiu disfarçar a satisfação. — Porque você é mentiroso e ladrão. Descobriu meu esconderijo, pegou todo o meu dinheiro e o perdeu no jogo, como fez com o dinheiro que sobrou quando seu escritório faliu e também com o dinheiro de Martin. — Elevou a voz: — Prometeu cuidar de mim e das crianças. Disse que ia comprar a fazenda junto comigo e, quando o plano deu errado, disse que ia procurar uma casa e não procurou. Agora que encontrei uma, está fazendo tudo para tirar o corpo fora.

— Se eu me mudar com você para essa casa, você queima a carta?

— Na hora, não.

— O que você quer, então?

— Não confio em você, Jacob. — Ela precisava ser brutalmente sincera, ou perderia terreno. — Primeiro, tenho que ver se você cumpre a promessa inteira. Tem que arrumar um emprego e me trazer o salário, para que eu não precise mais fazer o que faço há anos para sustentar a mim e a meus filhos.

— Hum! Você não quer nada, hein?

— Quero só o que mereço e o que você prometeu. — A voz dela se abrandou: — Olhe, amor, não quero que você seja preso ou que leve uma surra do seu irmão, se ele souber que coisa horrível você fez com ele.

— Ele não pode saber *nunca*. — Jacob tremia só de pensar. — Não posso deixar que ele saiba. Não *vou* deixar que ele saiba. — Sentiu um desânimo mortal ao imaginar Louise descobrindo a verdade.

— Eu sei e, como já disse, não quero acabar com você, mas Deus é testemunha de que farei isso, se precisar.

— Sua vaca!

— Desculpe, Jacob, mas só quero que sejamos uma família direita. Quero que as crianças tenham um pai que cuide delas e uma mãe que fique em casa atendendo as suas necessidades.

— Você me prendeu numa armadilha, sua puta! — Virando-se, ficou andando pela sala, cabeça baixa e coração aos pulos. Parou na frente dela. — Essa casa que você encontrou, onde fica?

— Na Craig Street... na esquina da Derwent Street, segundo disse o homem.

Os olhos dele adquiriram um brilho demente. — Você disse Derwent Street?

— Estou com a chave. Você pode ir amanhã lá dar uma olhada. — Ela se levantou da cadeira, pegou a chave na cornija da lareira e entregou a Jacob. — Está aqui. Cuidado para não perder.

Sem pensar, ele girou a chave, distraído, na palma da mão. Sentia-se partido em três.

Primeiro, estava preocupado em arrumar um emprego. Tinha se acostumado a deixar que os outros trabalhassem, enquanto ele ficava de papo para o ar, limitando-se a receber o dinheiro — uma das razões pelas quais seu negócio, iniciado com o empréstimo que arruinara a família, fora um retumbante fracasso. Em segundo, estava preocupado com Susan. Se descobrisse que ele estava se mudando para a Craig Street com Maggie, sem dúvida teria um ataque. Mas ela era uma marionete nas mãos dele, portanto sua preocupação nada tinha a ver com aquela idiota.

Em terceiro lugar, o assunto mais importante: Louise.

Pensar que estava a poucos passos dela era quase insuportável. Era o que ele queria, a oportunidade de estar próximo, de afastá-la de Ben. E essa chance fora colocada nas mãos dele pela própria Maggie. No mínimo, era uma situação irônica.

— E então? Vamos ou não? — Maggie estava ficando impaciente.

— Claro que sim! — Girando Maggie pela cintura, ele riu alto. — Já estou gostando da idéia. Na verdade, não sei como lhe agradecer!

—Você mudou de discurso. Parece que gostou mesmo da idéia.

— E como gostei! — garantiu ele. *Mais do que você pensa.*

Capítulo Dezesseis

LOUISE NÃO CONSEGUIA DORMIR.

— O que você tem, amor? — perguntou Ben. Nos últimos tempos, ele tentava não incomodar a família, mas, embora estivesse mais cordato, a insatisfação não passara; continuava viva, lá no fundo, tiquetaqueando como uma bomba-relógio.

Louise, que andava de um lado para outro há duas horas, mandou Ben dormir outra vez. — Vou descer um pouco — disse ela, pensando que devia ter feito isso logo, em vez de acordá-lo. — Uma xícara de chocolate vai me ajudar a dormir.

Tonto de sono, ele olhou o relógio de cabeceira. — Meu Deus! São três e meia da manhã.

— Sim, e você tem que trabalhar daqui a três horas, então durma. Vou tomar cuidado para não acordá-lo quando voltar.

— Garante?

— Durma, amor. Por favor.

— Está bem. — Ele soltou um gemido, bocejou e adormeceu outra vez.

Louise desceu a escada nas pontas dos pés para não acordar Sal.

Preparou o chocolate, sentou-se à mesa e abaixou a cabeça, atormentada. — Não pode ser! — disse, alto. — Não pode! — Quanto mais pensava, mais medo tinha. — Se estou grávida, não pode ser de Ben, depois de mais de nove anos tentando. E, nessas últimas semanas, desde o leilão, ele não me procurou. Então, não há como negar: a criança não pode ser dele.

Deu um gole no chocolate e voltou a andar de um lado para outro. — O que faço? — perguntou para as paredes da cozinha. — Meu Deus, o que faço?

Quase desmaiou de susto quando Ben enlaçou-a e puxou-a. — O que vai fazer é voltar para a cama — brincou ele, calmo.

Ruborizada de culpa, ela afastou-se. — Ben! Você me assustou.

Ele deu um grande bocejo. — Vá para a cama, menina — disse. — Agora já me levantei e estou totalmente desperto, de modo que não tem por que nós dois perdermos o sono.

Ela balançou a cabeça. — Não adianta eu voltar para a cama. Vou só ficar deitada.

Por um longo instante, Ben olhou-a, ansioso. — Eu sei qual é o seu problema — disse ele, com voz séria. — Andei observando você.

Assustada com aquela frase estranha, Louise não soube o que dizer. Sentou-se e, olhando para ele, esperou a explicação.

— Não precisa se preocupar, querida — disse, sentando-se ao lado dela e segurando a sua mão. — Nós vamos nos acertar.

Ela mal conseguia olhá-lo. — Como assim? — murmurou.

— A culpa é minha — começou ele. — Tenho andado insuportável nos últimos tempos... bebendo, discutindo e jogando uma carga enorme em cima de você. É por isso que não consegue dormir. Por isso também que nós estamos nos afastando e não fazemos mais amor como antes. Tudo por minha culpa. Agora você não descansa porque fica pensando em mim o tempo todo e, claro, em como estou agindo.

Abraçou-a. — Pode me perdoar, amor?

Aliviada, ela abraçou-o também. — Está tudo bem — garantiu. Mas não estava. Aquilo era um pesadelo. Se estivesse grávida, o que iria saber naquela manhã, que Deus a ajudasse, porque o filho seria de Eric.

Tentou pensar no que faria, se fosse confirmada a gravidez. Como iria contar a Ben? Saberia que não era dele. Então, o que ela poderia fazer? Como resolver a situação?

A voz dele fez com que ela voltasse à realidade: — Vá, amor, volte para a cama e descanse um pouco — mandou.

Então, ela foi para a cama e ficou pensando, preocupada, até o relógio marcar oito horas. Levantou-se, ansiosa para tomar o primeiro bonde e saber o que o médico diria.

Depois de tomar banho e se vestir, Louise encontrou Sal na cozinha, preparando o café da manhã. — Quer um pouco de bacon? — perguntou ela, virando o bacon na frigideira. — Dá para nós duas.

— Não, obrigada. — Só de pensar no bacon, seu estômago se revirava. — Vou ao mercado agora de manhã — mentiu. — Você quer alguma coisa?

Sal enfiou a mão na bolsa. — Preciso de linha azul-escura — disse, colocando um xelim sobre a mesa. — Ben acaba com as meias que é um horror.

— Oh, Sal, eu já disse a você, o preço da linha é quase o mesmo de um par de meias novas.

— Acho que é, mas gosto de cerzir. Mantém minha cabeça e meus dedos ocupados.

Louise pegou a moeda e devolveu-a. — Então fique com o dinheiro, eu compro a linha. Mas só se puder lhe presentear, já que é para cerzir as meias do meu marido.

Sal guardou a moeda na bolsa. — Sua irmã Susan disse que ia ao mercado hoje de manhã.

— É? Onde você a encontrou? — Louise desconfiava que Susan estava evitando encontrá-la, talvez porque continuasse saindo com Jacob Hunter e sendo enganada por ele.

Sal cutucou e virou o bacon até ele chiar e enroscar-se como se fosse algo vivo. — Ela ligou ontem enquanto você estava na cidade... disse que queria ver você.

— Disse por quê?

— Não. — Sal pegou um prato no guarda-louças e segurou-o sobre a frigideira. — Só disse que queria falar com você. — Passou o bacon da frigideira para o prato. Inclinou-se para cheirá-lo, passou a língua nos lábios e suspirou: — Nossa! Nada como bacon fresco para abrir o apetite.

Quando Louise vestiu o seu blazer, Sal já estava à mesa, com o café da manhã servido: duas fatias de pão com manteiga, um caneco de chá e um prato cheio de fatias de bacon.

— Pelo visto, você não está nem um pouco a fim de passar fome. — Louise sorriu. — Não mesmo — tornou ela, e, para provar, comeu várias fatias e ajudou-as a descer com um gole de chá.

Louise gostou de vê-la comendo tão bem. Logo depois que se mudaram para a Derwent Street, passara algum tempo preocupada com a querida velhinha. Mas agora parecia que era Sal quem estava se adaptando melhor.

Satisfeita, Louise deu-lhe um rápido beijo no rosto. — Vou indo.

— Está certo, menina. E não se esqueça da minha linha.

— Não vou me esquecer. — Na verdade, já tinha quase se esquecido, mas agora não ia mais se esquecer. Compraria a linha a caminho do consultório médico. Assim, se livraria da incumbência de uma vez.

A passos rápidos, Louise foi até o ponto do bonde, no começo da rua, e se tranquilizou ao ver que estava cinco minutos adiantada. — Parece que teremos mais um lindo dia — disse uma mulher pequena e gorducha, com olhos grandes e redondos e um turbante na cabeça grisalha. Era uma vizinha.

— Acho que você tem razão. — Em geral, Louise era conversadeira, mas estava com muita coisa na cabeça para ficar comentando o tempo.

— Já vi você com a sua família indo e vindo várias vezes, mas você nunca se demorou o bastante para eu me apresentar — continuou a mulher. Estendeu a mãozinha roliça e disse: — Meu nome é Mavis Darnley e moro na casa número 18.

Louise aceitou o gesto de amizade. — Prazer em conhecê-la, Mavis. Meu nome é Louise Hunter.

Seguiu-se uma série de perguntas sobre de onde vinha Louise e por que haviam se mudado para a Derwent Street. E também se tinham filhos. — Vi seu marido, quer dizer, *acho* que é seu marido, e fiquei pensando se tinham filhos. — Deu um suspiro sonhador. — Ah, adoro crianças.

— Não, não temos filhos — respondeu Louise, sendo obrigada a pensar no ser que podia estar se formando em seu corpo naquele exato momento.

— Ah, veja, o bonde não demorou! — Nervosa com o bonde surgindo, a mulher se adiantou e fez sinal com o braço, sendo quase atingida pelo veículo, que reduzia a velocidade. Na verdade, se Louise não a tivesse puxado, ela poderia ter perdido a mão.

— Nossa! — Mavis pôs a mão no peito. — Meu marido está sempre dizendo que sou muito desajeitada, e tem razão — desculpou-se ela. — Sempre fui assim, desde menina. Não tem jeito.

— Pelo menos, você não se machucou. — Segurando a mulher pelo cotovelo, Louise ajudou-a a subir no bonde. — Posso sentar ao seu lado? — perguntou a mulher e, antes que Louise pudesse responder, as duas foram separadas bruscamente. Louise foi empurrada, sem cerimônia, para o banco ao lado da janela e a mulher, jogada contra um passageiro que, refestelado, estava prestes a fechar os olhos para tirar uma soneca. O homem gritou como um bicho assustado e lançou um olhar fuzilante para a mulher.

Como Louise devia ter imaginado, a culpada de tudo aquilo era sua irmã Susan que, como sempre, estava causando confusão.

— Desculpe o atraso — disse ela para Louise, mais surpresa do que a pobre mulher empurrada.

A impressão era de que Susan tinha se encarregado de salvar a irmã das garras daquela que presumira ser "uma bruxa velha intrometida". — Tem problema se eu sentar ao lado de minha irmã? — Louise perguntou a Mavis Darnley, depois de quase obrigá-la a sentar num banco próximo.

— Minha nossa! — A velha senhora não tinha se recuperado bem do susto.

Susan então deu o golpe de misericórdia: — Se quiser, podemos sentar na fileira de três bancos e eu fico no meio, mas sou muito agitada, então pode ser desconfortável para a senhora.

— Não precisa, obrigada! — A mulher ainda estava assustada com tudo aquilo. Na verdade, sentira uma antipatia instantânea por Susan e não gostaria de sentar ao lado dela, nem que lhe pagassem por tal privilégio.

— Sua cara-de-pau! — Louise não gostara nada do que a irmã fizera. — Você podia ter matado a pobre senhora do coração.

Susan olhou por cima do ombro para a sra. Darnley, que já estava absorta numa animada conversa com o homem sobre o qual fora jogada. — Duvido — disse, com uma risadinha. — Aquela ali é dura na queda.

— Para onde você está indo?

Susan deu de ombros. — Para lugar nenhum.

— Então o que está fazendo no bonde?

— Seguindo você.

— Por quê?

— Porque preciso conversar.

— Bom, agora não dá. — Louise precisava enfrentar seu problema sozinha. — Também não pode vir comigo. Volte para casa, depois eu falo com você.

Susan não desistiu: — Me deixe acompanhar você, vá — pediu. — Preciso muito falar com você. Por favor.

A irmã suspirou. — Você é uma chata, sabia?

— Mas me deixa acompanhar você? Preciso de uns conselhos — disse, chegando mais perto.

— Não entendo por que resolveu vir pedi-los logo a mim. — Louise tinha perdido a conta das vezes em que tentara conversar com a irmã, inultilmente. — Você nunca me ouviu.

— Dessa vez, o assunto é sério.

— Sério? — A palavra preocupou Louise.

— Eu conto depois, quando não tiver tantas orelhas ouvindo.

E Louise teve de se contentar com isso.

— Por que *você* está na rua tão cedo? — Susan perguntou.

Louise compreendeu que teria de contar a verdade para a irmã, e, no íntimo, sentiu-se aliviada. — Se pretende me seguir, vai descobrir logo — respondeu, e, pela primeira vez, Susan achou melhor não perguntar mais nada.

Pelo resto da viagem até o centro de Blackburn, cada uma ficou imersa em seus problemas: Louise, pensando se estaria grávida e Susan, imaginando o que a irmã diria quando soubesse que pretendia morar com Jacob.

As duas desceram do bonde e seguiram, rápido, pela Ainsworth Street e a Penny Street. As ruas estavam relativamente calmas, já que as fábricas estavam funcionando e as pessoas que iam fazer compras ainda não tinham chegado.

Impaciente por ter se contido até aquele momento, Susan não agüentou mais: — Se eu contar o que estou pensando em fazer, você não vai fazer um escândalo, vai?

Louise ficou ofendida. — Alguma vez eu fiz um escândalo? — perguntou.

— Ah, está bem, mas não preciso que me diga que sou uma idiota etc. Quero que escute e depois me ajude a tomar a decisão certa.

— Pode falar.

— Saí com Jacob ontem à noite.

— Conte alguma coisa nova.

— Ele me pediu para ir embora com ele. Disse que podemos casar assim que eu aceitar.

— *Como é?* — A notícia era tão surpreendente que Louise parou na calçada. — E o que você disse?

— Eu disse que talvez.

— Ah, só "talvez". — Louise ficou aliviada.

— Disse que daria uma resposta hoje à noite.

— E quer a minha bênção, não é? — Voltando a caminhar, Louise respondeu prontamente: — Pois jamais terá essa bênção. Jacob Hunter não presta e nunca vai prestar.

De repente, Louise se lembrou de uma coisa que a fez parar na calçada, outra vez: — Não era só isso que você queria falar, era? Você sabia que eu não ia aprovar, mas me seguiu. Há outra coisa que deixou você tão preocupada que precisa falar — desconfiou.

— Talvez, mas mudei de idéia porque você está louca para que eu vá embora.

— Você está grávida? — perguntou Louise, pensando que seria uma coincidência cruel.

Susan olhou para ela, atônita. — Acha que sou tão burra assim?

A pergunta foi como um tapa na cara, pois Louise tinha sido burra. Mas não, censurou-se; o que acontecera entre ela e Eric não fora uma burrice. Fora algo natural e maravilhoso, mas agora parecia que ela é que teria de pagar o preço.

De repente, teve medo, afastou aquele pensamento da cabeça e voltou a prestar atenção em Susan. — Você tem que me contar por que está preocupada — insistiu ela. — Se está com algum problema, você sabe que vou fazer todo o possível para ajudar.

— Não quero a sua ajuda, muito obrigada — disse Susan, ríspida. — Não vou falar agora. Você vai me criticar outra vez.

Louise sabia como a irmã era teimosa quando queria e deu de ombros, fingindo indiferença. — Está bem. Mas, se é assim, não faz sentido ficar me seguindo, faz? Vejo você mais tarde. — Louise continuou andando, querendo que Susan cedesse.

— Está bem, está bem! — Ofegante e irritada, Susan correu atrás dela. — Não estou preocupada — mentiu. — Sei que posso confiar nele, embora você ache que não.

— Que bom, fico contente — Louise brincou.

— Ele quer mesmo casar comigo. E quer que nos mudemos logo para um lugar onde ninguém nos ache, o nosso cantinho, como ele disse. — Susan sorriu. — As pessoas o acham agressivo, mas ele não é. Jacob é um homem muito romântico.

— Sei — disse Louise, mas o que queria mesmo dizer era: "Não se deixe enganar com tanta facilidade. Esse pé-rapado quer alguma coisa e está usando você para consegui-la". Mas, sensata, calou-se.

— O problema é que não podemos casar sem dinheiro. Até você há de concordar com isso.

— Claro.

— Jacob tentou fazer um empréstimo, mas ninguém confia nele.

— É mesmo? — Aos poucos, Susan ia se abrindo. Precavida, Louise foi andando, se fazendo de interessada no assunto, sem condená-la.

— Vou muito bem no meu emprego, estão até pensando em aumentar meu salário.

Louise parou e abraçou a irmã. — Ah, menina, que ótimo!

Viraram a esquina e afrouxaram o passo. Estavam quase no consultório do médico. Só então Susan percebeu o lugar: — Você está doente?

— Não, querida, não estou. — Louise não queria tocar no outro assunto. — Você estava falando que Jacob...

— Ele quer que eu assine um papel.

— Que papel? — Ela já estava desconfiada.

— Um pedido de empréstimo.

— O quê? — Louise agora estava extremamente alarmada. Não acreditava que Susan fosse fazer aquilo sem pensar duas vezes.

— Ele disse que é só para podermos ir embora daqui. Quando estivermos instalados no nosso cantinho, ele arruma um emprego e paga o empréstimo. — Susan começou a falar mais rápido: — Jacob diz que eu nem preciso trabalhar, se não quiser. Ah, Louise, tenho certeza de que vai dar certo, tenho certeza. — Mas a voz dela tremia e seu olhar era inseguro.

Percebendo que a irmã estava quase chorando, Louise viu que precisava proceder com cuidado: — Olhe, querida, não estou dizendo para você não assinar. Você é que sabe. Só estou dizendo que não deve assinar uma coisa sem pensar bem. É uma questão de bom senso.

— Pronto, já está fazendo sermão, como sempre! — Susan acusou a irmã.

— Não, não estou. Eu só disse: assine o papel se quiser, que eu não vou falar nada. Mas pense, querida. Depois que assinar e Jacob pegar o dinheiro, não tem volta. É o seu nome que vai estar no papel, não o dele. Você será responsável por pagar o empréstimo, não ele. Você pode até fugir com ele e descobrir que não está feliz. Vocês podem se separar, ir cada um para um lado. Mas o empréstimo continuará valendo e *você* é quem vai ser cobrada, não Jacob.

— Eu vou ser feliz e não vamos nos separar. Gosto muito dele.

— Pensou bem em tudo?

— Claro que sim. Não sou louca.

— E não está nem um pouquinho preocupada de se responsabilizar pelo empréstimo?

— Não, Jacob vai pagar, ele disse.

— De quanto é o empréstimo?

Susan parou, relutando em dizer.

— Então, de quanto é?

Susan tomou fôlego e disse: — Mil libras.

— Meu Deus! — Louise ficou chocada. — *Mil libras!* É mais de quatro vezes o que você ganha por ano. — Não podia acreditar que Susan sequer cogitasse de fazer tal coisa. — Não assine! Por favor, faça o que quiser, mas não assine. Você nunca vai conseguir pagar esse dinheiro, nem em um milhão de anos — insistiu Louise.

Susan pareceu profundamente pensativa e, por um instante, Louise achou que fosse dizer para não se meter. Mas ela disse, em voz baixa: — Eu queria tanto ir embora com ele e começar vida nova!

Louise ficou mais confiante. — Mas...

— Mas eu gostaria que pudéssemos fazer isso sem precisar de um empréstimo. É tanto dinheiro que até me assusta. Mas eu gozo de boa saúde e Jacob também. Não precisamos de um empréstimo. Temos condições de trabalhar para nos sustentarmos e tenho certeza de que poderíamos alugar uma casa aonde quer que fôssemos.

Louise sentiu um grande desânimo. — Então ainda pensa em fugir com ele?

Susan sorriu, sonhadora. — Claro que sim. Hoje à noite vou dizer a ele o dia em que podemos nos casar. Depois de casados, vamos sair de Blackburn, mas só vou saber para onde vamos quando chegar lá. Jacob diz que vai ser uma surpresa maravilhosa e que tem certeza de que vou adorar o lugar.

A voz dela tremeu de animação: — Está vendo, já fizemos os planos.

— Cuidado, minha irmã — pediu Louise, encaminhando-se para a escada do consultório. — Prometa que não vai fazer nada sem me falar antes.

— Só se você prometer não contar para mamãe.

— Não me diga que você vai se casar e mudar sem contar para ela! Nem você conseguiria ser tão cruel.

— É que eu quero contar na hora em que achar melhor.

—Temos muita coisa para conversar ainda — disse Louise, séria, abrindo a porta do consultório. — Agora, estou preocupada com outras coisas.

— Foi por isso que veio ao médico? — Susan tinha esquecido para onde as duas estavam indo.

— Foi.

— Bom-dia, senhoras. O que desejam? — A recepcionista ruiva sorriu para as duas, os dentes brancos e brilhantes como seu avental engomado.

— Por favor, tenho uma consulta com o dr. Thomas, urgente.

— Nome?

— Sra. Hunter. — Percebendo que havia outras pessoas na sala, ela abaixou a voz: — Sra. Louise Hunter.

A moça percorreu com o dedo os nomes que estavam na agenda: — Ah, sim. Desculpe, sra. Hunter, o doutor foi atender um chamado urgente e já voltou, mas está atrasado meia hora. A senhora vai ter de esperar — informou, folheando a agenda. — Se não quiser esperar, tenho hora para a próxima semana.

— Não tem problema, eu espero. Não quero marcar outra hora. — Ela não conseguiria agüentar aquela agonia nem mais um dia, quanto mais uma semana.

Enquanto a recepcionista procurava a sua ficha, elas se sentaram, constrangidas quando todos os olhares se voltaram em sua direção.

Um homem baixinho, com um tique nervoso que o fazia piscar os olhos sem parar, inclinou-se em direção a Louise. — O médico está atrasado meia hora, segundo a moça.

— Não me importo de esperar — respondeu Louise, com um sorriso forçado.

— Tem cinco pessoas na sua frente — disse o homem, contando cada uma com um dedo ossudo: duas senhoras sentadas na frente deles; um homem de meia-idade com uma expressão azeda e uma menina que naquele instante fez uma bola de chiclete, depois pegou o estojo de pó compacto e se pôs a retocar a maquiagem.

— Eu sou o próximo — informou o homem.

Louise queria saber o lugar dela na fila. — Quem foi o último a chegar antes de mim? — perguntou.

— Eu cheguei depois dele, moça — disse uma das senhoras. — Minha amiga e eu chegamos juntas. É fácil de lembrar: este senhor é agora, depois sou eu, depois minha amiga. A menina chegou depois de nós, e por último é ele — disse, apontando discretamente para o homem com uma expressão azeda. — Minha amiga é depois da menina e depois sou eu.

A mulher deu um sorriso desdentado. — Espere ele entrar. Quando sair, é sua vez. Fique atenta para as pessoas que vierem chegando, senão elas passam na sua frente.

Louise tinha simpatizado com a mulher. Enquanto Susan continuava reservada, as duas conversaram um pouco mais, até que a mulher lhes perguntou: — Não moram por perto, não é? Nunca vi vocês e, com o problema das minhas costas, estou sempre aqui no consultório.

— Moramos no outro lado da cidade — informou Louise.

— Em que parte?

— Na Derwent Street.

Os olhos da mulher brilharam ao reconhecer o nome. —Vou lá uma vez por semana, visitar minha prima... ela agora mora sozinha, coitada. Sou a única pessoa que a visita. Ela tem dois filhos, mas não servem para nada. Um se mudou para um lugar que só Deus sabe onde fica; o outro mora em Whalley Banks. — Soltou um muxoxo. — Minha prima vê tão pouco o filho que é como se ele tivesse sumido com o irmão. Malditos filhos! Melhor afogar quando nascem.

Louise ficou constrangida com a observação e a mulher soltou uma exclamação: — Oh, filha, desculpe. O que eu fui dizer! Com você desse jeito e tudo. Claro que nem todo filho é assim. Os meus estão sempre por perto.

Ela olhou para a barriga de Louise com um sorriso cúmplice. —Você quer menino ou menina? Eu acho menina melhor, elas entendem o que uma mulher passa, sabe como é.

Enquanto ela tagarelava, Susan se esforçava para conter o riso. — A velhota pensa que você está grávida, deve enxergar mal — cochichou.

Mas a expressão de Louise confirmou o que a velha senhora pensava. — Meu Deus! Você *não* está grávida, não é?

Louise não respondeu e Susan se aproximou, aliviada pelo fato de a mulher ter passado a conversar com a amiga. —Você está grávida! — disse Susan. — Danada, não me contou. — Ela não largava o osso. — E o que Ben está achando? Aposto que está no sétimo céu.

Louise ficou aliviada por Susan saber, mas preocupada se comentaria alguma coisa com Ben. — Ele não sabe. — Ainda não confiava na irmã, Susan não era a melhor pessoa do mundo para se contar um segredo.

— O quê? Você não contou para ele? — Soltou um gemido. — Puxa, Lou, que maldade. Você sabe como ele está louco para ter filhos.

— Nem eu sei se estou grávida. Por isso, vim aqui.

— Mesmo assim, devia ter contado para ele.

Louise estava ficando cada vez mais nervosa. — Cuide da sua vida!

— Surpresa com a reação agressiva da irmã, Susan a fitou por um momento. Percebeu como ela havia ficado nervosa e como enrolava sem parar o lencinho nas mãos. De repente, concluiu: — Meu Deus! — Suas suspeitas se extravasaram num sussurro escandaloso. — Por isso você não contou para ele. Espera não estar grávida *porque não é de Ben!*

Virando-se para a irmã, Louise sibilou: — Quer parar com isso? Já tenho muita coisa na cabeça sem você me infernizando.

Mas a outra era insistente: — De quem é o filho?

— Já disse, pare!

Por um minuto, foi o que Susan fez, porque a velha senhora voltou a falar com Louise: — Você deve conhecer minha prima, ela mora há quarenta anos na esquina da sua rua com a Craig Street. É pequena, grisalha, usa óculos, anda de bengala. Nunca a viu?

Grata pela oportuna interferência, Louise balançou a cabeça. — Acho que não.

A velha senhora suspirou. — A Craig Street não é mais a mesma — comentou, triste. — Ficou barulhenta, com uma gente desagradável andando por todo lado. Veja a família que alugou a casa da esquina. — Coçou a cabeça. — Hobson, Hilton? — Sorriu. — Ah, minha memória também não é mais a mesma.

Louise lhe deu corda: — São barulhentos?

— É, pode-se dizer que sim. Dizem que a mulher foi prostituta, não que eu dê ouvidos a mexericos, claro. Mas é uma mulher bonita e muito simpática, segundo minha prima. Elas conversaram um pouco ontem à tarde, quando estavam trazendo os móveis para a casa. Uma coisa eu garanto: ela vai cortar um dobrado para terminar o trabalho. E que não pense que vai conseguir ajuda do senhorio. Aquele é pão-duro com as reformas como ele só.

— A maioria dos senhorios costuma ser mesquinha, realmente. — Louise já tinha ouvido algumas histórias terríveis a respeito. — Mas, justiça seja feita, nem todos são assim.

Parecendo não ter ouvido, a velha senhora puxava pela memória. — Não consigo lembrar os nomes por nada deste mundo — queixou-se, nervosa — Eles têm dois filhos, a menina é quieta e o menino parece cuidar dela. Minha prima diz que o menino é um amorzinho. Imagine que ele ajudou a carregar todas as coisas da caminhonete de mudança. Qualquer menino ficaria brincando no balanço ou jogando bola na rua, mas ele cuidou da irmã e ajudou a carregar as coisas. — Ela deu um sorriso calmo. — E é um menino bonito, também... olhos bem escuros, longilíneo, com um belo rosto.

De repente, ela exclamou: — Lembrei o nome! *Hunter*. O pai é um grosseirão, apareceu bêbado como um gambá e ficou se fazendo de valentão. Chama-se Jacob. Foi esse o nome que a mulher, Maggie, chamou. Jacob Hunter.

Sem perceber o caos que causara, a mulher continuou tagarelando: — Esses homens, hein? — Suspirou. — Não sei como aquela pobre mulher agüenta com ele, mas obviamente deve achá-lo uma maravilha, porque acabaram aos beijos e abraços bem na porta da casa, na frente de todo mundo.

Chocada com o que ouvira, Louise olhou para a irmã e teve muita pena dela. Branca como um lençol, Susan também tinha ouvido tudo. Levantou-se para ir embora, mas Louise segurou-a: — Espere eu sair. Prometo que vamos conferir essa história. Pode ser que essa senhora esteja errada. Esse nome é muito comum.

Susan virou-se, os olhos cheios de lágrimas. — É ele mesmo, você sabe que é — disse, com a voz trêmula. — Como ele pôde fazer isso comigo?

Vendo a cena entre as duas jovens, a informante começou a ficar curiosa. — Espero não ter sido inconveniente. Se ele é parente de vocês, sinto muito.

Consternada, Louise achava que podia saber um pouco mais, porém nessa hora a recepcionista chamou: — Sra. Fraser, o doutor está à sua espera.

A velha senhora levantou-se da cadeira o mais rápido que pôde e entrou também rápido na sala do médico.

— Sente-se, querida — Louise estava com medo de aguardar sua vez e Susan fugir durante a consulta.— Se você quiser, podemos ir embora. Eu marco outra hora — propôs.

Mais calma, Susan sentou-se outra vez. — Não, mana, não seria justo com você — disse, apática. — De qualquer maneira, não posso fazer nada agora. Preciso pensar. Se eu tomar satisfações, ele vai mentir descaradamente, como sempre. Além disso, vou me encontrar com ele hoje à noite, de modo que vou só esperar e ver se ele me conta o que está acontecendo.

— E se não contar?

Susan levou um instante para responder. Houve mesmo um momento de ansiedade em que chegou a relancear a porta, e Louise achou que ela iria sair correndo.

Quando respondeu, suas palavras gelaram o sangue de Louise: — *Vou acabar com ele* — disse, com os olhos vidrados, brilhando de ódio. — Pode ter certeza, minha irmã. Se ele tiver mentido para mim esse tempo todo — sobre ela, sobre o empréstimo e tudo o mais —, juro que vou acabar com aquele filho-da-puta.

— Não fale assim. Ele não merece. — Louise nunca tinha visto a irmã num estado de espírito tão destrutivo; no máximo podia ser uma garota chata e irritante quando queria, mas não implacável e cheia de ódio. Ela não era assim; fora Jacob que a transformara, e Louise detestou-o por isso.

— Não é fácil, mas você não deve ficar pensando nisso — aconselhou. —Vamos dar um jeito de resolver a situação.

Sem muita certeza, Susan admitiu: —Você tem razão, mas se aquele filho-da-puta me fez de idiota, vai pagar caro por isso.

—Você não percebeu nada?

— Eu sabia que ele tinha uma mulher, mas ele disse que não era nada, que ela é proprietária do lugar onde ele mora e que estava "bajulando-a" até encontrar outra casa.

— Se a velha estiver certa, ele encontrou outra casa. — Louise tinha de acalmar a irmã. — Muito me surpreende que ele tenha se mudado com a mulher exatamente para a rua ao lado.

A observação fez Susan exultar de alegria. — É isso! — exclamou. Ele se separou, como me disse. Só a mulher e os filhos estão morando na Craig Street. — Procurando justificativas, ela não conseguia parar de falar: — Você ouviu o que a mulher disse, que ele não estava lá quando trouxeram a mobília e que o menino transportou quase tudo com a mãe, e Jacob só chegou depois. Então, deve ser ela que está alugando a casa, não ele.

— Pode ser, mas eu não poria a minha mão no fogo por isso. — Por enquanto, Louise achava mais seguro deixar a irmã pensar o que quisesse.

Animada com a conclusão sobre Jacob, Susan esqueceu logo que ele tinha mentido. Naquele momento, ela só acreditava no seu coração: que era amada e que o empréstimo era mesmo para custear o casamento e uma nova vida, longe de Blackburn.

Enquanto ela falava sobre seus planos, Louise escutava em silêncio e pensava em Eric e no filho que podia estar carregando.

Satisfeita porque Susan parecia ter esquecido o motivo de estarem num consultório, Louise deixou-a falar, esperando que Jacob não desse o cano em sua irmã, como o mau sujeito que era.

— Gostaria que o médico me atendesse logo. — Ela estava tão nervosa com o problema que teria de enfrentar a seguir que agora quem estava com vontade de fugir dali era ela.

Felizmente, não teve de esperar muito. Em pouco tempo, os pacientes entraram e saíram um atrás do outro. — Puxa, o doutor está atendendo como quem pula obstáculos — disse o homem de expressão azeda. — Pensei que fosse esperar horas.

Dali a pouco, era a vez de Louise. — Está com medo? — perguntou Susan. De repente, parecia ter lembrado por que estavam lá.

— Um pouco — confessou Louise.

— Quer que eu a acompanhe?

A irmã não pôde deixar de sorrir. — Não, obrigada. Quero só que fique aqui me esperando. — E Susan prometeu esperar.

Nervosa, Louise entrou na sala do médico. — Então, sra. Hunter, qual é o problema? — Respeitoso, o dr. Thomas levantou-se quando ela entrou na sala; era um homem alto e magro, com um rosto macilento e olhar bondoso. — Feche a porta e sente-se, por favor — convidou ele. E assim fez ela.

Do lado de fora, Susan ficava cada vez mais impaciente. — Por que será que está demorando tanto? — Começou a andar pela sala de espera. — Puxa, eu não queria estar na pele de Louise, se ela tiver engravidado de outro sujeito. — Pensou na gravidade do que estava dizendo. — Ela devia estar maluca! Mas, se não está grávida de Ben, de quem é, então?

No começo, não conseguiu pensar em nenhum homem com quem a irmã pudesse ter se envolvido, mas, depois de refletir um pouco, achou que matara a charada. — Não entendo. Minha irmã não é do tipo que tem um caso. O que houve com ela?

A porta se abriu e Louise saiu da sala, com a verdade estampada em seu rosto preocupado, embora Susan tenha tido o cuidado de não dizer nada na frente da recepcionista.

Mas, quando saíram do consultório, ela foi direta: — Está grávida, não? Louise concordou.

— Não é de Ben, é?

Louise olhou para longe e balançou a cabeça.

— Acho que sei de quem é. — Como Louise não dissesse nada, Susan prosseguiu: — É de Eric, não é?

Louise ficou perplexa. — Por que acha isso?

— Porque percebi como ele olha para você.

Precisando confiar em alguém, Louise contou tudo. — Ben estava insuportável. Sal e eu fizemos de tudo para ajudá-lo, mas ele não queria ser ajudado. — Lembrando como ele estava, Louise sentiu uma ponta de ressentimento. — Não sei por quê, começou a desconfiar de mim com Eric.

— Por quê?

— Achava que eu estava interessada em Eric, mas nunca pensei nele, até Ben começar a me acusar. — Ela se encostou na parede da sala, cansada e preocupada. — Quando Eric comprou a fazenda, convidou Ben para trabalhar no campo, fez o que pôde para se reconciliar com ele, mas Ben não aceitou.

— Como foi que você e Eric chegaram a... bom, você sabe? — Susan deu uma olhada na barriga da irmã.

— A culpa foi minha — confessou Louise. — Se eu não tivesse ido lá naquela noite, nunca teria acontecido. Mas Ben tinha passado o dia todo de mau-humor e eu queria muito que eles voltassem a ser amigos. Sabia que Ben ia precisar de um amigo.

Susan começou a entender. — Então, você procurou Eric para tentar acertar as coisas?

Louise concordou. — Ele é um homem tão bom — disse, suave. — E eu precisava conversar com alguém. Do jeito que as coisas estavam, não podia falar com Ben, e Sal estava enfrentando tudo tão bem que eu não podia despejar meus problemas em cima dela. Mas Eric... bem, ele simplesmente estava lá. Conversamos e depois, quando eu estava indo embora, ele me pegou e... — Envergonhada, ela não teve coragem de olhar para a irmã enquanto falava. — Juro, nunca esperei que isso acontecesse.

— Você o ama?

Louise não podia negar. — Embora eu não queira magoar Ben por nada neste mundo, não sinto mais a mesma coisa por ele. Ele mudou demais.

— E o que vai fazer?

Era incrível, mas, depois de Louise passar anos se preocupando com Susan, os papéis haviam se invertido, e agora era a vez de Susan pensar no futuro da irmã.

Louise olhou para cima, seus lindos olhos traindo uma grande tristeza. — Não sei. Está tudo tão confuso que não consigo pensar direito — respondeu.

De repente, começou a soluçar, soluços sentidos provocados pela dor e a preocupação das últimas semanas. — Não diga nada. Para *ninguém*! — pediu ela. Começou a se arrepender de ter contado a Susan, principalmente quando lembrou o quanto a irmã podia ser inconseqüente e insensível a respeito dos sentimentos alheios.

— Não se preocupe, Louise, não vou contar para ninguém — garantiu Susan e, num raro momento de compaixão, abraçou a irmã.

Foram andando em silêncio, cada uma absorta em suas preocupações.

Tinha acontecido muita coisa nos últimos tempos. Mas, no final das contas, apenas uma era certa: a vida delas nunca mais seria a mesma.

Capítulo Dezessete

SAL NÃO CONSEGUIA ENTENDER. — O que você tem, menina? Louise estava arrumando a mesa para quando Ben chegasse e parou bruscamente. — Nada, por quê? — Seu coração estava aos pulos do susto. Se a mulher na sala de espera do consultório adivinhara que ela estava grávida, Sal também podia adivinhar.

Da poltrona, a sogra olhava-a, pensativa. —Você parece não estar atenta ao que faz — e apontou para as facas e os garfos do lado errado dos pratos. — A disposição dos talheres está toda errada. Agora mesmo, quando você voltou da cidade, não disse uma palavra — observou Sal, brandindo o dedo em seguida. — E, ainda por cima, se esqueceu da minha bendita linha de costura.

— Ah, desculpe, Sal! Fiz tanta coisa que esqueci completamente.

Tentando fazer com que Louise se abrisse, Sal insistiu: — Fez tanta coisa, mas não vi trazer nada para casa.

Na volta, Louise tinha parado na mercearia da esquina para comprar um pão e um pacote de maisena para o molho. — A loja estava muito cheia — disse, sem convicção. — Sabe como é...

Sal ficou calada, olhava Louise terminar de arrumar a mesa. Depois, com uma voz suave e compreensiva, perguntou: — Por que você estava chorando, menina?

Louise ficou muito surpresa. — Quando?

— Agora mesmo, quando voltou da cidade, estava com os olhos vermelhos. Não diga que não chorou porque não sou tão velha e idiota para não ver.

Louise não sabia o que dizer.

— Não fique se castigando, menina.

— O que você quer dizer com isso, Sal? Por que eu estaria me castigando? — perguntou, com muito medo.

— Louise, você é uma mulher adorável, de bom coração, gosto muito de você, mas não se pode ser tudo para todo mundo. O que aconteceu com esta família não é culpa sua, assim como não é minha. O nosso Ben fez você passar por um mau pedaço, o que lastimo. Você tem sido a melhor mulher que um homem pode ter, e ele devia lhe pedir perdão de joelhos pela forma como está agindo. É compreensível que você fique num canto chorando. Já dizia minha velha mãe: quando as coisas não dão pé, os homens dão no pé. Tinha razão, eles fazem as coisas sem pensar nas conseqüências. Veja como o coitado do meu Ronnie mudou nossas vidas, e tudo por causa daquele vagabundo do Jacob!

Disfarçadamente, Louise deu um suspiro de alívio e explicou: — Isso são águas passadas.

— Não, se faz você chorar. Pois ando pensando seriamente em ter uma conversinha de pé de ouvido com Ben!

Louise não queria que ela se intrometesse: — Não, Sal, por favor — pediu, firme. — Não faça isso.

— Está bem, deixo por sua conta — cedeu Sal. — Mas ainda bem que ele caiu em si, ou eu não teria mais conseguido assistir calada ao mal que estava fazendo a você.

— Obrigada, Sal.

Sal vinha se questionando coisas ultimamente. — Está tudo bem entre vocês, não?

— Melhor, impossível — mentiu Louise. — Por que pergunta?

— Por nada, mas seria bem feito para ele se você fosse atrás de outro homem.

Essa idéia estava tão próxima da verdade que Louise prendeu a respiração.

— Se fosse outra mulher, já teria sumido há muito tempo — disse Sal, sorrindo, cúmplice. — Mas você não é assim, não, menina?

— Não, não sou mesmo. — Louise percebeu que a velha senhora sabia que havia algo errado, mas não podia desconfiar de nada entre ela e Eric. Sal acrescentou: — Além do mais, eu não largaria você nem daqui a um milhão de anos. O que seria dos meus domingos sem os seus pudins Yorkshire?

Sal tinha um fraco pelos pudins Yorkshire que a nora fazia: eles cresciam até a beirada da fôrma como ela nunca vira e, embora também fosse boa cozinheira, não conseguia igualar aquela consistência leve e macia. — Então, é melhor você ficar aí, pois os domingos não seriam os mesmos sem o seu delicioso pudim. Leve como uma pluma.

Louise pegou a bandeja e levou para a cozinha mais uma pilha de louça. Quando voltou, Sal estava cantarolando uma música e, ao ver Louise, calou-se.

— E tem também aquela sua irmã. Nossa! Se não fosse você, ela faria mais confusão do que mil macacos soltos. Não ouve ninguém, só você.

— Nem sempre ela me ouve.

— Porque é uma pestinha cheia de vontades. Tudo tem que ser do jeito que ela quer, e, quando não é, inventa mil e uma tramas para conseguir que sejam. Aquela é outra que nunca vai mudar. Sem dúvida, Jacob e ela formam uma boa dupla.

Discretamente, sem falar em Susan, Louise perguntou: — Você acha que ele um dia se casa?

— Nunca! É egoísta demais.

— Dizem que arrumou uma mulher.

— E não arruma sempre?

— Dizem que está morando com ela, e que ela tem dois filhos.

— *Quem* diz isso?

— Ninguém em especial, é só mexerico. Você sabe como essa gente é.

— Escute uma coisa, minha filha. — Sal ficou na beirada da poltrona. — Se a sua irmã está esperando que ele coloque um anel no dedo dela, é melhor esquecer. Pelo que conheço do meu filho, é mais fácil ele colocar um anel no *nariz* dela!

Sal sempre pensava como podia ter tido um filho tão duro quanto Jacob. — Se o mexerico for verdade e ele estiver com essa pobre mulher que já tem dois filhos, aposto que tem algum interesse nisso. E não estou querendo dizer interesse em ir para a cama com ela, porque isso ele consegue em qualquer lugar.

— Então, o que você quer dizer?

— Quero dizer que ou ela tem um monte de dinheiro e ele está querendo pôr as mãos sujas na mufunfa... — Sal pôs a mão em concha ao redor da boca, como se fizesse uma confidência: — ... ou então ela sabe alguma coisa e ele tem medo de que conte para a polícia.

— É duro dizer isso do próprio filho, não?

— Digo o que sei. E sei que Jacob é mentiroso e trapaceiro. Não há a menor possibilidade de ele se juntar com uma mulher com dois filhos nas costas, a menos que leve alguma vantagem com isso.

Louise sabia que a velha senhora estava dizendo a verdade. — Ainda bem que seu marido não é igual ao irmão. Concordo que ele entrou numa fase muito ruim depois que perdeu a fazenda, mas é um bom homem. Jamais magoaria ninguém.

Sal pensou um instante, depois recostou-se na poltrona. — Você tem razão, menina: é duro dizer isso de um filho — admitiu, baixo. — Mas é estranho pensar que o mesmo sangue que corre nas veias de Ben corre nas de Jacob.

Intrigada com o comentário de Sal, Louise recordou a época em que Ben andara se comportando de forma atípica, e concluiu que algumas das piores coisas que fizera e dissera poderiam igualmente ter sido feitas e ditas por Jacob.

Na mesma hora, afastou aquele pensamento enganoso. Ben era um homem muito melhor que o irmão e ela disse isso para Sal.

Quando Sal inclinou a cabeça para voltar a cerzir suas meias, Louise continuou seu trabalho, mas estava preocupada.

Não havia dúvida de que estava carregando um filho de Eric. E não poderia ignorar o fato de que, dentro de pouco tempo, a gravidez começaria a aparecer.

Louise achava que tinha três escolhas. A primeira era contar para Eric e obrigá-lo a arcar com seu quinhão de responsabilidade, fosse qual fosse. A segunda era interromper a gravidez — que Deus a perdoasse.

Ou podia contar a Ben e ser castigada. Quanto mais pensava nas três possibilidades, mais se convencia de que, por diversos motivos, nenhuma delas era viável.

Havia mais uma saída, que Susan involuntariamente lhe dera naquela manhã: podia fazer as malas, cortar todos os laços com a família e ter o filho num lugar bem longe.

Uma coisa era certa: precisava tomar uma decisão. E logo.

⚜

Patsy não se surpreendeu ao ver Susan entrar na sala toda arrumada e satisfeita. — Você está sempre saindo à noite. Podia ficar em casa ao menos uma vez e fazer companhia a seu pai e eu.

— Hum! Por que eu ficaria com os dois velhotes, se posso sair? — Susan sabia ser áspera quando queria.

— Sua atrevida! — disse o pai, olhando por cima do jornal que estava lendo. — Pois saiba que, quando éramos da sua idade, sua mãe e eu poderíamos lhe ensinar umas coisas — disse, com um sorriso malicioso para Patsy. — Às vezes, também éramos desobedientes. Posso lhe dizer, moça, que passamos muitas horas agradáveis atrás do Palais, quando devíamos estar em casa, dormindo.

Morta de vergonha, Patsy reclamou: — Pare com isso, Steve! Está me fazendo ruborizar! — Susan não conseguiu conter uma risadinha ao pensar nos pais "atrás do Palais", mas Patsy dirigiu-se a ela, com voz séria: — Espero que você não continue correndo atrás daquele vagabundo, o Jacob Hunter.

Susan vestiu o casaco verde e apertado, de barra ondulada e grandes botões. — Isso é da minha conta e você que descubra, mãe — provocou-a. — E quem sabe?... Sou até capaz de passar umas boas horas atrás do Palais.

— Pronto, agora chega! — O pai já estava se maldizendo por ter dito aquilo.

— Boa-noite. — Sem mais, Susan foi para o corredor e saiu.

Ao sair, ficou parada na calçada, olhando ansiosa para a esquina da Derwent Street com a Craig Street.

Pretendia descobrir se Jacob estava mesmo morando na Craig Street, como dissera a mulher no consultório. Mas resolveu não ir. Pensou: "Verdade ou não, é melhor encontrá-lo na rua, como planejei. Ele vai dizer o que está acontecendo. Além do mais, se pretendo assinar aquele papel, *tenho* que confiar nele."

Foi andando pela rua, rumo ao ponto de bonde. Era engraçado ir para o lado contrário, quando ele poderia estar bem na esquina. Se o encontrasse ali, poderiam ir juntos ao Centro. Fazia sentido. Mas, se ele quisesse fazer isso, teria dito a ela, não?

De repente, ela parou, olhou em volta e voltou correndo pela rua.

Na esquina, parou, indecisa. — Ah, vai lá!— sussurrou para si msma. — Já chegou até aqui, agora vai até o fim. — Mas o que iria fazer? Será que pretendia bater na porta da casa? Ou será que pensava em vê-los pela janela? E se visse, o que faria?

"Você é uma idiota! E Jacob não ia gostar de ser espionado, ia?" Mesmo assim, teve uma vontade louca de rever a mulher que levara Jacob para casa.

Como a Derwent Street, a Craig Street era um longo meandro de casas com varanda, construídas para os operários da fábrica de tecidos e da fundição, idênticas e apertadas como favos de uma colméia. Susan foi de um lado a outro da rua, olhando as janelas e prestando atenção se Jacob estava por lá. — Eu sabia! — murmurou. — Aquela mulher no consultório inventou tudo isso. Velha idiota!

— É melhor eu ir embora, antes que perca o bonde — disse ela, olhando para o relógio dado por Jacob num dia de sorte no jogo. — Oito e quinze. — Ela havia combinado encontrá-lo às nove. — Estou com tempo de sobra —, pensou, mas resolveu andar mais depressa.

Já ia para o ponto do bonde quando passou pela casa na esquina e viu Jacob na sala. — Jacob! — chamou, batendo na janela e acenando quando ele levantou a cabeça. Eufórica, acenou de novo e apontou para a porta, pedindo a ele que viesse ao seu encontro.

A porta se escancarou e Susan abriu a boca para cumprimentá-lo, mas foi agarrada antes de conseguir dizer palavra. — Que diabo você está fazendo aqui? — Furioso, pegou-a pelo pescoço e empurrou-a para uma passagem ao lado da casa. — Ficou louca?

Lutando por recobrar o fôlego, ela explicou: — Soube que você está morando aqui e vim vê-lo Que mal há nisso? — Nem agora ela conseguia entender que ele estava sendo desleal.

— Jacob! — Chamou Maggie. — O que está fazendo aí fora?

Apavorado, ele colocou a mão sobre a boca de Susan e encostou-a na parede, ficando os dois fora de visão. Maggie entrou em casa, depois de um tempo que pareceu anos.

Jacob soltou Susan e disse: — Não quero você por aqui, já avisei, tenho de agradar a ela, senão fico na rua. É só uma questão de tempo até irmos embora. Por enquanto, faça o que digo e não apareça mais, certo?

Susan estava atormentada pela dúvida: — O que ela *realmente* significa para você? Quero saber a verdade.

— Eu já disse. Ela é a dona da casa onde moro. Não significa *nada* para mim.

— Então, por que estava chamando você? E por que estamos aqui escondidos?

— O que é isso, a Inquisição Espanhola?

— Se eu achar que você mente para mim...

— Vai fazer *o quê*?

Sob a luz do poste, ela ficou com uma expressão sombria: — Eu acabo com você.

Como já havia acontecido antes, ele se enervou. Pode ter sido por causa de alguma nuance na voz dela ou talvez o brilho nos seus olhos, mas o fato é que ele ficou totalmente fora de si. — Está me ameaçando? — perguntou, dando-lhe uma bofetada na boca. — Ninguém ameaça Jacob Hunter!

Cambaleando, ela limpou o sangue do rosto com a manga do casaco. Não disse nada. Apenas olhou para ele, com ódio, sabendo que tudo o que tinha ouvido antes era verdade.

Com a mesma rapidez com que perdera a cabeça, ele ficou carinhoso e bem-humorado outra vez. — Ah, querida, desculpe. Não queria machucar você. — Abraçou-a, levantou o rosto dela e limpou o filete de sangue com a mão. — Vá para casa, lave o rosto e me encontre daqui a meia hora na outra esquina da Derwent Street. Não se esqueça de trazer o papel do empréstimo, pois tem de ser assinado hoje. Se eu *não* conseguir o dinheiro, nosso caso está acabado. Você não vai querer isso, não é? — perguntou, dando um beijo meloso na testa dela.

— Jacob, onde você está? — Era Maggie outra vez, na porta.

Afastando Susan do caminho, ele ordenou: — Faça o que eu disse. Vejo você daqui a meia hora. — Entrou rápido na casa e deixou-a no frio da tarde de outono, magoada e machucada, com seu lindo casaco manchado de sangue.

As lágrimas de Susan escorriam pelo rosto quando ela foi até a janela e o viu de novo, desta vez com a mulher encostada na parede, os dois se beijando e rindo como adolescentes.

Foi uma tortura para Susan.

Finalmente encarando a verdade, afastou-se da janela e ficou um bom tempo com o rosto virado para a parede, a testa fria encostada nos tijolos. — É verdade, é tudo verdade.

Depois, em meio às lágrimas, começou a rir, um riso cruel, horrível. — Como eu fui boba. Ele deve ter rido de mim o tempo todo.

Um impulso de curiosidade mórbida fez com que olhasse pela janela outra vez. A mulher continuava encostada na parede, agora com a saia puxada acima da cintura e Jacob apertado nela. Era dolorosamente óbvio o que faziam.

Enojada e humilhada, correu pela rua, enlouquecida com o que tinha visto. Mas ele pagaria.

Sim, ele pagaria direitinho.

***

— Nossa, vai cair uma tempestade!

O vigia noturno estava chegando. Nessa hora, os motoristas em geral já tinham ido embora, mas Ben continuava lá. — Recebeu mais uma entrega atrasada?

Não estava com vontade de conversar, mas gostava do velho vigia bem mais do que de alguns colegas de trabalho. — Acabo de chegar do outro lado de Birmingham. Eles ameaçaram cancelar o pedido, se a carga não fosse entregue hoje.

— Sinto muito que mais uma vez tenha sobrado para você. — O velho percebia tudo que acontecia na empresa. — Tem uns caras aqui que não querem trabalhar. Chegam tarde, largam cedo e ninguém fala nada, mas você está sempre aí, firme.

Ben concordou. — Assim ganho um extra para a cerveja. — Parecia calmo, mas por dentro estava fervendo.

— Agora vai para casa, não?

— Pretendo.

O velho pegou uma garrafinha no bolso e ofereceu: — Quer um gole? Aquece o coração.

Ben segurou a garrafinha e bebeu. — Tem razão, eu estava precisando. — Lambeu os lábios e devolveu a garrafinha. Por causa de Louise, tinha se afastado da bebida há algumas semanas, mas, naquele momento, sentindo o gosto na língua e o cansaço no corpo, começou a fraquejar. — Acho que vou dar uma parada num bar no caminho.

— É isso aí, você merece — disse o velho, que gostava de beber.

Quando Ben chegou ao bar Swan, a tempestade estava no auge, com a chuva açoitando e o vento gemendo como um fantasma. Foi bom entrar no bar.

— Tome aqui, beba isso. — O dono do bar lhe entregou logo um caneco de cerveja. — Afinal, quem sai da chuva é para molhar a garganta. — Rindo de sua piada sem graça, afastou-se para servir outro freguês.

Ben tomou a cerveja e pediu outra. Estava começando a relaxar.

O grande relógio sobre o bar tiquetaqueava alto os minutos que se convertiam em horas, e dali a pouco eram dez e meia. Desde que chegara, Ben não saíra do balcão. Para ele, bastava ficar ali, o rosto inclinado sobre o caneco, deixando que a cerveja afogasse o seu dia de trabalho.

Quando pediu o quarto caneco, o dono do bar ficou preocupado. — Saiu do trabalho agora, filho?

A essa altura, Ben não estava muito amistoso. — O que você tem a ver com isso?

— Estava pensando, será que não é hora de ir para casa encontrar sua mulher e os filhos?

Ben pegou o caneco e bebeu até a última gota. — Minha mulher está acostumada a me ver chegar tarde, e não tenho filhos. — Largou o caneco no balcão com força. — Nem vou ter.

O dono zombou: — Como? Quer dizer que você não tem grafite no lápis?

Achando que tinha feito uma piada, o homem riu até que Ben o segurou pelo colarinho. — Acho melhor explicar o que quer dizer com isso.

— Não quero dizer nada. — O homem viu que dessa vez tinha ido longe demais. — Não sabe apreciar uma piada? Que coisa mais triste, um homem que não sabe apreciar uma piada — tagarelou, temendo pela própria vida.

Ben jogou-o para o lado. — Traga mais uma cerveja, rápido.

Numa mesa próxima, dois homens falavam de negócios: um fazia uma encomenda; o outro combinava a entrega. Durante algum tempo, haviam observado o comportamento estranho de Ben e, quando ele ficou agressivo, um dos dois se levantou. Era alto e esguio, com um olhar duro e uma gravata amarelo forte. — Está na hora de ir para casa, antes que o dono chame a polícia e jogue você na rua — disse para Ben.

Com os olhos vermelhos e sonolentos da bebida, Ben respondeu: — Ora, ora, se esse não é meu estimado patrão. Vai me dar uma bronca pela traquinagem, é isso... *senhor*? — Bateu uma rápida continência e deu um empurrão no homem. — Não estou interessado em nada do que você tem a me dizer — rosnou. — Já fiz suas malditas entregas e agora estou relaxando do meu jeito, portanto caia fora e me deixe em paz!

O homem não se mexeu. — Não ouviu o que eu disse? — insistiu. — Mandei você ir *para casa*!

Ben lhe deu outro empurrão. — E eu disse para *você ciscar daqui*!

— PAREM COM ISSO! — O dono temia mais pelos móveis do que pela própria vida. — Não quero saber de brigas no meu bar!

— Então tire esse verme das minhas costas! — Ben empurrou o homem com força.

Dessa vez, o patrão revidou. Bateu no peito de Ben com os dois punhos, desequilibrando-o. — Você é um vagabundo bêbado, Hunter! Um homem como você não tem a menor serventia para mim. Está despedido, entendeu?

Despedido! Pegue seus cartões de ponto, quando clarear as idéias. Depois, não quero mais você perto da minha fábrica.

Ben riu na cara dele. — Pensa que estou me importando? — Deu um soco leve no braço do patrão. Desde que entrei na sua folha de pagamento, você me trata pior do que um cachorro. Me deu os piores trabalhos e todas as entregas noturnas que pôde. Estou *aliviado* por ter sido despedido, está ouvindo? Aliviado. E vou lhe dizer uma coisa: agora que não tenho nada a perder, vou dar a surra que você merece. — Com um grito de ódio, segurou o homem, encostou-o no balcão e deu-lhe um soco.

Mas o soco não atingiu o alvo, porque o dono e o rapaz do bar seguraram Ben pelos ombros e o encostaram na parede. — Fora daqui! — O dono conduziu Ben com os braços para trás e estava para jogá-lo na chuva quando a porta se abriu e entrou uma mulher. Ben não conseguiu acreditar no que viu. — Susan!

O rapaz do bar também se surpreendeu e perguntou à recém-chegada: — Conhece esse bêbado?

Susan assentiu. — É meu cunhado. Posso levá-lo para os fundos do bar? — perguntou, segurando Ben pelo braço.

O rapaz do bar deu de ombros. — Por mim, pode. Pergunte ao dono.

O dono concordou, relutante. — Você me ajudou muitas vezes, quando eu estava aqui no balcão, sozinho. Não fosse por isso, eu não deixaria — disse, olhando Ben com raiva. — Mas pode ir, Susan. Veja se consegue fazer com que ele fique sóbrio. Depois, quero que saia daqui.

Susan concordou. — Obrigada, não vou esquecer esse favor.

Ele riu. — Pode retribuir no Natal, quando os empregados esquecem de aparecer. — Indicou uma porta nos fundos do bar. — Entre ali, ninguém vai incomodar vocês.

A sala era pequena, mas acolhedora. — Fique aqui, enquanto eu faço um café bem forte — disse ela.

— Não precisa, já vou melhorar. — Ben sentou-se no sofá e apoiou a cabeça nas mãos, envergonhado demais para olhá-la. — O que será que me deu? Bebi tanto que não consigo pensar, e ainda perdi o emprego. Meu Deus, que confusão!

Um minuto depois, Susan fez um café na pequena copa que ficava no corredor. — Tome, ajuda a clarear as idéias. — Colocou o caneco na mão dele.

Ele bebeu, depois colocou o caneco sobre a cornija da lareira e levantou-se. Enfiou as mãos nos bolsos com uma expressão desesperada: — Estou acabado. Não tenho emprego, não tenho uma casa decente e Louise parece estar perdendo o respeito por mim, embora não possa culpá-la. Do jeito que tenho sido, não a culparia nem que ela fosse embora com outro homem. — Disse isso, mas era algo em que não conseguia nem pensar. — Eu lhe juro, se isso acontecesse, não sei o que eu faria! Acho que me mataria.

Continuou resmungando:

— Acho melhor eu me esforçar para ficar sóbrio e ir para casa — murmurou —, embora não saiba como ela vai reagir quando souber que fui demitido. — Agitado, quis andar, tropeçou e quase caiu no chão. — Olhe aí, não consigo nem ficar de pé — lamuriou-se.

Susan tinha passado uma semana horrível, recuperando-se da traição de Jacob. Estava muito deprimida, parecendo não se importar com mais nada. Tinha escutado as reclamações de Ben e não conseguia agüentar mais. — Pelo amor de Deus, Ben, cale a boca! — soltou, ríspida. — Não é só você que tem problemas, então não fique com tanta pena de si mesmo.

— Calma, não precisa me chamar a atenção! — Virando-se, ficou de frente para ela. — Obrigado por ter entrado aqui naquela hora, senão eu podia ir parar no xadrez, e o que Louise ia pensar de mim?

— O que Louise ia pensar? — disse ela, imitando-o. — É sempre a maldita Louise! — Susan empurrou-o e começou a chorar. — Vá embora! Saia daqui! — Correu para a pequena copa e fechou a porta.

Assustado com a cena, ele foi atrás dela, um tanto cambaleante. — O que foi, menina? — Cauteloso, abriu a porta e enfiou a cabeça no aposento. — O que eu disse para você se zangar?

Soluçando, Susan estava inclinada sobre a pia. — Você é um idiota — acusou-o, pensando em Louise, em Eric e no bebê que estava por vir.

— Eu sei — confessou Ben.

Virando-se, ela olhou-o bem e percebeu na hora que os sentimentos que um dia tivera não haviam morrido. Sua obsessão por Jacob fizera com que perdesse a noção do que realmente queria, mas naquele momento começava a enxergar outra vez. — Tem umas coisas que você não sabe.

— É? Que coisas?

Pensando no rosto tenso de Louise, ela achou melhor se despedir. — Ben, por favor, vá para casa. — Mas não resistiu a soltar uma farpa contra a irmã: — Vá encontrar sua preciosa Louise.

De repente, ele estava bem atrás dela, com a mão no seu ombro. Terno, virou-a de frente. — Você tem ciúme, não é? Sempre teve — murmurou, passando a mão no cabelo dela.

Excitado com o olhar cúmplice de Susan, Ben inclinou-se para beijá-la, surpreso e satisfeito por não encontrar resistência.

Eles tinham encontrado um cúmplice um no outro e, no calor do abraço que deram, uma coisa levou à outra. Num instante, os dois estavam no chão, seminus, fazendo amor com fúria, sem pensar em mais nada.

Não havia amor como aquele que ela sentia por Jacob, ou que ele sentia por Louise. Mesmo assim, a entrega foi total de ambas as partes.

Quando se acalmaram e o desejo passou, ela não sentiu qualquer arrependimento, enquanto ele ficou cheio de sentimento de culpa e mortalmente envergonhado. Sairia dali passando por todos aqueles olhares no bar. — Desculpe, Susan. — Quase chorou, alisando o cabelo dela com as mãos. — Não sei como vou olhar para sua irmã. Como posso ter feito isso com ela... com *você*? — Buscava uma desculpa. — Eu estava bêbado, entende? Não consigo pensar direito quando bebo.

Sem se incomodar com o sentimento de culpa dele, nem com o fato de ter feito o que fizera com o marido de sua própria irmã — e bêbado, ainda por cima —, Susan se vestiu calmamente. — Ah, pare de se lamuriar! — disse, brusca.— Louise jamais vai saber. — Deu uma risadinha. — Só se você contar.

— Estou acabado — ele respetia sem parar, com a voz embargada. — Não tenho mais nada. Nada de que me orgulhar, nada por que esperar.

Susan ignorou-o por um bom tempo. Mas, quando ele continuou se lamentando, não se conteve: — Como pude achar que amava você? Você não tem jeito, assim que as coisas dão errado, se torna um imprestável. Um zero à esquerda. Não consegue nem encontrar uma casa para a mulher e a mãe morarem... Foi Louise que teve que fazer isso para você. Não consegue ficar num emprego por dois minutos, e é incapaz de encarar os problemas de frente. Em vez disso, começa a beber e faz sexo com a irmã da mulher. Por Deus! Não admira que Louise tenha procurado outro ho... — interrompeu-se, mas era tarde. O estrago já fora feito.

Ben agarrou-a pelos ombros e sacudiu-a com tanta força que ela perdeu o fôlego. — O quê? — gritou, louco de ódio, com a cara quase encostada na dela, os olhos saltados como os de um demente. — Você ia dizer "não admira que ela tenha procurado outro homem"? — Puxou-a até ela ver o branco dos olhos dele.

— Não! — Tremendo de pavor, Susan negou: — Você entendeu mal.

— Você disse que minha mulher esteve com outro homem. Agora eu quero saber o nome dele.

— Vá embora, Ben. Você está bêbado, imaginando coisas. Vá para casa.

Ele deu um tapa na boca de Susan tão forte que feriu o nariz dela e o sangue escorreu pelo rosto como uma torneira.

— Quem é ele?

Sabendo que no estado em que ele se encontrava podia resolver espancá-la, ela chamou o rapaz do bar: — Bob, *Bob*! Pelo amor de Deus, socorro!

A porta se abriu de supetão e o dono do bar entrou com o rapaz. Viram logo o que estava acontecendo e, antes que Ben pudesse resistir, os dois o seguraram com os braços nas costas e o arrastaram até a porta do salão. — Seu filho-da-puta ingrato! — Bob deu um soco nas costelas de Ben. — Eu teria botado você para fora daqui, se ela não tivesse resolvido ajudá-lo. — Deu-lhe outro soco. — E é assim que a trata, seu pervertido? Se eu não fosse perder a licença de trabalho por causa disso, acabava com você agora!

Reagindo com força, Ben virou-se para Susan, a cara contorcida por um sorriso irônico, e mudou de tática: — Piranha! Espera só até eu contar a Jacob o que fizemos — e eu vou contar, certo como dois e dois são quatro! Aí ele não vai querer mais nada com você, vai? Não, porque vai ver quem você realmente é: uma putinha ordinária e safada!

— Suma daqui! — Susan se sentiu segura ao ver Ben sendo carregado para fora do bar. Mas então ocorreu-lhe uma idéia: e se Jacob ainda a quisesse? E se os planos que fizeram ainda valessem? Talvez ele estivesse mesmo tentando agradar àquela mulher, e que importância tinha se dormia com ela, se a própria Susan acabava de fazer amor com Ben? Todas as dúvidas e esperanças passaram pela cabeça dela.

Os dois homens empurraram Ben pela porta da rua, mas ele continuava berrando: — Que homem vai casar com uma puta? Agora não há mais a menor possibilidade de Jacob casar com você. PIRANHA!

De repente, ela não agüentou mais. Pensando em si mesma, sem se importar com Louise, foi atrás dos três homens. Vencido, Ben virou-se, as lágrimas escorrendo. — Diga o nome, dele, Susan — implorou. — Só o nome, e Jacob jamais saberá o que aconteceu aqui hoje.

Desesperada, ela pensou um segundo, torcendo as mãos e tentando afastar da mente a imagem atormentada da irmã. — *Foi Eric* — sussurrou. Pronto! Estava dito. Não podia voltar atrás. — Foi ERIC! — As palavras ardiam na língua.

Ben ficou horrorizado e Susan correu para dentro do bar. Sentou-se à mesa com a cabeça nas mãos e soluçou como se sua vida tivesse acabado. — Perdão, Louise, mas Jacob para mim é a pessoa mais importante do mundo.

Depois de jogar Ben na rua, o dono do bar avisou: — Se aparecer por aqui outra vez, vai se arrepender. Não quero gente do seu tipo no meu bar.

O rapaz do bar riu na cara de Ben. — Acho que você está com um problemaço, colega. — Deu-lhe um empurrão que o fez se esborrachar na calçada. — Sua mulher fugiu com outro, não é? Mas quem pode tirar a razão dela? Esse Eric só pode ser muito melhor do que um perdedor como *você*. — E arrematou seu deboche cruel: — Se eu fosse você, me jogava no canal. É lá que os ratos acabam.

O dono do bar segurou o braço do rapaz. — Agora chega, entre.

Meio ensandecido, Ben andou sem rumo pela rua. Não conseguia acreditar no que Susan tinha acabado de dizer. Também não conseguia imaginar sua mulher com *nenhum* homem, muito menos com seu pior inimigo.

Entrou na Penny Street, desorientado. — O rapaz tem razão, é melhor eu me jogar na droga do canal. Aqui não tem mais nada para mim.

Sem pensar, foi andando na direção do canal. Olhou as águas escuras, barrentas, e teve medo. — Você é um covarde, Ben Hunter. Susan tem razão Não admira que sua mulher tenha procurado outro homem. — Ficou calado um tempo, com as lágrimas escorrendo pelo rosto e o corpo tremendo. — Como você pode ter feito uma coisa dessas comigo, Louise? E logo com *Forester*! — A humilhação dele era dez vezes maior.

Subiu na ponte. Seria bem fácil pular, pensou. Mas tinha medo. Susan podia estar mentindo. Mas não. Ela não estava mentindo. Ele agora sabia disso.

Finalmente calmo, empertigou-se, destemido e determinado como o homem que gostaria de ser. Abriu bem os braços, fechou os olhos e saltou. Foi engolido pelas águas. *E o silêncio foi terrível.*

TERCEIRA PARTE

INVERNO, 1952
CONSEQÜÊNCIAS

Capítulo Dezoito

N A MANHÃ SEGUINTE, às oito horas, bateram à porta. — Lamento dar essa má notícia. — O policial era gentil, talhado para a tarefa que lhe fora confiada.

Enquanto comunicava os fatos chocantes — um homem estava passando pela margem do canal quando vira Ben saltar da ponte —, sua colega foi até o fundo da sala e ficou ao lado de Sal, que caíra sentada na poltrona, pálida. Ela começou a tremer sem parar; a policial se ajoelhou ao lado e abraçou-a. Não disse nada, apenas abraçou a velha senhora e deu-lhe algum conforto.

Louise estava inconsolável. — A culpa é minha — soluçou. Pensou logo em Eric, principal razão de ser de seu sentimento de culpa. — Deus me perdoe, foi culpa *minha*! — Felizmente, ninguém sabia por que ela dizia isso.

O policial perguntou se havia alguém que pudesse ser chamado para ajudar. Louise disse que não.

Quando os dois saíram, a velha senhora melhorou um pouco. Louise ficou sentada ao lado da lareira apagada, balançando-se na cadeira, os olhos perdidos, sem ver nada.

Por um longo tempo, o silêncio naquela pequena sala foi insuportável.

Com o velho coração aos pedaços, Sal se levantou e foi até Louise, abraçando-a pelos ombros. — Vamos, menina, não prenda a tristeza dentro de si. Chore — disse, com a voz trêmula.

Louise foi arrancada de seu profundo devaneio, mortificada. — Ah, Sal, como eu lamento tudo isso! —Vendo o rosto branco e os olhos fundos da velha senhora, ficou abalada. — Lamento, lamento muito. — As lágrimas então escorreram, não iam parar, seu coração tinha se partido.

Aquelas duas mulheres nunca estiveram tão próximas quanto naquele terno instante. Abraçadas, soluçaram e falaram de Ben. —Vamos sentir falta de Ben, mas ele quis assim, menina. Não podemos fazer nada para trazê-lo de volta — disse Sal, em sua sabedoria.

Passou-se muito tempo e ainda havia muito o que falar, mas aos poucos a dor ficou suportável, embora, para Louise, a culpa fosse paralisante.

No inquérito, o dono do bar Swan testemunhou que Ben tinha bebido demais e não devia saber o que estava fazendo. Ninguém falou na discussão com Susan. A sentença do júri foi de morte acidental, e Susan sentiu um grande alívio. Seu sentimento de culpa já era bastante forte para que ela ainda tivesse de acrescer a ele o de ver as autoridades eclesiáticas negando a Ben o direito de ter um enterro cristão por ser suicida.

Exatamente uma semana depois, Ben Hunter foi enterrado no cemitério da igreja de São Pedro.

A igreja estava cheia e todos pareciam incrédulos com aquela morte.

Depois da cerimônia, quando os presentes se preparavam para ir embora, Susan continuou sentada num banco com Sal, enquanto Louise se postava ao lado da sepultura do marido, longe dos problemas e preocupações deste mundo cruel.

Louise disse a Ben como estava triste de perdê-lo. — Pode ter certeza de que jamais deixei de amar você. Não é como antes, pois, quando saímos da fazenda, parece que tudo ficou lá. Mas ainda te amo e vou te amar sempre.

Ela prendeu a respiração, pensando em como ele fora capaz de tirar a própria vida. Perguntou, zangada: — Por que você não falou comigo? Eu podia ter ajudado. — No fundo, ela sabia que fizera o que pudera para diminuir a extrema infelicidade de Ben. Mas de nada adiantara.

Mais uma vez, sentiu a raiva amainar e a dor voltar. Triste, afastou-se da sepultura.

Susan e Sal viram quando ela se aproximou. Andava devagar, parecendo mais velha até do que a sogra. — Ela está se castigando demais — observou Sal. — Não tem nenhuma culpa, mas não adianta falar. Dá até a impressão de que deseja ir junto com ele.

Susan não disse nada. Sabia que era muito mais culpada pelo estado mental de Ben do que Louise, pois ele de nada sabia sobre Eric até ela lhe contar. Pior ainda fora o que ela e Ben fizeram com Louise. Susan jamais se perdoaria.

Do outro lado da igreja, Eric ficou escondido, sentindo-se tão culpado pelo fim de Ben quanto os outros. Quando Louise passou por ele, tão perto que poderia tocá-la, não se conteve e deu um passo à frente, tirou o boné em respeito às circunstâncias, cumprimentou a velha senhora com um aceno de cabeça, o rosto contraído de compaixão. Sal retribuiu o aceno em silêncio. As palavras eram desnecessárias.

Virando-se para Louise, ele disse, sem jeito: — Sinto muito, menina. — Só isso, mais nada. A velha sra. Hunter pensou que ele estivesse se referindo à morte de Ben, mas as duas irmãs sabiam a incrível verdade.

Por um segundo, Louise fitou-o, os olhos vermelhos de chorar. Mirou bem aqueles olhos mansos e manteve o olhar por um breve segundo. Então, virou-se e seguiu, calada.

Atrás dela, Eric deu um longo e sentido suspiro. Ficou mais um pouco e também foi embora. Queria abraçá-la e protegê-la, mas sabia que era impossível. Tinha visto nos olhos de Louise que o amor dela continuava lá, como o dele, algo forte e proibido.

Por enquanto, era muito doloroso para ela pensar. Eric se entristeceu. Talvez aquele assunto fosse ser *sempre* muito doloroso para pensar.

Havia mais alguém observando. Ao longe, no ponto em que o gramado do cemitério terminava no muro de pedra, Jacob mantinha uma distância prudente. — Cada um fez sua parte — murmurou —, mas fui eu que o mandei para onde está agora. — Num ataque de raiva, chutou a grama até ela se amontoar sob o bico do sapato. Então, enfiou as mãos nos bolsos e foi embora.

Duas semanas depois, tarde da noite, Jacob foi procurar Louise. — Desculpe a hora — disse, na porta da casa dela, como se fosse a coisa mais natural do mundo —, mas é que eu queria lhe dar os pêsames pelo acontecido. — Ainda a desejava, agora mais do que nunca, e, com as mudanças ocorridas, vira suas chances aumentarem.

A voz de Sal veio do quarto: — Quem é?

— Está tudo certo, Sal — respondeu Louise e, sem convidar Jacob para entrar, disse a ele: — Pena você não ter conversado com seu irmão quando ele precisava, pois as coisas poderiam ter sido diferentes.

Jacob subiu a escada até o último degrau e ficou perto... perto o bastante para que ela sentisse medo. — Posso ajudar em alguma coisa? — ele perguntou, com uma voz suave.

— Pode, sim.

— Eu faço qualquer coisa. — Ele se aproximou mais ainda, devorando-a com os olhos. — Você só precisa dizer.

Louise detestava a proximidade dele, o que transpareceu na voz e na maneira gélida como retribuiu o olhar dele. — Pois vou dizer: SUA MÃE! — repreendeu-o, dando um breve olhar em direção à escada. — Ela precisa de umas palavras de carinho. Ou será que isso está além da sua capacidade?

— Amanhã eu apareço aqui e falo com ela. — Não tinha qualquer intenção de fazer isso; a menos, é claro, que fosse para impressionar Louise. — Preciso falar é com você.

— Jacob, eu não tenho nada a dizer para você, a não ser "suma daqui".

— Só vim aqui porque você podia estar precisando de mim. Você sabe disso, não?

— Mas não estou precisando, Jacob. Será que fui clara?

— Pode ser que agora não esteja, mas, em breve, pode vir a precisar.

— Jamais! — Ela tentou empurrá-lo e ele puxou-a, tentando beijá-la.

— Não tente me enganar. Sei que você me deseja tanto quanto eu a desejo. Não negue. — Olhava-a como um louco.

Ela o atacou, mas era muito frágil. Lutaram, Louise com toda a sua força, mas de nada adiantou. Ela ficou aliviada e surpresa quando Sal apareceu, carregando a vassoura do quintal como se fosse um dardo. — LARGUE-A! — gritou a velha senhora. Correndo para cima dele com a vassoura, apanhou-o desprevenido: ao tentar firmar as pernas, ele perdeu o equilíbrio e caiu de costas na escada.

— Não queremos você aqui. O único filho que eu tinha morreu. Você agora é um estranho para mim. Saia, antes que eu chame a polícia.

Jacob foi correndo pela rua, xingando e praguejando, e só então Sal viu que ele tinha machucado Louise: o braço esquerdo dela sangrava no lugar onde ele a empurrara contra a parede. O rosto dela estava dolorido da luta na escada. Sal segurou-a pelo braço: — Venha, menina, vamos entrar.

Mas não houve tempo para isso, pois ela soltou um grito e caiu no chão, apertando o próprio ventre. — É a criança! Chame alguém! Chame Susan!

Sal ficou pasma. — Criança? — Ela desconfiava, mas não tinha certeza e agora podia ser tarde demais. — Não saia daí, menina. — Pegou um casaco atrás da porta, cobriu Louise com ele e, pegando outro casaco, jogou-o sobre os ombros e correu o quanto permitiram suas velhas pernas. — Uma criança?

Ela fez uma prece: — Meu Deus, fazei com que essa criança viva. Que os dois fiquem bem.

Seria maravilhoso, mas, pensou: "Se Jacob matou o filho do irmão, eu o mato com minhas próprias mãos, mato mesmo!".

Capítulo Dezenove

Steve Holsden não era diferente dos outros homens. Quando se tratava de uma grande e profunda emoção, ele não tinha palavras para exprimir o que sentia.

Trouxe sua menina do hospital, segurou-a durante algum tempo e sorriu para ela, mas não era um sorriso que dissesse "vai ficar tudo bem". Era um sorriso manso e compreensivo, que dizia "não posso imaginar o que você está passando, mas estou aqui, menina". E Louise sabia que estava tão acabrunhado quanto ela.

No táxi, de volta para casa, a viagem parecia não terminar. Patsy e Sal estavam aguardando na porta. — Como está, querida? — Patsy vira o que a filha passara e lamentava profundamente por ela.

—Venha cá. — Abraçou a filha e disse que estava contente por ela estar em casa outra vez. Mas o bebê morrera e ela não tinha coragem de tocar no assunto com a filha.

Mas, pensou Louise, a vida tinha que continuar. Não valia a pena tentar decifrar a razão de ser das coisas. A criança era de Eric e talvez aquilo fosse um castigo pelo que ela fizera a Ben.

Quando Patsy foi para casa e Sal se recolheu para tirar sua soneca vespertina, Susan apareceu para visitar a irmã. — Talvez tenha sido melhor assim. — Mas Louise discordava, pois, com a morte de Ben e da criança, ela se sentia muito só.

— Você ia deixar as pessoas pensarem que o filho era de Ben? — Susan gostava de insistir, o que só aumentava a dor.

Louise havia pensado muito no assunto. — Eu não podia dizer a verdade para Sal, ela já passou por muitas contrariedades, pobre mulher. Ficaria bem feliz de pensar que a criança era sua neta.

— O que deu em Jacob para vir aqui?

— O peso na consciência, talvez. — Louise não dissera a ninguém o verdadeiro motivo para ele procurá-la.

— Você agora vai ficar com Eric?

Louise esboçou um sorriso, melancólica. — Não há nada que eu deseje mais no mundo — admitiu. — Mas não... agora está tudo acabado.

Pouco depois, Susan foi embora e a casa ficou em silêncio. Louise foi até a janela e olhou a rua. Era um lindo dia de sol, as crianças brincavam na rua e as mulheres conversavam nas portas de suas casas. O carvoeiro estava passando e, mais adiante, um homem limpava seu precioso carro. — Está tudo igual — disse ela, sorrindo. Era muito reconfortante ver as pessoas, principalmente as crianças.

Pelo canto do olho, viu Susan sair de casa e chamar o carvoeiro. Falaram um pouco, Susan pagou dois sacos de carvão que estavam separados para ela e saiu rindo de alguma piada grosseira que ele fizera.

Louise balançou a cabeça e não resistiu a rir também. — Você nunca vai aprender, vai, sua safadinha? — Embora Susan fosse um velho problema, Louise gostava dela.

Ficou séria. — Qualquer dia desses, você ainda vai dar um passo maior do que as pernas.

Ainda bem que ela não sabia a verdade.

O belo outono tinha sumido há semanas e as escuras noites de inverno haviam chegado.

— Você está engordando, minha filha. Não quer sair e andar um pouco, em vez de ficar sentada na frente da lareira o dia todo? — Os vizinhos já começavam a mexericar, mas Patsy recusava-se a acreditar no que via. — O que você tem?

Susan cruzou os braços e recusou-se a sair do lugar, até quando a mãe quis puxar a poltrona para passar o aspirador de pó. — Me deixe, mãe. Você não larga do meu pé. É "Susan isso, Susan aquilo" o dia inteiro, que coisa.

Patsy parou o que estava fazendo e sentou-se numa poltrona ao lado da filha. — Estou preocupada com você. Desde que perdeu o emprego, não sai de casa. E veja como está: não se preocupa nem em pentear o cabelo, está sempre com um humor de cão. Se tem alguma coisa errada, por que não diz? Se não quer falar comigo, fale com nossa Louise. Ela pode ajudar.

— Não preciso de droga de ajuda nenhuma! — Levantando da poltrona, atravessou a sala com toda a brusquidão que seu peso permitia e subiu a escada a passos duros, indo se sentar na cama, onde ficou a refletir sobre o que iria fazer. — Imagine só eu contando a Louise que estou grávida de Ben. Eu acabaria sendo obrigada a dizer que foi por minha causa que ele acabou sendo expulso do bar e que fui eu que contei a ele sobre ela e Eric. — Viu todas as cenas mentalmente, como se fossem um filme. — Foi aí que ele se atirou da ponte. Fui eu que o matei. Não posso deixar que ela descubra isso. Não posso!

Susan estremeceu ao pensar na irmã sabendo a verdade. — Não, tenho que resolver o problema sozinha. E vou. De algum jeito.

Ficou sentada na cama um bom tempo, refletindo e planejando o que fazer.

— Acho que vou embora. Agora não tenho escolha, a não ser ter o bebê, pois deixei a gravidez avançar demais. Posso ir embora, ter o bebê e entregá-lo para adoção, e ninguém vai ficar sabendo. — Balançou a cabeça. — Não, sou muito covarde para fazer isso. Quero estar com mamãe na hora do parto. Além do mais, ninguém sabe quem é o pai. Posso dizer o que quiser!

Depois de tomar uma decisão, ela se sentiu melhor. — Não vou ser a primeira mãe solteira do mundo, e muito menos a última. Não é nenhuma tragédia. Vou arranjar outro emprego e ganhar dinheiro. — Cobrou um novo ânimo. — Ainda tenho muito o que me divertir na vida.

Uma noite, no final daquele ano, Maggie levava os filhos de volta para a casa na Craig Street. — Vocês gostaram de ficar com o papai e a vovó? — perguntou, quando entraram no bonde.

A pequena Hannah logo adormeceu no colo de Maggie, mas Adam falava sem parar: — Quando é que você e papai vão casar de novo? — perguntou.

— Nunca! — Maggie não era de meias palavras.

— Ah! — Confuso, mas sem se preocupar, o menino prestou atenção nos postes da rua.

— Por que você perguntou? — Maggie estava curiosa.

— Porque papai disse que vai casar.

Maggie riu. — Ah, tenho certeza de que ele *gostaria* que ficássemos juntos outra vez, mas não vamos.

— Por quê?

Ela olhou um instante o rosto do filho, aqueles lindos olhos negros e o queixo quadrado, firme. — Porque não vai dar certo, só por isso.

— Ah.

— Isso responde à sua pergunta?

Ele balançou a cabeça. — A vovó comprou peixe e batatas fritas para nós.

Maggie riu. Só mesmo uma criança para mudar de assunto daquela maneira.

Enquanto Adam contava os postes da rua pela janela do bonde, Maggie ouvia a conversa de duas mulheres, dois bancos à frente. — Pois é! Ela está de mais de cinco meses, dizem. — A mulher gorda, de turbante, estava dando a notícia para a amiga magra, que tinha um tique nervoso.

— Acho isso incrível!

A gorda aproximou-se da outra. — Dizem que é filho de Jacob Hunter.

— Mas ele não tem outra mulher? Soube que moram na Craig Street, ele e essa tal.

— É, mas sabe como são os homens. Querem uma em casa e outra na cama. Ele não deve ser diferente dos outros, não?

A amiga balançou a cabeça. — Pelo que sei, são todos iguais — respondeu, irônica.

— O que quer dizer "pelo que sei"? — perguntou a gorda. A amiga deu um muxoxo. — Dora Armstrong! Que segredos está me escondendo?

A magra enrubesceu. — Para o seu governo, tive meus amores nesta vida — respondeu. Dito o que, não falou mais no assunto, por mais que a outra tentasse.

Em geral, Maggie não prestava atenção a mexericos, mas aquela conversa ficou na cabeça dela até chegar em casa.

Quando entraram, foi logo pôr Hannah na cama. — Vamos, filho, está na hora de dormir. — Levou Adam para a cozinha, onde lavou o rosto e as mãos dele. — Já são dez e meia. — Olhou para o relógio, pensando onde Jacob estaria. Já estava com mil perguntas na ponta da língua para lhe fazer.

***

Depois de esperar durante uma hora na esquina, Susan sentiu um grande alívio ao ver Jacob avançando pela rua. — Jacob! — Aproximando-se, sorriu para seu rosto surpreso, a luz do poste emoldurando num halo a expressão de euforia por vê-lo. — Achei que nunca chegaria.

Assustado por encontrá-la, Jacob não teve o mesmo entusiasmo. Da parte dele, estava tudo acabado entre os dois. — Que diabo *você* quer?

Ela respondeu, meiga: — Preciso falar uns minutos, por favor.

Com a vista embaçada pela bebida, olhou-a como se fosse uma estranha. — Já falamos tudo que tínhamos para falar.

Susan insistiu: — Ainda podemos pensar no futuro, nós dois.

Ele riu na cara dela. — Como é que é? Com você parecendo um balão, grávida de outro? Está pensando que eu sou o quê, algum idiota? — Cutucou a barriga dela. — De quem é, hein? Do leiteiro? Do carvoeiro? Quem foi que andou se metendo onde não devia?

— Pode ser seu, já pensou nisso?

— Claro que não é meu, e você sabe disso sua puta.

— Está bem, não é seu.

— Então, o que quer?

— Quero que a gente vá embora, como planejou. Vou entregar o bebê para adoção e arrumar um emprego. Vou dar o couro por você, Jacob. Você vai ver.

— Suma daqui!

— Por favor, Jacob! Estou falando sério. Ainda te amo. Se você me abandonar agora, vou ficar sem ninguém, sem nada.

Ele estava começando a perder a paciência. — Você devia procurar é quem pôs esse estorvo no seu bucho. — Deu outro cutucão na barriga dela, dessa vez com força, para machucar. — Não quero você, sua idiota. Só fiquei com você para conseguir sua irmã, mas ela não quis nada comigo e agora estou empacado com uma mulher que cada dia detesto mais! Tudo isso porque você me deixou na mão. Se tivesse assinado aquele papel, eu teria tido dinheiro para fazer o que queria e nada disso teria acontecido.

— Eu vou conseguir o dinheiro, Jacob. Tenho como fazer isso. E assino o papel que você quiser. Por favor, não me abandone agora que mais preciso de você.

— Uma ova que assina! Vai dar para trás de novo, como da outra vez! — Dando-lhe um tranco, afastou-se a passos largos. — Fique longe de mim, só olhar para a sua cara já me dá nojo! — Para endossar o que dizia, cuspiu no chão. — Você não é nada para mim. Estou cagando e andando para o que vai acontecer com você. E, principalmente, não quero você atrás de mim com as suas lamúrias, fui claro?

Arrasada, ela ficou lá, ouvindo o som dos sapatos dele batendo na calçada. — Eu te odeio! — murmurou ela. — Tenho vontade de matá-lo. — Foi tomada por um ódio assassino. — Não, de matar *os dois*!

Quando os passos dele sumiram, ela respirou fundo, acalmou-se e foi embora na direção contrária.

Capítulo Vinte

—ESTÁ PROCURANDO TRABALHO, moça? — A funcionária dos Correios pegou um lencinho e assoou o nariz, fazendo um barulho tão forte que uma criança se escondeu atrás da saia da mãe.

— Aqui no mural não tem nada — disse Louise, afastando-se do mural de anúncios. — Pelo menos, nada que eu possa fazer. Tem vagas para motoristas e peões de fazenda, um anúncio pedindo um lixeiro e só.

A funcionária pegou um papel embaixo do balcão e disse: — Tenho mais dois anúncios para prender no quadro. Um deve servir para você, já que trabalhou no campo. — Começou a ler o anúncio: — "Precisa-se, com admissão imediata, já, de homem ou mulher forte, com experiência na criação de galinhas e no recolhimento de ovos. Deve também cuidar do pomar. Bom salário e possibilidade de acomodação no local."

Louise ficou animada. — É exatamente o que eu quero, só que não preciso pernoitar no emprego. Onde fica?

A funcionária sorriu, maliciosa. — É lá onde você morava. Eric Forester trouxe o anúncio ontem. Não tive tempo de colocar no mural ainda. Puxa, você faria tudo isso com os pés nas costas. Tenho certeza de que ele contrata você na hora, se for lá falar com ele. — A mulher calou-se, sem jeito. — Mas será que você quer trabalhar lá? Sendo no mesmo lugar onde morava e tal?

Louise preferiu fugir da pergunta. — Eu quero mesmo é trabalhar numa fábrica — mentiu. — Minha irmã Susan tinha um bom emprego na fábrica Marshall's, mas saiu. O salário é melhor e a responsabilidade é menor.

— Como vai Susan? O bebê está para nascer, não?

— Daqui a um mês. Ela está ótima, obrigada.

— Não tem notícias do pai da criança?

— Eu não a forço a falar nisso. — Louise já tinha a resposta na ponta da língua. — Não é da minha conta.

A funcionária entregou os selos e os papéis de carta numa sacola e estendeu a mão para receber. — Um xelim e nove pence, por favor.

Depois de pagar e responder a um interrogatório semelhante de uma conhecida que encontrou na agência, Louise ficou satisfeita de ir embora.

— Gente metida, por que não cuida da própria vida? — resmungou pela rua. Embora também pensasse muito em quem seria o pai da criança. Achava que a irmã podia ao menos confiar *nela*. Mas de quem poderia ser, senão de Jacob?

<hr>

Sal não se surpreendeu ao saber do anúncio que Eric colocara no mural. — Fiquei pensando como ele ia se arrumar sozinho. Tem certeza de que não gostaria de trabalhar lá, menina? É ao ar livre, e tenho certeza de que ele lhe daria uma ajuda.

— Não, eu não me sentiria bem. Além do mais, você sabe que, quando chove, é uma preocupação. Prefiro a fábrica. Amanhã cedo vou ver se tem alguma coisa lá. Já deixei que você sustentasse a casa sozinha por muito tempo. Preciso de um salário, para devolver tudo o que você pagou desde que viemos para cá.

— Não tem pressa. — Sal não gostava de ficar sozinha o dia todo. — E não paguei tudo sozinha: você pagou o aluguel com o dinheiro que tinha economizado, e eu ainda tenho alguns xelins na minha caixa, lá em cima. Não precisa correr para arrumar emprego.

— *Preciso* sim, Sal — respondeu Louise. "Para minha tranqüilidade de espírito", pensou.

Naquela noite, horas depois de Sal dormir, Louise ficou andando de um lado para o outro. O anúncio a deixara nervosa. Não conseguia tirar Eric da cabeça. "Ele colocou o anúncio naquela agência dos Correios para eu ver. Senão, tê-lo-ia deixado numa agência perto da fazenda ou no Centro de Blackburn, onde mais gente veria." Tinha certeza de que fora essa a intenção de Eric.

Eram duas da manhã quando ela ouviu um ruído parecido com o de pessoas lutando. Foi até a janela e olhou a fria noite de inverno, mas não havia ninguém. — Devem ser gatos ou bêbados saindo de uma festa — murmurou.

Cansada, deitou-se e fechou os olhos. O sono chegou e logo ela estava sonhando com Eric e aquela noite em que estiveram juntos e Ben olhando. Inquieta, rolou de um lado para o outro na cama, mas não encontrou sossego.

Quando alguém bateu na porta da frente, ela já estava acordada. — Eu vou lá, Sal. — Assustada, a velha senhora estava na porta do quarto. — Fique aí, eu vou ver quem é.

Nervosa, desceu a escada e acalmou-se ao ouvir a voz do pai: — Venha logo, Susan está tendo a criança.

— Já vou, pai — disse ela. Ele correu de volta para casa e, rápido, Louise vestiu um roupão sobre a camisola.

Minutos depois, quando entrou correndo na casa dos pais, encontrou Susan deitada num lençol no chão. — Ela não quer ir para o quarto — disse Patsy, que acalmava a apavorada Susan. — Seu pai chamou a ambulância. Ela já vai chegar.

— Não vai dar tempo, mãe! — Susan viu Louise e gritou: — Diga para a mãe que não dá tempo de a ambulância chegar, o bebê está saindo. — Começou a soluçar. — Me ajude, estou com medo.

Louise ajoelhou-se ao lado da irmã e falou-lhe com firmeza: — Não adianta gritar e berrar. Se o bebê vai nascer, nós ajudamos, claro. — Olhando para a mãe, viu, surpresa, que ela também estava começando a entrar em pânico. — Vamos lá, mãe. Você entende mais disso do que nós. O que fazemos agora?

Reconfortada pelo jeito calmo de Louise, Patsy se aprumou. — Steve, é melhor você voltar para a cama — disse para o marido, que estava nervoso, andando de um lado para outro. — Mas antes dê um pulo lá na rua e telefone para saber se a ambulância já está vindo. Diga que ela já está tendo a criança, e que, se eles não correrem, não vão chegar aqui a tempo.

Steve saiu e as duas mulheres começaram a tirar as roupas de Susan para verem o que estava acontecendo. — Olhe aí! — Patsy mal podia acreditar nos próprios olhos. — A cabeça do bebê! Você tinha razão, querida — disse para Susan. — Não dá tempo de esperar a ambulância. Ah, esse aí é apressadinho, pode crer!

Louise ficou animada. Nos dramáticos minutos que se seguiram, ajudada pelas duas mulheres, Susan deu à luz aquele pequeno milagre de cabelos negros e grandes olhos azuis que olhavam bem para o rosto de Louise, mexendo com seu coração. Ela era absolutamente perfeita, suas mãozinhas, seus pezinhos, tudo. Durante algum tempo, Louise não conseguiu falar. Depois, quando a mãe mandou que segurasse o bebê, enquanto ela cuidava de Susan, a emoção foi demais para ela. Segurar aquela linda inocente nos braços fez com que experimentasse um êxtase inédito em sua vida. Pensou na criança que perdera, no amor que perdera e no marido que estava enterrado no cemitério da igreja, não muito longe dali. As lágrimas escorreram fartas e rápidas, ao que ela olhava aquele pequeno ser. — Uma menina — disse, chorando. — Uma menina linda.

<hr>

Quando a ambulância chegou, o cordão umbilical já havia sido cortado e a placenta, retirada. O bebê foi limpo e enrolado em panos. Embora Susan estivesse sonolenta, já se recuperava. — Não vou para o hospital, estou bem aqui — disse para os pais. O paramédico examinou-a e viu que estava bem; foi então carregada para o andar de cima pelo pai e colocada na cama, com a criança ao lado. — A parteira vai passar aqui amanhã — disseram-lhe. Era o procedimento de praxe.

—Vou me deitar. — Steve achava que já havia feito a sua parte. — Estou exausto.

Louise deu-lhe um beijo. — Você foi ótimo, pai. — E ele foi para a cama muito orgulhoso.

Depois, Louise e a mãe tomaram um merecido caneco de chá. — Não entendo. — Patsy estava confusa. — Ela chegou tarde, toda nervosa, resmungando que tinha sido culpa "dele". Estava com um arranhão no braço e, quando perguntei, disse que o ralou num muro, quando as dores começaram. Assim que chegou na porta, ela se curvou de dor. Tive de trazer os lençóis para baixo e deitá-la no chão. — Deu um gole no chá. — Nossa, foi bem rápido, me pegou de surpresa.

Olhou para Louise. — Você sabe quem é o pai?

Louise balançou a cabeça.

—Você me contaria se soubesse, não contaria?

— Só se Susan deixasse.

Patsy sorriu. — Ela trata você mal há anos, mas você ainda a protege, não é?

— Ela contou onde esteve?

— Não. Susan não disse nada, só que o bebê estava chegando e para eu fazer alguma coisa. Que bom que você veio, eu estava muito assustada — admitiu Patsy.

— Mãe, você ouviu algum barulho na rua, uma meia hora antes de papai ir me chamar?

Patsy disse que não ouviu nada, e Louise achou que havia sido sua imaginação. Mas ficou pensando onde Susan estivera.

❦

— Que horas são? — Espiando pela porta do quarto, Sal estava com a cara amassada de quem acabou de acordar.

Louise respondeu, bocejando: — Cinco da manhã. Vá dormir, querida.

— Está tudo bem?

—Tudo ótimo. Susan teve uma linda menina! — disse Louise, sorrindo.

Sal ficou surpresa. —Achei que ainda faltava um mês!

— Faltava, mas parece que o bebê estava com pressa.

— As duas estão bem?

— Ótimas. O paramédico garantiu que estava tudo certo e que o bebê era um dos mais fortes que já tinha visto. A parteira vai passar lá de manhã.

—Você parece exausta, menina. Tente dormir um pouco.

—Você também. Boa-noite, Sal.

— Boa-noite, querida.

⁕

Louise dormiu profundamente, até ser acordada por um barulho que não conseguiu identificar. Olhou para o relógio. — Sete e dez. —Tinha dormido umas duas horas.

Descalça sobre o linóleo gelado, foi até a janela e espiou. A rua ainda estava bem calma. Com o canto do olho, viu alguém andando no fim da rua, uma mulher com uma mala. Embora caminhasse devagar, como se estivesse com alguma dificuldade, Louise reconheceu-a imediatamente. Era a irmã. — Susan? Não pode ser! — Balançou a cabeça, incrédula.

Correu escada abaixo e pegou um casaco atrás da porta da frente. Já ia destrancar a porta quando viu um envelope no chão. Reconhecendo a letra da irmã, abriu-o e leu rápido:

Querida Louise,

Por favor, perdoe o que vou lhe dizer, mas não consigo olhar para o bebê nem para você mantendo esse horrível segredo.

O bebê é filho de Ben. Foi um único encontro, quando eu estava irritada com Jacob. Ben me consolou e foi então que aconteceu. Sinto muito. Por favor, não tenha raiva de mim. Vou embora para nunca mais voltar. Não me procurem ou juro que farei o mesmo que Ben.

Fique com o bebê. Se quiser, diga que é seu. Ou que está cuidando dele porque fui embora por uns tempos. Será melhor ainda se você puder adotá-lo. Tem todo meu consentimento para fazer isso. Não me importa o que você faça, mas não quero mais ver o bebê. Além do mais, você vai ser uma mãe melhor que eu.

Perdoe-me por tudo. Agora que sabe o que fiz, imagino que não queira nunca mais me ver. Não tem importância, porque não vou voltar.

Por favor, diga a nossos pais que eu os amo, embora nunca tenha demonstrado.

O bebê é um presente que dou a você. Pode até substituir o que você perdeu.

Seja feliz e cuide de todos, como sempre fez.

Sua irmã egoísta e ingrata, Susan.

Mesmo depois de ler a carta, Louise não conseguia acreditar que Susan tivesse feito uma coisa daquelas. Era verdade que eram precisas duas pessoas para fazer um bebê, portanto seu finado marido não era tão inocente assim. *"Filho de Ben!"* Ela mal conseguia acreditar.

Parecia totalmente irreal, mas, mesmo assim, estava ali escrito, preto no branco. — Não entendo. — Ela se sentiu fraca. Era coisa demais de uma só vez.

Abriu a porta e encontrou o bebê, envolto em roupas quentinhas e deitado num cesto. Aquela linda menina fora deixada na escada como uma garrafa de leite ou um embrulho trazido pelo carteiro.

Louise ficou muito emocionada. —Você não merece isso. — Pegou o cesto no chão, puxou as cobertas e mirou aqueles olhos profundos e inocentes. — Vamos entrar — disse ela, fazendo cócegas no seu queixinho. — Depois vamos ter que pensar no que fazer.

Sal já estava acordada, descendo a escada devagar. — O que foi? Será que o mundo ficou louco? — Parecia que era uma coisa atrás da outra.

Louise se encaminhou para a sala de estar. —Você vai achar que ficou mesmo louco quando eu contar o que aconteceu. — Colocou o cesto sobre a mesa. — Olhe aqui, Sal. — Afastando as cobertas, mostrou o que havia dentro da cesta. Quando a velha senhora viu o bebê, exclamou: — Meu Deus! De quem é?

Louise entregou o bilhete para ela e, enquanto lia, Sal precisou sentar-se. — Oh, menina, sinto muito. — Estava com os olhos arregalados de surpresa e úmidos de lágrimas. — Como se você já não tivesse passado por tanta coisa.

— Não estou preocupada comigo. — Naquele momento, Louise tinha outras prioridades. — Estou preocupada com o bebê e com Susan. Ela não devia ter se levantado e ido embora a pé, logo após o parto. Agora, já deve estar longe — disse, olhando para a porta.

Sal pensou em Patsy e Steve. — Muita coisa tem que ser feita, mas, por enquanto, acho melhor avisar seus pais.

— Tem razão, mas não vou levar o bebê para lá. Ele pode ficar aqui conosco, por enquanto. Se o que Susan escreveu é verdade, e tenho certeza de que é, temos o mesmo direito de ficar com o bebê que qualquer pessoa. Ela é sua neta, Sal, e a filha que eu devia ter tido com Ben.

Sal concordou com entusiasmo: — Uma alegria em meio à dor.

Os pais de Louise ficaram muito chocados com a notícia. — Temos de encontrar Susan. — Patsy estava muito preocupada. — Sabe ela o mal que vai causar, levantando da cama logo após o parto e carregando uma mala. — Pelo que Louise dizia ter visto, Patsy foi conferir no armário embaixo da escada, onde guardava as malas. Estava faltando uma. — Temos de avisar a polícia. Eles vão encontrar Susan — disse.

Steve foi contra. — Susan estava se sentindo bem o bastante para ir embora e abandonar a criança. Quem somos nós para colocarmos a polícia atrás dela, a fim de arrastá-la de volta para cassa? E, mesmo que fizéssemos isso, de que adiantaria? Hein? Me diga.

Louise teve de concordar: — Ele tem razão, mãe. Na primeira oportunidade, ela iria embora outra vez. E ainda ameaçou se matar se fôssemos atrás dela.

— O que fazemos com o bebê? — Com os olhos fundos de tanto chorar, Patsy fitava o marido e depois a filha. — Por mais que Susan queira que Louise fique com o bebê, existem leis. Não se pode simplesmente passar um filho adiante, quaisquer que sejam as circunstâncias.

Louise já tinha pensado nesse detalhe. — Olhe, mãe, Susan abandonou o bebê. Se Ben é o pai, e tenho certeza de que é, sou responsável por ele. Vou fazer todo o possível para impedir que tirem esse bebê de mim, pode acreditar.

Mais uma vez, Steve foi calmo e sensato: — Não vai ser preciso. Susan confiou o bebê a você e, como esposa de Ben, você é mais mãe dele que qualquer mulher. Não creio que as autoridades vão tirá-lo e entregá-lo a outra mulher, e você?

Patsy balançou a cabeça. — Não, não faria sentido. Você pode não dizer nada e ficar com o bebê do mesmo jeito, querida. Diga que nossa Susan viajou para se recuperar do parto e que você está cuidando do bebê até ela voltar — sugeriu.

Louise foi inflexível: — Aconteça o que acontecer, sou responsável pela menina e não vou falhar nessa responsabilidade.

Enquanto conversavam, alguém bateu na porta. Louise foi abrir. — Deve ser Sal — disse.

Mas não era.

Era um policial, que viera fazer algumas perguntas. Com medo de que alguém tivesse notificado o abandono do bebê, Louise não teve escolha senão convidá-lo a entrar.

Para seu imenso alívio, ele não estava ali por causa de Susan. Mesmo assim, a notícia que viera dar era horrível. — Os senhores viram ou ouviram algum barulho estranho hoje de manhã bem cedo? — perguntou.

Os três responderam que não, não ouviram nada, embora Louise lembrasse de um ruído. Mas, pensando em Susan e de como fora embora, calou-se.

O policial anotou tudo o que disseram e, quando viu que não tinham nenhuma informação para dar, levantou-se para ir embora. — Só um minuto, seu guarda. — Steve estava tão curioso quanto a mulher e a filha. — Por que quer saber se ouvimos algum barulho estranho?

O policial enfiou o bloquinho de anotações no bolso de cima do paletó e respondeu: — Estou investigando dois assassinatos, senhor.

— Dois assassinatos! — Steve deixou-se cair na poltrona. — Aqui, na Derwent Street?

— Não, senhor — disse o policial, dando o endereço. Louise gritou: — Meu Deus, NÃO! Foi Jacob... Jacob Hunter? — Pálida, olhou para o policial.

— Creio que sim, mas ainda não temos certeza. São duas vítimas, um homem e uma mulher. As crianças foram encontradas escondidas no porão.

— O policial se emocionou. — Sou pai de família, tenho dois filhos e sinto pelas crianças.

Patsy perguntou: — As crianças estão...? — Não conseguiu terminar a frase.

— Não, estão vivas e muito bem. A ambulância está a caminho. A menina estava ferida, mas não foi nada de grave. O menino, que ela chamou de Adam, é bem corajoso, a julgar pelo que disseram as testemunhas. — Balançou a cabeça, desesperado. — Os dois estão em estado de choque, coitadinhos. Não podem nos dizer exatamente o que aconteceu.

Louise achou que era preciso dizer a ele: — Minha sogra é mãe de Jacob. Em dois meses, perdeu o marido e o filho caçula, e não sei como vai receber esta notícia. Por favor, posso falar com ela?

— Onde ela está?

— Moro com ela nesta mesma rua, mais adiante. Estes são meus pais — disse Louise, indicando Steve e Patsy.

— Não há problema, pode comunicar à sua sogra, mas, como eu disse, ainda não confirmamos a identidade dos corpos. Não deixe de contar a ela o que aconteceu. Daqui a pouco irei fazer algumas perguntas a ela. — Pegou o bloco outra vez e perguntou: — Qual o número da casa?

Louise disse, e ele o anotou em seu bloco. — Ela é uma senhora idosa, não quero que o senhor a assuste — advertiu-o Louise.

A preocupação dela fez o policial sorrir. — Pode ficar sossegada, senhora — disse, amável. — Como disse, sou pai de família. Não vim aqui para assustar ninguém.

Depois que ele saiu, os três ficaram em silêncio, atordoados por um instante. — Não consigo acreditar que Jacob e a mulher tenham sido *assassinados*!

Pela segunda vez naquele mesmo dia, Patsy levara um choque terrível.— Quem poderia fazer uma coisa tão horrível?

Steve não tinha dúvidas: — Algum sujeito que ele passou para trás. Mas é lastimável que a mulher também tenha pagado por isso.

Louise calou-se por um bom tempo. Pensava no que Susan tinha dito de Jacob e da mulher e na ameaça de fazer com que eles "pagassem". Nem por um instante achou que a irmã fosse capaz de matar alguém. Mesmo assim, estremeceu de medo. —Vou falar com Sal, antes que a polícia chegue.

Sal ouviu a notícia sem dar uma palavra, o rosto impassível. Depois, sentou-se na sala e ficou olhando pela janela. Uma hora depois, quando o policial chegou, ela confirmou sua identidade com a mesma voz e o mesmo jeito inexpressivos. Disse que não falava com o filho há algum tempo, porque achava que ele era responsável pela trágica morte do outro filho, Benjamin Hunter.

Fora isso, não informou mais nada que pudesse ajudar a encontrar o criminoso.

Depois que o policial saiu, Sal foi para o quarto, onde ficou pelo resto do dia, sentada ao lado da janela, as mãos no colo, olhando para o nada. Só se levantou duas vezes: para ir ao banheiro e para fazer chá.

Por mais que Louise tentasse distraí-la, Sal não disse palavra. Louise percebeu que essa era a maneira dela de reagir às notícias e não insistiu mais.

QUARTA PARTE

PERDÃO

Capítulo Vinte e Um

NUMA MANHÃ do início do verão de 1953, cerca de dois meses após os dois assassinatos ainda não solucionados, Louise compareceu a uma audiência especial no tribunal. Era para tratar da situação do bebê, que ela chamara de Virginia, como a mãe de Sal.

Os pais de Louise e Sal foram também para lhe dar apoio moral e, mais ainda, testemunho de sua boa índole.

— Este é um caso muito especial. Temos conhecimento, sra. Hunter, da provação que a senhora passou, mas precisamos ter certeza de tomarmos a decisão correta. Está em jogo o futuro de uma criança, e isso não pode ser feito levianamente. — O relator era um homem manso e reflexivo.

— Compreendo, senhor. — Louise não se importava quanto tempo levasse e quão dura fosse aquela provação, desde que no final do dia recebesse a custódia da filha, pois já era nessa conta que tinha Jinnie.

O relator prosseguiu: — Levamos todos os fatores em consideração. O fato de a criança ser filha de seu marido e de sua irmã faz com que esse seja um caso especial. A senhora tem conhecimento, por certo, de que um de nossos policiais localizou sua irmã e de que ela confirmou o desejo de que a filha seja adotada pela senhora.

Nesse ponto, a policial o interrompeu: — O abandono da criança foi um grave erro, e, normalmente, seria encarado como fato extremamente sério e digno de punição, mas, segundo o médico, ela estava com o equilíbrio mental perturbado.

O relator continuou: — Após consultarmos o médico que atendeu sua irmã, ficou decidido que esse pequeno delito será relevado. Compreendemos que sua família e a sua irmã passaram por uma fase difícil e complicada.

— Sim, senhor. — Susan havia sido localizada em Blackpool, mas, quando Louise a procurou, ela se recusou a voltar para casa e insistiu que não queria qualquer relação com a filha de Ben.

A voz do relator arrancou Louise de seu devaneio: — Mas é nossa obrigação proteger os interesses da criança, e, considerando o que já foi relatado, além de comprovada sua boa índole, decidimos por unanimidade conceder à senhora o direito de adotar a filha de seu falecido marido. — O relator sorriu para Louise e olhou para o bebê que ela carregava. Ao ver a menina gorjeando e fitando Louise com tanto amor, ele teve certeza de que havia tomado a decisão certa.

Após tanta espera, cumprindo todas as obrigações legais, Louise foi dominada pela emoção. — Está quase acabando, Sal — susurrou, com a voz embargada. — Seus olhos se encheram de lágrimas de alegria. E, quando não conseguiu mais conter as suas, Sal chorou junto com ela. — Você merece, menina. O bebê não podia ter uma mãe melhor.

Todos foram para casa, mas Louise tinha mais um compromisso a cumprir. "Vou tomar o próximo bonde", pensou, e, quando todos saíram, ela tomou o bonde na direção da igreja em cujo cemitério Ben havia sido enterrado.

Com o bebê, ela se encaminhou para a lápide recém-erigida e passou a mão na inscrição. O simples toque de seus dedos sobre o nome dele parecia trazer Ben para mais perto.

Louise fechou os olhos. Viu o rosto dele, forte e sorridente como era antes de perder a casa e a terra, e depois, triste e amargo, quando nada que ela fizesse conseguia melhorá-lo. — Perdão se não pude ajudar, amor. E compreendo porque você procurou Susan. Eu falhei com você, não uma, mas duas vezes... de um jeito que você jamais soube.

Louise nunca ficara sabendo que Ben descobrira toda a verdade sobre ela e Eric, e que essa descoberta fora parte do fardo que ele não conseguira suportar.

A verdade era como um espinho cravado em sua garganta, mas ela se obrigou a confessar: — Cometi o mesmo erro. Com Eric. — Agora que tinha chegado até ali, tinha de contar todo o resto: — Não foi culpa minha, mas você me fez vê-lo de um jeito diferente e, quando você se tornou uma pessoa de convívio difícil, encontrei nele o carinho que você não me dava mais.

Parecia muito cruel, mas, se ela queria prosseguir em sua nova vida, tinha de dizê-lo. — Não vou mentir para você, Ben. Amo Eric de todo o coração, mas não vou procurá-lo agora. Nem nunca, pelo que vejo. Seria uma traição.

Mostrou o bebê. — Está vendo, Ben? Essa é sua filha, sua e de Susan. Amo-a como amei e ainda amo você. Não com a força e a paixão que tivemos, mas com um grande amor que vai durar para sempre. Vou criar sua filha para que seja boa e honesta, e estarei sempre ao lado dela. Ela é sua filha e, quando tiver idade para entender, vou falar em você e na mãe dela. Por enquanto, já que você faleceu e Susan nega a existência dela, sou sua responsável. Não vou falhar desta vez.

Rezou uma prece e foi embora.

Ben agora era o passado dela. Jinnie, o futuro.

Louise apressou-se para pegar o bonde e, na pressa, deixou cair a bolsa na sarjeta. Eric pegou-a, dizendo: — Sal me deu a boa notícia. — Fez cócegas no queixo do bebê. — Fui entregar uns ovos que encomendaram e vi Sal no ponto do bonde.

Louise pegou a bolsa e agradeceu. — Fui ao cemitério — contou.

Ele balançou a cabeça: — Sal disse que você devia estar lá.

Ela deu um beijo na testa do bebê. — Agora ela é *minha* filha.

Eric ficou calado um instante e fez uma observação que a surpreendeu: — É verdade que você perdeu um bebê, algum tempo atrás?

— É.

— *Era meu?*

Não era hora de mentir. — Era, mas ninguém sabe disso. Sal pensou que fosse filho de Ben.

— Não direi nada.

— Que bom. — Sabia que podia confiar nele.

— Eu devia ter ajudado você.

— Não era possível.

— Louise? — ele chamou, num sussurro.

— O quê? — Ela parecia fria, mas, no íntimo, queria que ele a abraçasse e dissesse que tudo ficaria bem.

— Eu te amo — disse ele, cheio de emoção.

— Também te amo. — Mais do que ele imaginava.

— Então? — Ele não sabia se devia ter esperanças.

— Não, Eric, agora não. — Ela ainda se sentia culpada.

Ele assentiu. — Quando você quiser, estarei esperando.

— Adeus, Eric. — Parecia uma despedida definitiva.

Ele não respondeu. Sorriu e foi embora, e Louise teve de se conter para não chamá-lo.

Desolada, ela tomou o bonde e, contra sua vontade, deixou que o veículo a levasse para longe dele. Jamais se lembraria da viagem até chegar em casa. Sua cabeça e seu coração continuavam lá, com Eric.

Depois que todos os passageiros desceram, ela ficou no bonde com o bebê. Olhou o rosto de Jinnie, que dormia; a filha de Ben que agora era filha dela. Pensou na ironia do destino, que, apesar de cruel, fora incrivelmente sábio.

Quando Jinnie acordou, Louise beijou-a com carinho, e, com a voz cheia de amor, sussurrou, a boca encostada em seu rostinho: — Minha querida Jinnie, espero que você não sofra na vida. Aconteceram muitas coisas que você vai ter que saber. Um dia, quando tiver idade para isso, vou lhe contar tudo. Vou contar como seu pai foi uma boa pessoa e como ele teria amado você.

Mas havia coisas que *jamais* contaria. Como o fato de ela ter sido capaz de trair um homem tão bom com Eric. Mesmo naquele instante, Eric estava próximo, presente em seu pensamento e em sua alma. Ela jamais precisaria tanto dele como naquele momento, e a solidão era sufocante.

De repente, vendo que Jinnie olhava para ela, ficou encantada com a beleza daqueles olhos intensos e brilhantes, quase como se a filha entendesse o que ela sentia. — Você nasceu em meio a uma grande confusão, mas jamais saberá disso — sussurrou Louise. — Mesmo assim, fico feliz, porque, em meio a tanta dor e tanta tristeza, veio você, a mais maravilhosa e linda pessoinha. Não sei se vou ser capaz de recompensar você por isso, mas pretendo passar minha vida inteira tentando.

Mesmo na incerteza, havia esperança.

— Perdoei sua mãe e seu pai e, quem sabe, um dia serei capaz de me perdoar também — disse, triste.

Depois, sorriu. — Eric é um homem bom e sincero, e eu o amo muito. A idéia de passar a vida inteira sem ele me parece um castigo terrível.

Olhou pela janela e viu de relance o sol brilhando entre as nuvens. Aquela imagem lhe pareceu um símbolo perfeito de seus pensamentos. Disse para Jinnie: — Temos muita sorte. — Sorriu para seus atentos olhos azuis. — Temos uma à outra. E ganhamos uma segunda oportunidade... além de todo o tempo do mundo para pôr as coisas nos eixos.

Louise se alegrou.

Às vezes, quando se pensa que as coisas não vão melhorar, a vida mostra, da maneira mais insólita, que nos enganamos.

Ela pensou na vida que tivera com Ben e, apesar de tudo o que acontecera, lembrou de coisas muito boas. E algo lhe dizia que outras ainda viriam. Não com Ben, claro, mas com ela e Jinnie e, talvez um dia, Eric também faria parte da vida delas.

Ela acreditava nisso de todo coração.

⁓⚜⁓

Na primeira semana de agosto de 1953, foi aprovado o pedido de adoção feito por Louise Hunter.

Na mesma semana, a polícia prendeu o ex-marido de Maggie, acusado de duas mortes. A promotoria pediu a pena capital para ele.

Hannah e Adam ficaram aos cuidados das autoridades locais, embora por pouco tempo, até que se encontrasse um novo lar para eles.

Finalmente, Louise começou a encarar a nova vida com entusiasmo. Jinnie era sua luz, embora sempre rezasse para que ela e Eric ficassem juntos num futuro próximo.

De longe, Eric mantinha um olhar protetor sobre Louise. Por tantos anos, ele a amara, sem esperanças. Mas agora sabia que um dia ela viria.

Ia esperar por esse dia e, por ora, cuidar para que nada acontecesse de mal com ela e Jinnie, pois as duas eram tudo na vida para ele.

Impresso no Brasil pelo
Sistema Cameron da Divisão Gráfica da
DISTRIBUIDORA RECORD DE SERVIÇOS DE IMPRENSA S.A.
Rua Argentina 171 – Rio de Janeiro, RJ – 20921-380 – Tel.: 2585-2000